Liber Matteucci

SANGUE BOM

PRUMO
leia

Direção Editorial
Jiro Takahashi

Editora
Luciana Paixão

Editor assistente
Thiago Mlaker

Assistente editorial
Diego de Kerchove

Revisão
Paola Morsello
Ivan Souvarin

Capa
Andrea Pedro

Criação e produção gráfica
Thiago Sousa

Assistente de criação
Marcos Gubiotti

CIP-Brasil. Catalogação-na-fonte
Sindicato Nacional dos Editores de Livros, RJ

M387s Matteucci, Liber
Sangue bom / Liber Matteucci. - São Paulo: Prumo, 2011.
336p.: 21cm

ISBN 978-85-7927-142-7

1. Romance brasileiro. I. Título.

11-4651.
CDD: 869.93
CDU: 821.134.3(81)-3

Direitos de edição: Editora Prumo Ltda.
Rua Júlio Diniz, 56 – 5º andar – São Paulo/SP – CEP: 04547-090
Tel.: (11) 3729-0244 – Fax: (11) 3045-4100
E-mail: contato@editoraprumo.com.br
Site: www.editoraprumo.com.br

Entrando no Templo, começou a expulsar os comerciantes, dizendo-lhes: "Está escrito: *E minha casa será uma casa de oração, mas vós fizestes dela um covil de ladrões*".

Lucas, 19:46

1

— O seu filho está com bruxismo... xismo... ismo...

Horas depois da consulta, a frase continuava a ecoar nos ouvidos do menino, enquanto o ônibus seguia em direção à Nossa Senhora da Consolata, o bairro da Zona Norte onde Artur morava com a mãe e o tio mais velho. Bruxismo é coisa de bruxa, ele concluiu, rangendo os dentes. Tinha só nove anos. Em compensação, o cérebro era novo em folha: foi à raiz da palavra e viu que nada de bom podia sair dali. Não bastassem os pesadelos, as espadas e feras assassinas, agora as bruxas estavam soltas na sua cabeça. Diagnóstico médico: enfeitiçado. Artur reparou numa velha, de pé, que chacoalhava com o movimento do veículo. Agarrada à vassoura, ela soltou um riso histérico e cuspiu sapos, cobras e lagartos sobre os passageiros (leia-se: agarrada ao balaustre, a velha teve uma crise de tosse e encheu de perdigotos os lugares sentados). O menino já ia ceder o seu, em pânico, quando a mãe, que conhecia aquele olhar invertido, veio varrer as imagens da telinha interior:

— Entendeu o que o doutor disse, Artur?

Ele demorou para reagir. Depois fez que sim.

— Bruxismo não é nada de mais. — Ela repetiu o médico: — É o hábito de ranger os dentes, de origem nervosa. Mas a mamãe vai fazer chá de camomila todas as noites, na hora de dormir, para você ficar bom. Certo? Então fique calmo e esfrie essa cabecinha. Não há nada com o que se preocupar.

Ah! Isso é o que ela dizia. Mas mãe não vale. Mãe e médico dizem todo tipo de mentira só para tranquilizar os otários. Bruxismo só podia ser uma coisa: o que o nome indica. Quando muito, o hábito de ranger os dentes é rangismo. Mas fosse o que fosse, Artur estava cansado, a bruxa tuberculosa já arranjara um banco livre e o ronrom do motor tinha um efeito sonífero sobre ele. Adormeceu.

Lisa ouviu-o ressonar e pôs as mãos para o céu. Menos mal que o menino ia ter um minuto de sossego. Já não bastava ele se preocupar com tudo, sempre de olho arregalado, e agora essa, mordendo os dentes como um cachorrinho que rói o osso. Era filho único, tivera-o depois dos trinta. Nenê, o seu irmão mais velho, dizia-lhe que o menino era a joia da "coroa". Ela só podia rir e concordar. Não que as coisas tivessem sido fáceis. Primeiro, veio a morte prematura do marido, quando Artur mal engatinhava. Depois, Nenê, perturbado pela bebida, perdeu o estúdio que lhe garantia o ganha-pão, tendo de ir morar com eles. Por fim, o próprio filho revelou-se sensível demais, com uma generosidade de que ela não tinha exemplo em nenhum outro membro da família. Quando muito, Artur herdara o espírito solidário do avô, um comunista da velha escola. Mas se o pai de Lisa se movia por razões ideológicas, o menino agia visceralmente. Como da vez em que ela lhe deu um carrinho e, dias depois, viu o filho entregar o brinquedo nas mãos de um moleque de rua. Lisa perguntou o que se passava, e Artur disse que tinha dado o carrinho para o pirralho. A seguir, justificou-se: "assim ele ganha presente também". Esse era o filho dela, uma joia rara.

Quando ele acordou, o primeiro tiro acabara de ser disparado, furando o teto do veículo. Ainda zunia no metal. Um dos ladrões tinha estabelecido com clareza quem mandava ali. O motorista assustado agarrara-se com força ao volante, como se isso lhe desse algum controle da situação. O menino encostou-se instintivamente à mãe, que abriu as asas sobre ele. A velha bruxa segurou um crucifixo que trazia ao pescoço. A maioria dos passageiros, sem reação, olhava para a arma fumegante do bandido, um negrão com uma pistola prateada. Com sangue frio, ele encarava todo mundo, enquanto o cúmplice, branco e drogado, tinha um revólver preto que lhe tremia nas mãos. O negrão controlava o motorista. O branco doidão instalou-se na borboleta e esticou um saco para o cobrador, que começou a enchê-lo de dinheiro, sem erguer os olhos. Depois, o bandido saiu arrancando das pessoas os relógios de pulso, correntes de ouro e carteiras com o que houvesse. Foi de banco em banco, até chegar ao de Artur e sua mãe. Lisa tinha a bolsa presa ao ombro, do mesmo lado do filho. Quando o assaltante esticou a mão, achou que ele ia tocar no menino. Reagiu. E o marginal não pensou: "Esta senhora é um ser humano, mãe zelosa, com um filho para criar e uma vida tão sagrada como a minha, que só a Deus cabe dar ou tirar". Estava drogado. Mesmo que estivesse careta, faltava-lhe empatia, o sentimento do outro. Carecia de respeito pelos seres viventes, que nunca lhe fora ensinado no lar ou na escola, ele que crescera sem uma coisa nem outra, abandonado numa selva de pedra. Parecia bicho. Diante da fêmea nervosa, o bandido-jaguar arreganhou os dentes e premiu o gatilho, mordendo a presa. Os caninos de chumbo abriram um rombo no crânio da mulher, fazendo espirrar restos de miolos para cima de Artur. O pânico, a princípio privilégio do menino, distribuiu-se democraticamente entre os passageiros. Os homens-macacos, assustados, fugiram de galho em galho, espantando os jovens-periquitos, as senhoras-araras e um eleitor tucano, que esvoaçaram em todas as direções. O ônibus ziguezagueou nas mãos do motorista descontrolado. Ouviram-se gritos, guinchos, houve mais tiros e mortes estúpidas. Aliás, é uma redundância: a morte é sempre estúpida. O negrão mandou o motorista pisar no breque e deu-lhe uma coronhada na cabeça, fazendo-o cair desmaiado. Os grandes felinos lamberam os beiços e saíram do veículo como se nada houvesse, como quem assina o ponto depois de um dia de trabalho. Eram predadores profissionais. Sumiram na folhagem das ruas, sem deixar rastro.

Na manhã seguinte, os jornais estampavam fotos das vítimas ensanguentadas, para atrair os leitores-urubus à carniça das bancas. Entre os mortos havia um pedestre, atingido por uma bala perdida. As primeiras páginas davam destaque a um pequeno sobrevivente, de olhos baços, agarrado ao cadáver ainda quente da mãe, num banho de sangue. Fotografia não faz barulho. Caso contrário, seria possível ouvir o ranger de dentes do menino, de origem nervosa. Um caso de bruxismo. O filho da mulher morta sabia melhor do que ninguém o que a palavra queria dizer. Estava enfeitiçado. Pendiam espadas sobre a sua cabeça. Havia feras assassinas no seu caminho.

2

— O que a gente faz com o menino?

Os policiais tinham um abacaxi para descascar. Um abacaxi verde, com os cabelos em farpas, sabor ácido e cheiro de tanino. Um deles foi buscar uma toalha molhada para passar no rosto de Artur, limpando o sangue do seu sangue, os restos esbranquiçados dos pensamentos da mãe. A camisa estava empapada de coágulos escuros e mais valia comprar outra. Mas isso era lá com a família do garoto. Policial não é escoteiro, não tem de praticar a boa ação do dia. Mesmo que houvesse um bom samaritano, o Estado paga pouco às forças de segurança. Sem a colaboração do tráfico, o percentual sobre o jogo do bicho, os subornos e a corrupção do dia a dia, não dava nem para sobreviver, quanto mais para ajudar as vítimas que lotavam a delegacia. Era pena. O policial brasileiro, quando dá de ser bom, é até mais solidário que os seus conterrâneos, pela própria natureza da função, de servidor público. Os grupos de extermínio desmentem isso, a ignorância prova o contrário, a violência e o abuso de autoridade contradizem a afirmação, mas lá no fundo os policiais são humanos. Por trás do escudo e do cassetete, eles têm um coração.

— Onde é que você mora?

Era a décima vez que lhe perguntavam. Artur olhava mudo para os seus interlocutores, sem piscar. Tinha visões. Via a mãe, que saberia o que fazer naquela situação, sacudindo os seus pequenos ombros, ralhando com ele: “Olhe para fora quando eu falo com você!". Mas ela não estava em condições de dizer mais nada. Tinha a língua congelada no Instituto Médico Legal. Chegara ao ponto final antes do ônibus, deixando o filho sozinho, com um sapo de bruxa entalado na garganta.

— Não adianta, o menino está em estado de choque.

Por enquanto, era melhor deixá-lo em paz. Depois veriam o que fazer. No banco de madeira, Artur ficou longo tempo sentado na mesma posição, esquecido. Sentia-se culpado. Se acontecera o que acontecera era porque o seu bruxismo contagiara a mãe. Como uma doença. Como Aids. Ele, bruxopositivo, passara o vírus, transmitira o mal. Agora continuava vivo e ela não. Com uma nádega dormente, apoiou-se na outra. Depois pensou em esticar as pernas e adormecer outra vez, na esperança de acordar dentro do ônibus, com a mãe ao lado, viva e protetora. Tudo não teria passado de outro pesadelo. Mas não conseguiu pregar o olho no pandemônio da delegacia:

— Nome?

— Adelaide Silva.

— Idade?

— Quarenta e dois.

— Profissão?

— Vendedora de joias.

O escrivão foi anotando os dados até chegar à ocorrência propriamente dita:

— Muito bem, agora faz favor de contar sobre o sequestro.

A mulher teve um calafrio. Estava exausta, falou pausadamente:

— Foi quando eu levava o dinheiro da joalheria para depositar. Faço isso todos os dias, antes de o banco fechar. Ordens do patrão. Mas ontem chegaram três sujeitos por trás, e um deles encostou uma arma em mim.

— Onde?

— Aqui, na altura do rim.

— Não: em que lugar da cidade?

— Ah, foi na Sumaré, perto do West Plaza. Tinha muita gente por perto, mas ninguém reparou. Foi muito rápido.

— Como é que eram eles?

— O do revólver era mulato, alto e magro. Tinha um branco careca. O outro era branco também mas eu não me lembro dele, nem olhei direito. Sei lá, estava apavorada, quase fiz xixi nas calças.

— E depois?

— O mulato disse para eu ficar quieta e ir andando com eles, senão enfiava uma bala no meu cu. Falava assim, só palavrão. Aí eles me levaram e puseram num carro, no banco de trás. O careca ficou no volante, o outro foi na frente com ele. O mulato veio comigo, agarrou meu pescoço e pôs um lenço molhado na minha cara. Acho que era lança-perfume, não sei. Só sei que desmaiei. Quando acordei, estava no chão do cemitério.

— É o cemitério do Jardim Tremembé. Qual era a marca do carro?

— Uma Parati branca.

— E o dinheiro?

— Ah, eles levaram tudo, lógico. Dou graças a Deus de estar viva.

— Faz ideia do motivo do sequestro? Quero dizer, por que eles simplesmente não ficaram com a grana na Sumaré?

— O dinheiro estava numa mala presa no meu pulso. Olhe aqui: eles arrebentaram a corrente, quase me quebraram a mão, me machucaram...

Artur levantou a cabeça para ver o pulso da mulher. Estava todo arranhado, como se ela tivesse apartado uma briga de gatos. A história fizera bem para ele, parecia um filme na televisão.

Esquecera-se por minutos da própria desgraça. Falou pela primeira vez:

— Quero ir no banheiro.

Ninguém ouviu, teve de repetir mais alto, até um policial reparar nele:

— É ali, na segunda porta à direita. Quer que eu leve você lá?

— Não precisa, obrigado.

— Está tudo bem com você, garoto?

— Sim, senhor.

— Tem certeza?

— Sim, senhor.

No banheiro, com a porta fechada, Artur começou a chorar. Um pranto forte, dolorido. Tentou abafar o choro com as mãos para que os guardas não o ouvissem. Andou nisso uma eternidade, até se lembrar do conselho materno: "Fique calmo e esfrie essa cabecinha. Não há nada com o que se preocupar." Que mentira cabeluda! Havia sim: pesadelos, mortes, sequestros. Mas fez um esforço para agradar a mãe: engoliu a saliva, enxugou as lágrimas e foi lavar o rosto. No espelho, com os olhos mais claros, Artur fixou-se na imagem da camisa, cheia de nódoas de sangue. Havia uma espécie de ordem naquilo. As manchas refletidas formavam o rosto de um homem. Não de um homem qualquer. Era um que ele conhecia, de quem a mãe lhe falara muitas vezes e que tinha uns olhos doces, amorosos.

3

A tempestade não caiu logo. Primeiro, manteve-se à distância, como quem guarda um ressentimento, amontoando nuvens escuras, aquelas a que os meteorologistas chamam de "cumulus nimbus", com a forma de uma morsa para prensar tudo. Depois, pouco a pouco, veio para cima, sombreando cada bairro, prédio, viaduto, praça, num crescendo, até pôr a cidade inteira, e todos os cidadãos, na sua lista negra. Então, fez desabar a ira celeste sobre os paulistanos: o aguaceiro inundou o Tietê, o Tamanduateí, o Pinheiros; alagou as marginais, o velho Mercado Municipal, as zonas baixas; encheu os buracos, engoliu os veículos, afogou motoristas e pedestres incautos; fez deslizar os morros, os barracos dos morros, os moradores dos barracos dos morros; foi uma coisa literalmente catastrófica. Além das perdas materiais e humanas, a tromba-d'água embaçou a imagem do prefeito, que, antes das eleições, prometera acabar com as enchentes na capital. Mas tudo bem. Ele já estava eleito.

— Tire a camisa, Artur. Quer que eu ajude?

O menino ergueu os braços como num assalto à mão armada. Tio Nenê puxou a parte presa dentro da calça, soltou o pano ensanguentado que grudara no peito e tirou-a por cima, pelo avesso. Descalçou-lhe os sapatos, mandou-o despir a calça e abriu o chuveiro, que pareceu trazer a tempestade para dentro de casa. Enquanto dava banho no menino, o velho chorava. Artur já gastara as lágrimas na delegacia, apenas roía os dentes. Um tio era melhor que nada, mas muito pouco para consolar o pequeno órfão. Além disso, Nenê também estava órfão. De irmã.

O velho não gostava de pensar que estava velho. A morte de Lisa e a orfandade daquela casa, porém, pesavam nos seus ossos. Era quarentão e parecia ter mais de cinquenta, acabado pelo álcool. Alto e magro, tinha uma ligeira curvatura que ele compensava mantendo o queixo erguido. Isso lhe dava um porte soberbo, que ainda hoje impressionava as mulheres. Antes da pinga minguar as suas forças, Nenê tinha sido um grande namorador e teórico da conquista, ensinando aos tímidos que lhe pediam conselhos: "De cada dez mulheres, oito dão; das oito, cinco dão para você; mas, como você não sabe quais são, tem de pedir para as dez". Agora, o que um mulherengo sem filhos, desempregado ainda por cima, podia fazer com um órfão? Quem se sentia sem pai nem mãe era ele.

Deitou o menino no colchão de espuma do pequeno quarto e, minutos depois, quando o esgotamento desarregalou os olhos do Artur, Nenê pôde soltar a mão que o sobrinho agarrara. Foi ao banheiro e sentou-se no vaso, com as calças arriadas. Não que estivesse apertado. Era só pretexto para fumar um cigarro e pensar com calma na vida e na morte. Ouviu os pombos que se abrigavam no telhado, fugindo da tempestade. Viu a rachadura na parede. Muitas vezes a irmã pedira que ele desse um jeito naquilo. Agora que ela já não se importava, examinou o estrago com olhos de arquiteto: o azulejo mais baixo estava partido ao meio e a rachadura ia afinando até virar um fio de cabelo no azulejo lá de cima. Nenê calculou que a terra por baixo do piso tinha cedido alguns centímetros. Uma emenda não ia resolver o problema se antes não se firmasse o solo com pedra e cimento. O buraco era mais embaixo. Depois de ter perdido a mãe, o menino ainda podia levar com a casa na cabeça. O velho terminou o cigarro sem ter conseguido pensar no que queria. Acendeu outro, com vontade de beber alguma coisa. Mas não, precisava ficar sóbrio. Na mesma parede, uma lagartixa parecia olhar para ele com um olho, enquanto o outro acompanhava uma mosca distraída. Nenê observou o ataque iminente, que de iminente não teve nada, porque pareceu durar horas. A expressão "pé ante pé", pensou com os seus botões, devia ter sido inventada por um sujeito que observava lagartixas. A mosca voou antes do bote do réptil, e o segundo cigarro virou cinzas sem produzir pensamentos úteis. O velho conseguira apenas sentir-se velho e deprimido.

Apanhou a camisa do chão. Pela primeira vez, reparou no desenho formado pelas manchas de sangue, que Artur tinha visto no espelho da delegacia. Era a cara de Jesus Cristo. Não um rosto clássico, como o que se vê na tela de El Greco, que Nenê estudara na escola de Belas Artes, retratando o sudário de Santa Verônica. Nem tão moderno, como na série de "Saintes Faces", do pintor francês Georges Rouault, sobre a impregnação milagrosa do tecido. Era realista, espantoso, cru como as marcas de sangue no jornal que embrulha um bife. Estava ali a cara chapada de Cristo, tal e qual se vê no autêntico pano de Verônica, hoje guardado no Santuário da Santa Face em Manoppello, na Itália. Com direito a barba e cabelo, feridas de espinhos na testa, lábios sangrando e hematomas. Nenê, empedernido materialista, doutrinado por um pai ateu – que passava em frente às igrejas gritando "Porco dio!", – tinha diante de si o estereótipo cristão mais manjado do planeta, que se não era a prova da existência de Deus estava muito perto disso. Visto que até São Tomé acreditava nos próprios olhos, o velho não foi diferente. Comoveu-se com a descoberta. Com o milagre, a coincidência ou o que quer que fosse. Tinha tido um dia cheio, tempestuoso. Mataram-lhe a irmã que ele adorava. Cabia a ele consolar o órfão, uma criança instável e delicada. Como se não bastasse, tinha nas mãos um estranho sudário, igual ao da tradição medieval, que trazia impressa a verdadeira imagem – *vera icon* – do mártir do Calvário, o tecido com que Santa Verônica, enfrentando os soldados romanos, enxugou o rosto do Senhor a caminho da cruz. Ou isto ou mais absurdo que isto: um Santo Sudário para valer, como a peça de linho com que José de Arimateia envolveu Jesus morto, a mortalha que os estudiosos da Igreja, apoiados por alguns cientistas, afirmam trazer as marcas do corpo sagrado após a crucifixão. Só havia uma diferença entre as faces do passado e a do presente, mal coagulada na camiseta, que parecia queimar os dedos do materialista ateu: o suor de Cristo dera lugar ao sangue de uma mãe assassinada, não uma mulher qualquer, mas a irmã de Nenê, o seu xodó. Muita emoção para o coraçãozinho do velho. Com um suspiro profundo, ele decidiu que ia ter de mostrar a camisa para alguém. Guardou-a como uma relíquia na gaveta da cômoda e foi dispor os ossos na horizontal, numa nesga de espuma, junto ao calor do menino. Dormiu num fechar de olhos.

4

O despertador tocou às sete da manhã. Luís espreguiçou-se e foi ver Roma da janela. Um céu claro tornava ainda mais viva a cor de tijolo da cidade. Ele calçou os tênis e fez alongamento. Em seguida, saiu para a corrida habitual, partindo do apart-hotel, e cruzou a pequena ponte que ia dar num dos parques periféricos da cidade, próximo ao Vaticano. A princípio, com a baixa temperatura, o rapaz mal conseguia respirar. Mas, vencido o primeiro quilômetro, já fazia lembrar uma locomotiva a vapor, enfumaçando o ar frio com o seu bafo quente. Correu cerca de uma hora ao longo do Parco del Pineto, pelas trilhas abertas no verde, em meio às ovelhas que ali pastavam, provavelmente desde a Antiguidade clássica. Após uma grande volta, chegou à última estação, o campo de futebol do Lar Don Orione, onde aos sábados jogava bola com os órfãos da instituição católica mariana. Perto da marca do pênalti, desligou a caldeira e pôs as mãos na cintura, chiando até recuperar o fôlego. Depois virou-se para o sol e abriu os braços, formando uma longa sombra atrás das costas em forma de cruz.

Natural de São Paulo, onde está a terceira maior colônia italiana do mundo, Luís era um descendente de imigrantes como milhares de outros. Mas, apesar do gene latino, de clima europeu, o seu corpo crescera habituado aos trópicos. Não se dava bem com o frio romano. Por isso, no final da corrida, o rapaz erguia os braços para o sol e espalmava as mãos, na ânsia de captar as vibrações calorosas vindas do céu. Esse contato com a energia cósmica não servia apenas para aquecer a sua carcaça, fazia bem à alma. Era como se a intensa atividade física desse lugar a outra, de igual força mas caráter diverso, elevando-o a um patamar espiritual.

Assim se tornou místico. Se o príncipe Sidarta Gautama – o Buda – tinha alcançado a iluminação meditando sob uma figueira, Luís Fiore encontrou a luz num gramado de futebol perto do Papa. A luz solar, é verdade, mas com ela vinha também uma certa clareza interior, enquanto o rapaz pensava, para espantar o tédio, na morte física e metafísica da bezerra. A sua primeira descoberta esotérica nascera de um raciocínio elementar: se o sol explodisse, a Terra começaria a congelar depois de oito minutos, intervalo que a luz demora para chegar até aqui. Nesse curto espaço de tempo, Luís morreria de frio, podendo ser enterrado no próprio campo do seminário, que não deixava de ser um campo santo. A sua vida, portanto, dependia da luz. E na Bíblia está escrito: "Eu sou a luz e a vida". Na Grécia clássica, o sol era um carro puxado por fogosos cavalos brancos, sob as rédeas do deus Apolo, símbolo da perfeição. Os antigos egípcios adoravam o sol, que chamaram de Amon, depois de Ra, depois de Amon-Ra. Ele imaginava um quarto nome, Ra-Amon, que pronunciava à espanhola e, na língua de Cervantes, soava como deus Presunto, um trocadilho barato. A propósito, os espanhóis tinham dizimado os maias, os astecas e os incas, povos adoradores do sol. Luís ainda tinha encontrado, num sebo, um livro sobre a Prana-ioga, ou ioga do sol, do romeno Omraam Mikhael Aivanhov. Ali constava que o sol, mais que uma estrela, era um símbolo, metáfora das noções de centro e elevação: um espírito evoluído era o que tinha encontrado o seu próprio centro, passando para um plano mais elevado. Ou seja, tinha ido ao encontro do Deus interior.

Se a Carla o visse agora, tão devoto e espiritualizado! Ela, que criticava o seu ceticismo e tantas vezes tentara levá-lo a praticar ioga, sem sucesso, certamente não ia entender nada. Mas a namorada zen ficara para trás, em São Paulo, e a única coisa que o Luís guardava dela era um um exemplar com dedicatória de *O Tao da Física*, de Fritjof Capra, um austríaco famoso por comparar o saber da ciência moderna ao misticismo oriental. Ele ainda não tinha lido uma única página. Mesmo assim, quem diria, corria cada vez mais rápido pela trilha da espiritualidade, a caminho da Luz.

Nada é pacífico. Isso de olhar para o sol – mesmo entendido como símbolo de Deus e Seus representantes – não faz bem à vista. Luís imaginava Joana d'Arc quase cega diante da luz de Santa Catarina; via os pastorinhos de Fátima com compressas nos olhos depois da aparição radiante de Nossa Senhora; e era capaz de apostar que Moisés, no Sinai, tinha posto óculos escuros para conversar com a sarça ardente. O rapaz estava ficando místico, não estúpido: à falta de um bom *ray-ban*, dava só uma rápida espiada no sol, deixando que poucos raios de cada vez lhe fulminassem a retina, iluminando a sua alma. Depois fechava os olhos e via por trás das pálpebras, onde círculos brilhantes e coloridos esvoaçavam como vagalumes. Era divino: o melhor que um homem pode encontrar num campo de futebol, salvo em dia de jogo. Dez a zero para Ra, Amon-Ra ou seja lá como se chame Ra-Amon, o Deus Presunto.

Para agradecer aos céus há quem diga: "Obrigado, Deus!". Luís, alfabetizado e com diploma de curso superior, articulava variantes mais complexas da frase. Ao falar com Ele, de braços erguidos, sentia a ação contraditória de duas forças naturais: o vento frio por um lado e, pelo outro, a reconfortante quentura dos raios solares. O rapaz via a sua pele arrepiar-se de alto a baixo e colhia sensações indescritíveis, tomado por calafrios que lhe espicaçavam a noção de estar vivo. Nessas horas, ficava exaltado:

— Salve, Sol! Obrigado por me manter vivo com o seu calor, a sua luz. Sinto-me bem, estou feliz. Não sei se você é Deus ou matéria em fusão. Só sei que me aquece e faz companhia. Sei também que não sou o único na Terra a depender de você. Nós, seres humanos, assim como todos os seres vivos, animais e vegetais, além das coisas inanimadas, recebemos a dádiva da sua energia. Diante do universo, somos todos pequeninos, mas estamos juntos nisso, a união da nossa pequenez faz a nossa grandeza. Tudo está ligado, diz o taoísmo chinês. Tõdas as religiões estão ligadas, penso eu. Leio o Novo Testamento e sou cristão. Abro o Corão e considero-me muçulmano. Folheio a Torá e viro judeu. Deleito-me com os Mahabharata e torno-me hinduísta. Mas sou budista de coração e nasci brasileiro, filho do catolicismo europeu, dos cultos africanos e mitos indígenas. Creio, logo existo. Obrigado, Deus sol!

Há tempos, ele tinha conhecido as catacumbas romanas, misturando-se com um grupo de turistas, numa visita organizada. O guia explicara como os primeiros cristãos enterravam os seus mortos, mostrara os túmulos com esqueletos de dois mil anos, levara-os às salas onde se repartiam o pão e o vinho, em missas sem ouro nem prata, feitas só de comunhão. Depois, chamou a atenção para as pinturas na parede, símbolos da cristandade. Luís fixou-se no desenho de um homem, em pé, de braços erguidos, tal como ele próprio nas suas preces solares. Sob a figura estava escrita a palavra latina "Orante". O ítalo-brasileiro não conseguiu deixar de sorrir consigo mesmo, satisfeito com a descoberta, imaginando que o cristão da parede era um sujeito que corria nas manhãs de inverno por Roma Antiga e, morto de frio, erguia as mãos ao sol para se aquecer e orar. Estava enfim explicado um dos ícones milenares do cristianismo.

Perto das nove horas, Luís baixou os braços, deixou o campo para trás e atravessou a ponte em sentido contrário, de volta ao apart-hotel. Foi direto para o chuveiro, onde esteve longo tempo em estado contemplativo, como se tomasse um banho de água benta. Mas as experiências religiosas do noviço da fé, que acreditava estar sendo testado pelas altas esferas, foram interrompidas por um telefonema. Foi atender, enrolado na toalha. Era do Brasil, a cobrar. O seu irmão mais velho, Nenê, comunicava a morte de Lisa, a irmã do meio, pedindo que ele fosse se juntar à família o mais cedo possível. Foi como se cortassem as asas de um anjo. A notícia o fez despencar do sétimo céu, e o brilho da manhã cobriu-se de nuvens. Luís ficou sozinho, sem Deus, arrasado pela violência dos trópicos. No seu quarto do Residence Mallia, tapou a boca com as mãos e abafou o choro, tentando confinar a dor ao menor espaço possível, para que ninguém o ouvisse, com vergonha de ser brasileiro. Só mais tarde teve forças para ir à janela, erguer os olhos para o sol e rezar pela alma da irmã.

5

O nome do repórter era Ernesto. Morava no Imirim e costumava ir beber num bar do Nossa Senhora da Consolata. Era amigo do Nenê, tinham ido à escola juntos. Viu a camisa, deu um sorriso incrédulo e imaginou a mutreta. *Silk-screen*, mancha de tomate, tinta indelével? Mas a matança do ônibus estava fresca na imprensa, tinha vendido muitos exemplares do pasquim sensacionalista onde o repórter trabalhava e, com a perspectiva do furo, ele deu um desconto. Disse que ia pensar no caso. Fez ver a Nenê que notícias dessas não saem sem a absoluta comprovação dos fatos. Que um profissional respeitado como ele não vendia gato por lebre. E que o jornal onde trabalhava era sério, muito diferente desses pasquins sensacionalistas que andam por aí. Depois, virou um copo de 51, imaginou a notícia na primeira página e achou boa ideia. Bastava publicar a foto da camisa ensanguentada com um título de efeito, e a sorte estaria lançada. Ernesto era bom em títulos. Além disso, o material ajudava: crime e religião, uma mistura mais explosiva do que pinga com Cinzano. O povo gosta. Uma notícia dessas podia dobrar a tiragem do jornal, angariar prestígio para ele. O repórter do *Crime Diário* percebeu que um grande furo tinha acabado de cair do céu e não era o buraco de ozônio. Virou mais um copo, mastigou umas palavras que Nenê não entendeu e, já sob o efeito do álcool, imaginou-se recebendo o Prêmio Esso de Reportagem. Mas antes tinha de tomar providências. Pegou o celular e ligou para o fotógrafo do jornal, pedindo para o colega ficar de plantão. Mandou chamar o editor ao telefone e explicou-lhe o assunto. Depois agarrou Nenê pelo braço, levou ele mesmo a camisa e foi pensando na matéria pelo caminho.

No dia seguinte, o rosto de Jesus virou manchete em todas as bancas:

CRISTO REENCARNA NO FILHO DA VÍTIMA

Sob uma grande fotografia da camisa ensanguentada, a legenda fazia a síntese:

"Sangue de mãe assassinada em ônibus imprime o rosto de Jesus na camisa do filho, repetindo o milagre do 'Santo Sudário' dois mil anos depois."

Depois, nas páginas interiores, com fotos da tragédia ao longo do texto, o jornal descrevia os pormenores sórdidos, tão ao gosto dos leitores:

"O menino Artur, de 9 anos, cuja mãe foi morta com um tiro na cabeça, vítima de um assalto ao ônibus da Nossa Senhora da Consolata, teve a camisa toda empapada de sangue, onde as manchas reproduzem com perfeição a face de Cristo. O rosto sagrado aparece como no 'Santo Sudário', o pano de linho que envolvia o corpo de Jesus morto, e passou despercebido pelos passageiros que socorreram o menino, além dos policiais do 7º DP, na Lapa, para onde foi levado após o crime. A imagem só foi descoberta mais tarde, por um tio, ao ajudar o sobrinho a tirar a camisa. Antônio Fiore – o tio Nenê, como é chamado em família – teve um choque: "Nunca fui religioso," afirmou, "mas confesso que senti um nó na garganta ao ver o rosto de Cristo estampado com o sangue da minha irmã." A camisa milagrosa, já batizada de Santo Sudário da Nossa Senhora da Consolata, o bairro onde a vítima residia, é um fato sem explicação aparente.

A nossa reportagem tentou contactar Dom Elíseo Pires, Cardeal de São Paulo, para saber a opinião da igreja sobre o fenômeno, mas o religioso não estava disponível. O porta-voz da arquidiocese, Monsenhor Júlio Borges, informou que as autoridades eclesiásticas teriam de submeter a camisa a um rigoroso exame antes de qualquer pronunciamento. À espera de uma posição oficial da igreja católica, quem viu o rosto feito de sangue já começa a chamar o pequeno Artur de "menino Jesus", com respeito e reverência. Não são poucos os curiosos que, reunidos em oração à sua porta, fazem o sinal da cruz ao vê-lo passar, como se estivessem na presença do próprio Cristo reencarnado..."

A matéria estendia-se por aí afora, mantendo um tom moderado, com o cuidado de evitar os excessos, o falseamento da história e as expressões bombásticas. O repórter, cujo texto fora riscado e emendado de alto a baixo pelo editor, queixou-se vivamente dos cortes. Mas a decisão do chefe manteve-se, porque ele considerava o fato sensacional em si mesmo, sem a necessidade de retoques:

— Isto é dinamite, Ernesto! Não precisa juntar bombinha de São João...

A notícia explodiu na praça e, logo cedo, duzentos mil exemplares do *Crime Diário* dissiparam-se como fumaça. Em tempo recorde, o jornal saiu com uma segunda edição, que também se esgotou. Aos leitores habituais somaram-se os da concorrência, atraídos pela foto da camisa e pelo título ambíguo, que dava espaço à especulação. A ideia de um Cristo reencarnado, sacada do repórter, tinha sido a única concessão do editor para o sensacionalismo barato. E bastara. Não sobrou um só exemplar para contar a história.

6

— Está vendo a Canção Nova, Arlete?

— Não, é a Igreja Cósmica.

— Ah...

Ricardo afrouxou a gravata e sentou-se ao lado da mulher, enquanto a TV mostrava um pastor evangélico no palco, pregando para uma plateia de fiéis. O marido não recebeu o beijinho de praxe nem a atenção devida após um dia de trabalho. Também era pouco provável que Arlete fosse buscar a sua cerveja na geladeira. Na guerra de audiência com os programas religiosos, Ricardo perdia sempre. Marido não dá Ibope. Podia se esparramar no sofá de sapato, abrir o jornal com estardalhaço e tossir várias vezes, sem resultado. O jeito era mergulhar nas páginas do *Crime Diário*, enquanto o pastor evangelizava a sala:

— Está na Bíblia, II Coríntios, 9:10: "Aquele que dá a semente ao que semeia". Pensem no que isso quer dizer...

Na telinha, as ovelhas folhearam o livro sagrado à procura da citação. No sofá, Ricardo tentou tapar a visão da mulher com o jornal, mostrando a notícia do dia sobre as mortes no ônibus impressa com sangue e lágrimas:

— Olhe só! A coitada que levou um tiro na cabeça ao lado do filho.

Ela empurrou o jornal com as mãos, afastando o olhar da fotografia:

— Pelo amor de Deus, Ricardo! Você sabe que eu não suporto violência! Em vez de ler porcaria, veja o culto comigo, pense em coisas boas.

— Pensem nisto: — ecoou o pastor na tela — "Aquele que dá a semente ao que semeia". O que significa dar a semente? É o que a Bíblia diz: dar, oferecer, colaborar. Mas dar a semente a quem? Ao que semeia, que é o missionário, aquele que semeia a palavra de Deus. Portanto, a Bíblia diz que você deve dar ao missionário. Oferecer, contribuir. Está escrito. A palavra sagrada diz que você no auditório, você que está em casa, cada um deve colaborar. Você deve ajudar o missionário a evangelizar o Brasil. Quem ouviu a palavra sagrada não perca tempo para abraçar Jesus. Hoje é o dia, esta é a hora. Torne-se agora mesmo um associado. Ligue já e diga: "Eu aceitei o chamado de Jesus".

Na tela, sob a imagem do pastor, apareceram os números de um telefone e de uma conta bancária. Arlete pegou lápis e papel. Ricardo adivinhou no que aquilo ia dar: ela aceitava o chamado, ele pagava a conta. Foi para a frente da TV com o jornal e tapou a telinha com a grande fotografia da primeira página:

— Quer ver um chamado de Jesus, Arlete? Olhe só a camisa do menino.

A mulher, irritada, não queria olhar, impedida de anotar o telefone. Mas era impossível desviar-se da cara de Cristo, perfeita, feita com sangue de mãe. Ela viu a fotografia e abriu a boca, como milhares de leitores do *Crime Diário* já tinham feito. Por um breve momento sucumbiu à tática evasiva do marido, pensando na Nossa Senhora da Consolata – a mãe do menino Artur –, a quem a morte trágica conferira santidade, produzindo um milagre. Mas o evangélico na TV não queria largar o osso. Como se adivinhasse a manobra de Ricardo, ladrou ferozmente como um pastor alemão:

— Ligue já! Colabore já! Deposite a sua contribuição na conta de Deus!

Usava um tom imperativo, no estilo publicitário, aliás, à moda dos advogados, com a força de uma carta de cobrança do Departamento Jurídico do Céu. A mulher sentiu-se dividida. O marido, endividado. Onde estaria a verdade divina? Com o bonachão Ricardo ou a sua esposa Arlete? No Cristo do jornal ou no Deus da televisão?

Indiferente à resposta correta, o marido desligou a TV, provocando uma briga pelo controle remoto. Arlete reagiu mal, arrancando o aparelho das mãos dele. Ricardo perdeu as estribeiras, mas não era páreo para a mulher, fanática religiosa. Ele viu lâminas de fogo no olhar da serpente e recuou, buscando uma saída honrosa, a única que havia, da porta de casa, batendo em retirada. Enquanto ia em busca de reforços no bar, Arlete, vitoriosa no seu canto do sofá, foi-se acalmando aos poucos até recuperar a paz de espírito. Já podia voltar ao canal evangélico e submeter-se à lavagem cerebral do pastor, cuja voracidade por almas só se comparava ao apetite por dinheiro vivo:

— Meu rebanho, manifeste-se! Se tem alguém na plateia que aceitou o chamado, essa pessoa levante a mão!

Um jovem ergueu o braço. O televangelista sorriu:

— Qual é o seu nome, meu filho?

— José.

— Qual é o seu bairro?

— Santana.

— E qual é o seu testemunho?

— Vou falar, pastor. Eu fui despedido do meu emprego faz um ano. Fiquei cheio de dívidas, sem saber o que fazer. Aí me deu um desespero, comecei a beber, passava os dias no bar. Vivia bêbado, vomitava e dormia na sarjeta. Uma amiga me viu daquele jeito e me ajudou, me trouxe para cá. Ela falou: José, abandona o demônio e vem para o lado de Jesus! Foi ela que me trouxe para o templo. Na hora do culto, ela me deu a mão com força, e eu senti a força do Senhor me puxando. Foi como se uma luz me iluminasse. Eu aceitei o chamado de Nosso Senhor. Não tinha um centavo, mas vendi as minhas coisas, meu anel, meu relógio, e contribuí com a causa de Jesus. Fiquei sem nada mas fui recompensado. Aprendi que é dando que se recebe. Fiz a minha contribuição e já arranjei outro emprego, graças a Deus!

A plateia explodiu em aplausos. O pastor fez que sim com a cabeça. Que magnífico exemplo o daquele jovem! Que inspirador! Cada vez que alguém dava um testemunho desses a conta bancária da Igreja Cósmica ficava nas nuvens.

— Você na plateia, você em casa, você ouviu este jovem! Ele foi um Israel, um príncipe. Mesmo desempregado, não pensou duas vezes. Simplesmente deu. O pouco que tinha ele deu. Deu a sua contribuição e o seu exemplo. Faça como ele, irmão telespectador, não perca mais tempo: seja o cordeiro de Deus. Você não tem emprego? Está endividado? Não faz mal. Ligue zero, operadora e o número da igreja. Você pode ter dívidas, mas Deus é Pai! Creia! Dê trinta, quarenta ou cem reais, que Deus vai retribuir, vai dar condição para você. Deus quer que você prospere. Porque se você prospera, a igreja prospera. E se você enriquece, a igreja enriquece...

— Ainda está vendo essa merda, Arlete?

Era o Ricardo de volta, após um rabo-de-galo no bar. Como resposta, a mulher limitou-se a um provocador "psiiiuu!!", enquanto o pastor rezava por eles, tentando diminuir a tensão na casa. Pelo menos, era o que parecia:

— Eu oro por vocês, meus irmãos. Desejo a paz nos vossos lares. Abençoo o associado, aquele que todos os meses tira do seu para dar ao Senhor. Alcance a fonte de renda dessa pessoa, meu Pai. Eu oro pelos desempregados. Abençoo essa pessoa que o olho-gordo de alguém prejudicou. Ajude-a, meu Pai. Ó, Senhor, eu invoco a força divina para devolver a prosperidade dessa pessoa que dá o pouco que tem, contribuindo de boa vontade. Em nome de Jesus, ordeno que o demônio saia da vida dessa pessoa. Ouça a minha voz, demônio! Saia já daí!

Ricardo engoliu a saliva, incomodado, como se o evangélico falasse com ele:

— Obedece a minha ordem, Lúcifer! Sai dessa casa, dessa oficina, desse escritório! Fora! Sai da cama desse casal, desse vizinho com raiva, desse colega invejoso! Foge, cão! Eu quebro a tua maldição em nome de Nosso Senhor Jesus Cristo. Eu imploro, meu Pai! Devolvei a prosperidade para o justo, que mesmo passando dificuldade contribui de coração. Nada pode impedir a riqueza dos Seus filhos. Protegei, Senhor, aquele que dá a semente ao que semeia...

Ricardo sentiu o peso do dia, vencido pela TV e pelo cansaço. Deixou a sala em direção ao quarto, enquanto a mulher olhava comovida para o pastor, tocada pela palavra de Deus. Antes de ir dormir, Arlete vasculhou numa velha caixa de joias à procura de um colar que tinha sido da avó. Era das poucas coisas de valor que havia na casa. Mas, sob o efeito do sermão, ela pensou que ficaria melhor no pescoço de Jesus.

7

Há quem diga que os meios de comunicação têm quase tanta força quanto os exércitos. Que os jornais, o rádio e a televisão são manobrados pelo poder econômico para promover golpes brancos em países democráticos, na tentativa de derrubar governos populares legitimamente eleitos. Quem diz isso ilustra a tese com inúmeros exemplos, entre eles o Brasil, onde as forças desarmadas da imprensa serviriam para atirar lama nos presidentes empossados, numa guerra suja e insidiosa. Se for como dizem, esse jornalismo é mais do que maquiavélico, é mefistotélico: joga a opinião pública na fogueira e tenta levar o povão a dar um tiro no próprio pé.

Mas ninguém diria isso do *Crime Diário*. O jornal, com as suas mentiras, não pretendia derrubar governo algum. Só queria encher os cofres às custas dos fiéis leitores, que, no caso do menino Jesus, eram mais fiéis do que leitores. A publicação mantinha-se fora da arena política, reservando o seu poder de fogo para transformar sangue em dinheiro e religião em folhetim. Para se garantir, Ernesto tinha armado um esquema com Nenê, obtendo exclusividade, e conseguiu que nenhum outro repórter pudesse chegar perto da camisa sagrada ou entrevistar as pessoas da família. Em consequência, nenhum outro jornal vendeu tanto como o pasquim onde ele trabalhava, com a sua fértil série de reportagens sobre o menino Jesus e a Nossa Senhora da Consolata. As matérias sucediam-se, variantes do mesmo tema, e as edições esgotavam-se, invariavelmente. Como efeito secundário, sucessivas hordas de crentes e beatas passaram a dirigir-se à casa de Artur, em interminável peregrinação.

Em pouco tempo, já havia um mar de gente. Faziam lembrar os andarilhos de Santiago de Compostela, os pagadores de promessas com destino a Fátima, os crentes à espera dos milagres de Lourdes ou a onda humana que vai de joelhos até Aparecida. Os peregrinos apanhavam um dos vários ônibus para o bairro do "menino Jesus" e desciam a poucas quadras de sua casa, seguindo em procissão até a porta da frente, onde se benziam, se ajoelhavam e começavam a rezar. A ladainha durava o dia inteiro. Essa concentração, relativamente organizada, ocupava os dois lados da rua, e era uma bênção para os comerciantes locais, que nunca venderam tanto, em especial a padaria da esquina, que multiplicou os pães, as empadinhas e os pedaços de pizza. O burburinho dos fiéis só parava à noite, quando a maioria ia embora. Mas alguns ficavam por ali, dispostos a dormir no chão, ao relento, na esperança de ver o garoto surgir na janela, dando provas do elevado grau de fanatismo a que os homens podem chegar. Se é que alguém precisa delas.

A ideia de fazer o menino aparecer na janela, como um ritual, tinha sido do Ernesto, que mantinha o Nenê sob controle. Deu o argumento de que não era justo frustrar as velhinhas, os doentes, os cegos, os aleijados, toda aquela gente humilde que vinha do cafundó do Judas ver o filho da Consolata:

— Imagine, Nenê, se o Papa não aparecesse na sacada de São Pedro, com os fiéis de todo o planeta que vão ao Vaticano só para receber um tchauzinho dele. O Santo Padre atrai gente até quando abotoa a batina. Você já calculou quantos visitantes foram velar o corpo do João Paulo II? Católicos romanos, cristãos ortodoxos, budistas, protestantes, hinduistas, judeus, muçulmanos, até mesmo ateus. Milhares de pessoas, meu amigo! Se um Papa morto dá tanto Ibope, que dirá o menino Jesus vivo?

— Artur, você quer dizer...

— Qual Artur? Esse morreu quando mataram a mãe dele. Agora o menino tem um Cristo no peito, reencarnou, virou a última esperança dos fodidos e mal pagos. Atrás dele vem gente da cidade inteira e até de outros Estados. Não fica bem você esconder o seu sobrinho.

— Não há nada que o Artur possa fazer por essas pessoas.

— Claro que pode! O mundo está precisando de espiritualidade. Precisa de aura, carisma. É isto que o menino Jesus tem. Ele é uma força magnética, com o dom de atrair gentalha como o ímã atrai limalha. Vai por mim, nós vamos fazer a mala nessa via sacra, é só abrir a porta e deixar o dinheiro entrar.

— Dinheiro? Você não falava em espiritualidade? Estou ficando confuso.

— Ó santa inocência! Uma coisa puxa a outra. Por que você acha que os bispos da Igreja Cósmica moram em casa com piscina e andam por aí de carrão? Vai dizer que nunca viu pai-de-santo levando grana para fechar o corpo de alguém? Não deu donativo em centro espírita? Nunca jogou moedinha na caixa do sacristão? Cai na real, Nenê, o próprio Vaticano é um paraíso fiscal onde os italianos compram roupas de grife, fazem supermercado, põem gasolina na "machina" e levam produtos eletrônicos para casa sem pagar impostos. O seu sobrinho também é filho de Deus, tem o direito de ser recompensado pelos milagres que faz.

— Milagres? Que milagres?

O velho conhecia a audácia do repórter, mas sentiu que vinha chumbo grosso por ali. O profissional de imprensa sorriu, pôs a mão no seu ombro e sugeriu:

— Vamos até o bar tomar uma cachaça que eu explico tudo.

8

Carla tomou o primeiro café do dia no aeroporto de Cumbica e comeu um pão de queijo para quebrar o jejum. O voo da Alitalia estava atrasado, e isso deixara-a nervosa, contrariando o seu temperamento zen. Para uma professora de ioga, praticante de meditação transcendental, não há nada menos desejável do que perder o autocontrole. Por isso, movia a cabeça da esquerda para a direita, depois ao contrário, e massageava a nuca com a ponta dos dedos, na altura do chakra Vishuddha, tentando relaxar os músculos do pescoço para aliviar a tensão. Ela trazia um exemplar do *Crime Diário* para dar ao Luís, que ignorava a súbita notoriedade do sobrinho. De um dia para o outro, Artur tinha virado uma espécie de santo, o Cristo redivivo, e agora andava até fazendo milagres, a crer na imprensa sensacionalista. Culpa do Nenê e dos seus amigos boêmios, pensava Carla, que não tinha grande simpatia pelo velho, em tudo avesso ao estilo de vida que ela professava. Agora só faltava levar o menino num daqueles programas com Q.I. de ratinho, expondo-o à curiosidade mórbida das câmaras e de um público ignorante, ávido de porcaria. Olhou para o relógio do aeroporto, já passava das oito. Luís chegaria a qualquer momento, se Vishnu, o deus da graça salvadora dos hindus, assim quisesse.

Ela não o via há dois anos, desde que ele partira. Nesse intervalo, falaram-se pouco ao telefone, fosse por constrangimento ou por questão de economia. No *lobby* do aeroporto,

Carla estava incomodada como as mulheres que são deixadas à espera logo no primeiro encontro. Tinha de administrar o que sentia – e vá-se saber o que sentia –, além de estar preparada para o receber num momento de luto, após a morte da irmã que ele adorava. Mas tinha sido o Luís quem ligara. Não ia deixá-lo na mão. Nos muitos anos da sua convivência com ele, sempre foram amigos. Ou quase sempre, porque seria impossível excluir a noite em que foram mais do que isso. Carla se lembrava de cada detalhe: a decoração do bar, a cara do garçom, a polo cor-de-rosa que o Luís usava. De repente, tinha havido um olhar frontal, um brilho diferente. A conversa desviara-se por caminhos menos puros que os de Santiago. Pediram o último chope pela última vez e saíram tropeçando sob a luz da lua, à procura de um táxi. Antes da Carla embarcar, o beijo de despedida tirou-lhes toda a vontade de se despedir. E acabaram embarcando noutra viagem.

Havia motivos para evitar esse beijo e suas consequências. Carla era casada, de papel passado. Luís também tinha uma companheira, no mercado informal. Os quatro eram amigos e andavam sempre juntos. Mas bastara uma noite a sós para que os dois pombinhos colocassem em risco essa delicada trama de relações. O dia seguinte, além da ressaca, trouxe-lhes um inevitável sentimento de culpa. O caso mal começara, e eles já estavam em crise, sem saber o que pensar, como agir, o que era ético e o que não era. A cama tornou-se um ímã, e os dois ficaram presos no quadrado amoroso, sem paz de espírito, num conflito que poderia ter durado muito tempo. Só não foi assim porque Luís recebeu uma oferta de trabalho em Roma, na Telelazio, e aceitou sem pensar duas vezes, partindo em poucos dias. O novo emprego, por indicação de um amigo, vinha em boa hora, porque há meses ele só arranjava bicos e nenhum contrato fixo. Mas era também um pretexto para Luís sumir de cena, ou "scomparire", como dizem no Bel Paese. A oferta italiana propiciou-lhe uma escapatória para o drama passional que vivia, e ele distanciou-se da amiga, ao menos fisicamente, deixando o romance no ar.

Oito e meia, nada da Alitalia. Carla tomou mais um café e foi ver os aviões que decolavam e pousavam. A neblina não deixou. Foi à livraria Laselva e abriu ao acaso os "Mistérios", da Lygia Fagundes Telles. Mas não conseguiu se concentrar. Agora, a realidade era outra. Estavam os dois solteiros. Luís tinha rompido com a titular antes de partir, tendo o cuidado de não mencionar a traição, o que seria uma maldade desnecessária. Disse apenas que precisava de espaço e, para ser coerente, colocou dez mil quilômetros entre os dois. Quanto a Carla, por sua vez, enfrentou o marido com uma série de "conversas sérias", dizendo-lhe que já não sentia o mesmo por ele e que, se ainda o amava, era como irmã, não como mulher. Seria injusto continuar a relação de forma desequilibrada, e ela não via outra coisa a fazer senão ficar sozinha, sem a hipocrisia burguesa que mantém artificialmente juntos tantos casais infelizes. Como é óbvio, também omitiu a aventura, conseguindo um divórcio amigável.

Nove e dez, a luzinha do voo 720 começou a piscar. Às nove e quarenta, Luís surgiu na porta de saída dos passageiros, com ar cansado, olhos vermelhos, a cara tão amarrotada como a sua roupa. Abraçaram-se longamente, emocionados, trocando poucas palavras. Depois, ele fez o câmbio dos euros e foram apanhar o ônibus, com destino ao terminal da Rodoviária. O novo místico, cuja irmã tinha desencarnado, deixando no seu peito um buraco e a dor da perda, pôde sentir alguma compensação em estar ao lado de outra pessoa querida. Encostou a cabeça no ombro de Carla e dormiu o caminho todo. Ela nem chegou a lhe mostrar o jornal. Uma coisa de cada vez, pensou. Enquanto o veículo seguia pela marginal, a jovem ficou olhando para as águas do Tietê, que mesmo poluído era um belo rio, enquanto era arrastada por outra correnteza, um carinho louco, que ressurgia de forma surpreendente, após dois anos no sótão do seu coração.

9

Sentado na poltrona da sala, Artur contraía os maxilares, mastigando o vazio. A mulher diante dele se benzia com fervor de beata e murmurava preces como se estivesse diante do Cristo em pessoa. Parecia desvairada, e era só uma amostra, porque a fila na porta prometia um dia cheio: cegos, aleijados, desenganados, desempregados, gente que se queixava de dores, uma criança com lábio leporino no colo da mãe, os mais estropiados crentes à espera da vez, acreditando que um milagre estava prestes a acontecer, para lhes devolver a visão, fazê-los andar, arranjar-lhes um emprego, livrá-los da dor, fechar as suas feridas abertas, proporcionar a cura do mal que os afligia. Em princípio, o menino Jesus ia ser a panaceia para todos esses males, enquanto Nenê administrava a fila dos aflitos, que dava a volta ao quarteirão, e recolhia o dinheiro, mais de uns que de outros, conforme a aparência do queixoso, de acordo com as possibilidades de cada um. A caixa que servia de cofre improvisado já era pouca, e as notas tinham de ser afundadas com o dedo. O velho foi buscar uma lata na cozinha para a substituir. Observava o comportamento daquela gente diante de Artur e sentia remorso. Mas não podia deixar de pensar que o sustento do órfão tinha caído do céu. Por isso, quando o remorso passava, ia até a janela, avaliava a extensão da fila e calculava os lucros, multiplicando mentalmente o número de pessoas pelo valor médio das doações. Foi assim que viu Luís chegar, em meio à multidão, abrindo caminho de mãos dadas com a Carla. Adiantou-se para ajudar o irmão:

— Saiam da frente! — Gritou o velho. — Deixem passar o tio do menino!

O povo, respeitoso, abriu alas. Uma voz reverberou o pedido:

— Deixem o homem passar! É tio do menino Jesus!

Luís entrou na casa, incomodado por aquele caos. Cansado, abraçou Nenê sem convicção, mal chorou com ele a morte da irmã. O *Crime Diário* estava enrolado no seu bolso, Carla já o tinha posto a par de tudo. Foi até Artur, que deixou a doida rezadeira e correu a se aninhar em seus braços assim que o viu. O menino caiu num pranto convulsivo pela primeira vez desde a delegacia. Agarrava o jovem tio pelo pescoço com a força de um adulto. Luís sentiu-se afundar e começou por tentar enxugar as lágrimas do menino, acabando na choradeira junto com ele. Carla também se emocionou. Nenê cedeu e abriu a boca, dando vazão aos seus sentimentos. Em poucos minutos, chorava a sala inteira, contagiando lá fora a fila dos aflitos, que imaginavam um milagre acabado de acontecer, antevendo a própria salvação, e vertiam lágrimas, um a um, em sequência, como se caísse uma fileira de dominós. Quando as coisas se acalmaram, Luís olhou para Carla, buscando coragem, e voltou-se para interpelar o irmão:

— Ô Nenê, pelo amor de Deus, o que faz essa gente aqui? Que loucura é esta?

O velho sentiu o desgosto na voz do Luís e pediu silêncio à beata, que ainda rezava. A seguir conduziu a família para o quarto, encostou a porta e deu a resposta:

— Essa gente vem ver o rosto de Cristo na camisa do Artur, feito com o sangue da Lisa.

— O corpo dela ainda está quente, Nenê! — Luís brandiu o jornal. — Em vez de fazer luto, como é que você fica enrolando as pessoas com essa vigarice de Santo Sudário?

— Vigarice? — O velho chegou a corar. — É fácil julgar, meu irmão! Você vai para a Itália, deixa a família na mão, e eu é que sou o culpado? Enquanto você passeava em Roma, eu ajudava a Lisa a segurar a barra da casa. Mas agora estou sem emprego, o que você queria que eu fizesse?

— Qualquer coisa, Nenê, menos isso. O fato de você estar desempregado não justifica o bando de crentes lá fora nem essa caixa cheia de dinheiro até a tampa.

O menino, que o choro acalmara, cerrava outra vez os dentes. Não lhe faltava mais nada, um ataque de bruxismo em família, as poucas pessoas com quem ele se sentia protegido discutindo em altos brados. Voltou pé ante pé para a sala, sem chamar a atenção, enquanto o velho tentava se defender:

— A Lisa morreu, Luís. É triste, mas morreu. Alguém tinha de alimentar o menino, pagar escola, médico, dentista, e você nunca mandou um tostão. Então explique aí — ó juiz das nossas almas! —, quem paga as dívidas? O Papa?

Luís acusou o golpe, incapaz de responder. Nenê, por sua vez, tinha um nó na garganta. Contavam-se nos dedos as brigas entre os dois. Nunca tinham feito baixaria, e era má hora para começar, em meio ao luto pela Lisa, num triste reencontro depois de tanto tempo. Além disso, se o irmão mais jovem estava coberto de razão, o mais velho tocara numa ferida tão aberta como um lábio leporino. Luís, o bom samaritano, não tinha mandado qualquer ajuda da Itália, mesmo com um salário em euros:

— Reconheço que estou em falta. — ele disse, num fio de voz.

O velho também adotou outro tom, justificando-se:

— Quem inventou essa história de menino Jesus foi o Ernesto, meu amigo jornalista. Nem tive tempo para pensar no caso. Mas vai dar uma olhada, meu irmão: a cara do Cristo na camisa não dá para entender. Sei lá se é milagre ou não, só sei que o repórter está certo, a gente devia ter uma compensação pela tragédia da Lisa. É justo. Além disso, o pessoal lá fora é maior de idade, ninguém é obrigado a pagar nada.

Carla, até então em silêncio, não se conteve:

— Ah, certo! São livres para pagar...

Nenê surpreendeu-se com a ironia da jovem, mas continuou a falar ao irmão:

— O repórter diz coisa com coisa, Luís. Você também iria concordar.

— Concordar com o quê?

— Na igreja, o sacristão passa o chapéu; no centro espírita, pedem contribuição; no templo, cobram o dízimo. Pagar é normal...

— Ah, não diga!

— O Ernesto me encheu com essa história, Luís. Na Idade Média, o papa mandava cobrar taxa para absolver pecado. Antes de Cristo, os romanos entravam nos templos de oferenda na mão. Antes deles, os gregos. No antigo Egito, os sacerdotes eram todos da classe abastada. O negócio vem de longe, meu irmão, não fomos nós que inventamos. Aqui também o cara colabora, dá uma geral na camisa e sai se sentindo melhor...

— E você embolsa o dinheiro, certo?

— Certo, não vou mentir. A parte do leão é para o aluguel e os gastos com o Artur, eu só pego o necessário para me manter. Trinta por cento vão para o Ernesto, que montou o esquema.

Carla voltou à carga:

— Já abriram uma empresa, Santo Deus! Tem até sócios!

O velho sentiu o impulso de contra-atacar. Mas levou em consideração que ela era amiga do Luís, engoliu o sapo e manteve os olhos fixos no irmão. Limitou-se a argumentar:

— É justo o repórter ganhar o dele, porque faz a divulgação. Sem as matérias do jornal as pessoas não iam saber da camisa sagrada nem viriam até aqui em busca de salvação. De qualquer modo, posso mudar o trato. Só estava esperando você chegar para a gente discutir isso.

Luís passou a mão na cabeça, tentando pentear as ideias:

— Tudo bem, Nenê, é melhor decidir com calma, sem se desgastar. A Lisa morreu, já é tristeza suficiente. Agora você não está mais sozinho, e nós podemos manter a casa juntos. Tenho até um dinheirinho guardado, dá para ir levando. Só peço um favor, ligue para esse seu amigo repórter e desfaça já o tal acordo...

Antes que Luís concluísse, foi interrompido por uma luz intensa, que eclodiu pela fresta da porta. Vinha da sala, onde Artur se sentara outra vez na poltrona que servia de trono celestial. Estava rodeado pelos pedintes, mas tinha um ar solitário, como se fosse a única pessoa no mundo, e emanava um brilho capaz de cegar um homem, uma luz muito branca, enquanto vazavam feixes luminosos por todos os orifícios da casa. Como descrever uma cena dessas? Bem, o menino lembrava o Moisés do filme *Os Dez Mandamentos*, em Panavision, recebendo as tábuas da Lei diante de um Deus incandescente.

Os irmãos, seguidos pela Carla, empurraram a porta para ver o que se passava. A intensidade de luz atingiu o máximo, e eles tiveram de proteger os olhos com as mãos. Foi então que descortinaram, junto às silhuetas recortadas dos crentes, a equipe de televisão com suas câmaras e *spotlights*. Os holofotes centravam-se no menino, explicando a sua súbita luminosidade, que nada tinha de sobrenatural, enquanto uma entrevistadora enfiava o microfone na cara dele:

— Você se julga Deus?

Nenê viu Ernesto junto ao pessoal da TV, conversando com um tipo exótico. O repórter também o viu e veio sorrindo:

— Fala, Nenê! Gostou da surpresa? O seu sobrinho vai virar estrela de televisão! Mas desta vez a ideia não é minha, é aqui do Jorge, um puta profissional de marketing. Você precisa conhecer esse cara...

Jorge adiantou-se, esticando a mão, que Nenê apertou sem convicção, preocupado com a reação do Luís. O velho fez o que o irmão mais novo esperava dele:

— Olhe, Ernesto, lembra-se do Luís, o meu irmão? Ele acaba de chegar da Itália e tem uma palavrinha a dar sobre o nosso acordo...

Foi a vez de o repórter esticar a mão, efusivo. Luís deixou-a no ar, pendurada, e saiu para salvar o sobrinho das garras da entrevistadora, entregando Artur aos cuidados de Carla. Depois, pegou a jornalista pelo braço e arrastou-a para fora da casa:

— Quem autorizou a entrada de vocês? Esta é uma casa particular, porra!

O técnico de som quis ajudar a colega, mas por pouco não levou um murro. O tio do menino Jesus estava de péssimo humor:

— Isto é invasão de domicílio, seus sacanas! Vou responsabilizar o canal onde vocês trabalham e processar um por um! Fora daqui!

O pessoal da televisão foi saindo ou, como o povo diz, saído. O sinal de perigo serviu para alertar os restantes, e um cego, temente a Deus, encarregou-se de puxar a fila dos estropiados dali para fora. O homem podia não ver, mas ouvia perfeitamente. Em segundos, já não havia mais estranhos na casa, à exceção do repórter e do marqueteiro.

Luís virou-se para os dois e foi direto ao ponto:

— O negócio é o seguinte: a partir de agora, não tem mais acordo nenhum. Ninguém vai fazer vigarices nem explorar a fé das pessoas às custas do meu sobrinho. E se tentarem, eu chamo a polícia. Fui claro?

— Calma, amigo! — Reagiu o Ernesto, vendo a galinha dos ovos de ouro bater as asas. — Ninguém aqui é vigarista, e você não tem o direito de falar assim.

Carla pôs-se ao lado de Luís:

— Ele é tio do menino, tem todo direito de falar como quiser. Acho melhor vocês saírem, por favor. Aconteceu uma tragédia nesta casa, e ninguém parece se lembrar disso. Respeitem o luto da família.

O repórter engasgou. Primeiro, um irmão surge do nada metendo bronca. E agora, quem era essa? Olhou para Nenê, confuso e contrariado. O velho, entre a cruz e a espada, fez um sinal para que o Ernesto saísse com o marqueteiro. Mas acompanhou os dois, para diminuir o mal-estar que se instalara:

— Deixe esse assunto comigo, Luís. Esfrie a cabeça, que eu volto já.

Saiu com eles e encostou a porta da rua.

10

Tonho agarrou-se à armação que servia de escada e subiu pela tubulação de ferro que ia de uma margem à outra do Tietê. Caminhou sobre as águas, seis metros acima do rio, em equilíbrio precário. Depois, se deitou ao comprido, no meio da estrutura, prendendo os pés no corrimão metálico. A chapa, que lhe dava calafrios no inverno, estava morna e aconchegante naquela tarde de verão. Evitou com cuidado as arestas enferrujadas, regadas a mijo de ratazana e cobertas de cocô de pássaros. Deixou-se ficar ali, imóvel, longe do burburinho da favela, tentando acalmar a dor de cabeça no único lugar do mundo que podia chamar de seu.

Descobrira aquele arremedo de ponte na infância, já corrompidas, a ponte e a infância, pelo esgoto dos barracos de madeira e lata, as descargas poluentes das indústrias químicas e o trânsito enfumaçado da marginal. Tinha dezoito anos, era um sobrevivente, como o jacaré solitário que diziam frequentar o rio. Nunca tinha visto a várzea do Tietê limpa, coalhada de borboletas e coberta de capim-gordura. Nunca pudera caçar preás, que antes se reproduziam aos milhares por ali, porque esses roedores já tinham desaparecido há décadas. Não pescara lambaris nem levara a ferroada ardida do mandi, no tempo em que os peixes ainda frequentavam o rio. Nunca tinha assistido uma regata com os barcos dos clubes Espéria, Tietê e Atlético. Não fazia ideia de que o rio, outrora um leito de águas translúcidas, era chamado de Anhembi pelos índios da região. Índios na marginal do Tietê? Quem diria! Tonho não diria nada.

Agora era um novo milênio, o terceiro depois de Cristo, e o rapaz mal se equilibrava no cano estreito da modernidade. E daí? Que se foda! Com óculos escuros roubados de alguém, ele podia ficar tomando sol, sossegado, apesar da dor. Bastava-lhe esse pouco, um pouco de nada. Só queria descansar. Não conseguira pregar o olho nas últimas noites e sentia o corpo quebrado. Estava mal. O sangue martelava a sua cabeça, e tudo rodava. Voltado para o céu, Tonho ficou à espera do pior. Não deu outra. Daí a pouco, como já era costume, Nossa Senhora, a mãe de Deus, apareceu lá no alto, com o círculo solar a lhe servir de auréola, e desceu voando em espiral. Veio se aproximando, lentamente, até pairar sobre ele. A santa, vestida de preto em sinal de luto, tinha a cara bondosa de Lisa e a mesma voz doce, com uma reverberação própria da santidade:

— Bom dia, Tonho. Foi ver o meu filho?

— Fui, sim senhora! Mas tinha muita gente. Só consegui ver de longe, quando ele apareceu na janela.

— Arrependeu-se dos seus pecados?

— Com certeza!

Ele puxou a correntinha e beijou o crucifixo que trazia no peito:

— Juro por Deus que estou arrependido! Já matei muita gente, mas não devia ter matado a senhora. Eu estava doidão. Como é que ia adivinhar que era a mãe do menino Jesus? Só fiquei sabendo depois, porque deu no jornal, o pessoal comentou. A senhora vai desculpar, mas eu não tenho culpa. Dei azar no lance...

— Eu sei, Tonho. A culpa é do governo. Mas você devia assumir a sua parte da responsabilidade. Foram as suas mãos que empunharam o revólver e o seu dedo que puxou o gatilho. Deus é testemunha!

Com todo respeito, pensou o rapaz, que pentelha! Podia ser santa, mas era uma mala sem alça. Essa sim era Nossa Senhora Aparecida: vivia aparecendo, mesmo sem ser chamada. Desde as primeiras notícias no jornal, a mulher começara a vir todo dia azucrinar a cabeça dele com essa conversa de confessionário. Onde quer que ele fosse, Nossa Senhora ia atrás. Mesmo ali, no seu esconderijo de infância. Puta que pariu! Não existe sossego nem no canto da gente? Deus que perdoe, mas tinha vontade de matá-la de novo:

— Desculpe, mas a senhora é um pé no saco.

— E você devia lavar a boca com sabão, seu atrevido! Reze cem Aves Marias para pagar essa língua. Já!

— Para de ficar me perturbando, cacete! Vaza! Não vê que eu estou com dor de cabeça?

— Cem Aves Marias, Tonho!

Ele sentiu duas pontadas nas têmporas que pareciam feitas com agulhas de tricô. Estava fodido. A sua ponte sobre o Tietê já não lhe dava paz. Inútil discutir com a santa desnaturada, já tentara mil vezes e nunca conseguia nada. Ela não ia embora enquanto ele não entregasse a rapadura:

— Eu rezo, caralho! Vou rezar: Ave Maria, mãe de Deus, rogai por nós, os pecadores, agora e na hora da nossa morte, amém. Ave Maria, mãe de Deus, rogai por nós, os pecadores, agora e na hora da nossa morte, amém. Ave Maria...

A ladainha tornou-se irresistível para o seu corpo cansado. A reza foi baixando de tom até virar um sussuro. Tonho adormeceu ao som da própria voz e sonhou que estava no seu canto, sobre o rio Tietê, com uma puta dor de cabeça, rezando cem Aves Marias para Nossa Senhora. Mas que sonho, porra nenhuma, pesadelo dos bravos! Nem dormindo ela largava do pé:

— Ô Tonho! Acorda, meu!

Saíu do torpor do sono, olhou para cima meio grogue, a santa tinha evaporado.

— E aí, mano? É para hoje?

Olhou para baixo, era o Negrão, impaciente:

— Vamos fazer o serviço ou não vamos?

Ruminou um "tô indo" inaudível, soltou os pés do corrimão e desceu devagar, com medo das pontadas. Mas a dor de cabeça tinha passado como por encanto. Depois das recentes aparições da Nossa Senhora da Consolata, Tonho descobrira um santo remédio: se obedecesse às ordens de Lisa, ficava bom, ao menos por um tempo.

Foi fumar um baseado com o Negrão e fazer o assalto do dia.

11

No bar, Ernesto olhou para o velho com desânimo:

— Por que você não esclareceu esse assunto com o seu irmão, Nenê? O cara caiu de paraquedas e já quer melar o jogo. Abre os olhos dele, pelo amor de Deus! O Jorge aqui pode fazer a gente ganhar uma fortuna.

O velho encolheu os ombros. Bebeu a pinga de um gole só. Gostava do irmão e, no fundo, estava de acordo com ele: a negociata era uma sacanagem com Artur e o batalhão dos carentes. Mas o Ernesto também tinha razão, e o velho não conseguia parar de pensar na caixa cheia de dinheiro. Deixou o sangue falar primeiro:

— Meu irmão está certo, a gente está tirando dinheiro de quem não tem e fodendo a cabeça do meu sobrinho. O Luís não vai deixar esse negócio ir para frente e é capaz de mandar prender todo mundo, inclusive eu.

— Não vá roer a corda, Nenê! Antes de tomar uma decisão errada, ouça aqui o Jorge, que teve a ideia de chamar a televisão. Ele trabalha para o dono da emissora, um deputado estadual. Vai dar uma mão para a gente.

O outro aproveitou a deixa:

— É isso aí, seu Nenê, pode contar comigo, que de comunicação eu entendo. Essa camiseta do seu sobrinho é o que os publicitários chamam de uma ideia vendedora. O menino pode fazer o maior milagre da paróquia, que é transformar preces em ouro. Uma oportunidade dessas só aparece uma vez na vida, e você é o tio mais velho, devia pegar a custódia dele na justiça, neutralizar o seu irmão e controlar o negócio. Depois, nunca mais ia ter de trabalhar, vai por mim.

Nenê sentia-se desconfortável:

— Não posso ir contra o meu próprio irmão, nem pensar. Eu e o Luís sempre nos entendemos bem, e ele está coberto de razão. Por mais que você fale, o que nós estamos fazendo é vigarice da grossa.

— Não é vigarice, é marketing! — Insistiu o Jorge. — Você tem de encarar o seu sobrinho como uma marca, uma espécie de coca-cola benta. Ele é o Cristo reencarnado, com um logotipo de sangue na camisa. O Artur pode ser a tábua de salvação para os fodidos deste planeta, e eu falo do planeta Brasil, onde há milhões de miseráveis, que quando escapam da fome caem na doença, sem seguro-saúde nem apoio da santa Previdência. Por que a Igreja Cósmica dá certo? Por que qualquer religião dá certo neste país? É um mercado do tamanho de um continente, em que noventa por cento dos habitantes são potenciais consumidores de milagres, só à espera de um sinal. Basta manipular a mídia, usar a criatividade, comunicar os benefícios da fé para o público-alvo e, não tenha dúvida, a gente vai se dar bem. Vamos entrar nos Top Ten da revista *Publicidade & Marketing*, o maior caso de sucesso que já se viu. Estou falando do Brasil mas é só o começo. Depois podemos atravessar a fronteira, pensar grande, levar o menino para o Uruguai, o Paraguai, a Argentina. Já imaginou o que isso significa?

— Entramos no Mercosul! — Gozou o Ernesto, que estava deliciado com a lábia do colega, achando aquela história um exagero digno do *Crime Diário*.

Jorge estendeu mais um copo de pinga para Nenê, que o entornou de primeira, para clarear as ideias. Naturalmente, ficaram mais turvas do que antes. Estava tentado a rever a sua posição, que já tinha revisto, de modo a retornar ao ponto de partida. Por que não manter o acordo e vencer a resistência do Luís? Mas estava incomodado com a intrusão do Jorge e tinha um problema novo para resolver. Virou-se para o repórter:

— A coisa está complicada, Ernesto. O IML finalmente liberou o corpo da minha irmã, e a família vai ter de fazer o enterro. Agora não tenho cabeça para ficar pensando em marketing de milagre. Além disso, era eu de um lado e você do outro. Com o Jorge na parada, como é que fica a questão da grana?

— Na mesma. — O amigo garantiu. — O sobrinho é seu e sem ele não se faz nada. Deixe que resolvo a questão com o Jorge: ele faz o bolo crescer, eu divido a minha parte com ele, e não se fala mais nisso.

O velho olhou para o marqueteiro, que ergueu o polegar:

— É isso aí, seu Nenê, a sua parte é sagrada. A César o que é de César.

O velho não achou graça. Ainda tinha uma carta para jogar:

— Tudo bem, podem contar comigo. Mas tem uma condição...

Os dois ficaram à espera. Ele concluiu:

— Vocês é que vão ter de convencer o meu irmão a autorizar o negócio.

12

No quarto escuro, Artur não conseguia pegar no sono, excitado com o rodamoinho da sua pequena vida. Tinha as pupilas contraídas, observando três riscas incandescentes que entravam pelas frestas da janela. Pareciam as espadas a laser da Guerra nas Estrelas. Mas podiam ser os fótons de um campo magnético alienígena movido a carne humana. Se Lisa estivesse viva e ao seu lado, ela diria que eram o Pai, o Filho e o Espírito Santo ali reunidos para o proteger. Com a mãe morta, Artur temeu pelo pior: em vez da Santíssima Trindade, podiam ser os reflexos da lua cheia no tridente do diabo. Sim, era isso! O demônio tinha dado à luz três bruxas pestilentas, como a velha tísica do ônibus, e agora ia começar o processo de clonagem, transformando-as em trezentos e trinta e três feiticeiras, que se somariam às suas imagens refletidas no espelho, num total de 666, o número do capeta. Vade retro, Satanás! Fora, bruxas demoníacas! Deixem uma pobre criança em paz!

Para atazanar o menino, sem vocação para Harry Potter, todo o Sindicato Internacional das Magas Patológicas tinha entrado pela janela, num bruxoleante painel luminoso que anunciava terríveis desgraças. Buuu...

Naturalmente, Artur estava apavorado. Não controlava o ranger de dentes, à espera de enfrentar sozinho o terrível Exército do Mal. Era impossível vencer o poder das trevas, seiscentas e sessenta e seis bruxas vestidas de preto, de luto por ele, futuro falecido. Voariam em círculos e pousariam no chão do quarto, transformando-se em caveiras, anões, leprosos, coxos, corcundas, zumbis com os olhos saltados para fora das órbitas, doentes com feridas purulentas, cadáveres decompostos. Ou então, todas as bruxas misturadas num único ser abominável: a caveira anã doente de um zumbi corcunda coxo com lepra nos olhos feridos e pus saltando para fora das cadavéricas órbitas decompostas. Com uma faca na mão. E uma granada na outra. Cavalgando um míssil nuclear.

Pensando bem, por aquela janela podia até entrar um branco doidão com um revólver, como o que matara a sua mãe.

Meses antes do assassinato, o menino já demorava para adormecer. A insônia tinha começado no dia em que ele e o tio mais velho foram até a beira do Tietê ver uma traineira que drenava o lodo. Os dois repararam num grupo de curiosos na outra margem e cruzaram a ponte para ver o que se passava. Foi má ideia: alguém tinha se atirado ao rio, e os bombeiros estavam pescando o corpo. O afogado boiava de costas, com o paletó encharcado, o cabelo escorrido, o pescoço branco como parafina. Metade da cara estava enfiada na água e a outra metade exibia manchas roxas e lilases. Nenê ainda tentou afastar o menino daquela lúgubre aquarela, mas Artur, pálido como a pele do morto, já vomitava. Os reflexos do sol no cadáver molhado imprimiram o filme virgem da sua cabecinha, e o quarto do garoto tornou-se uma câmara escura onde, noite após noite, ele voltaria a revelar, fixar e ampliar as imagens da Morte.

Da insônia ao bruxismo, foi um passo. Tinha sido aberta a picada por onde circulam os Freuds, Jungs e Adlers da vida. Se o inconsciente de qualquer pessoa é uma incógnita, que dirá o de um órfão submetido a tantas provações? É verdade que ele mal se lembrava do primeiro trauma, a morte do pai, com uma tuberculose resistente aos antibióticos. O homem era um tipo frágil e já tinha sido diagnosticado como estéril. Mas tinha um caráter confiante e generoso. A tal ponto que, quando Lisa ficou grávida, nem lhe passou pela cabeça pôr em dúvida a paternidade. Se a mulher dizia que o filho era dele, a palavra dela bastava. Por isso, considerou o menino uma dádiva de Deus e, durante o pouco tempo em que foi pai, foi um pai carinhoso. Triste sorte a do Artur! Perder um pai assim e depois ver desaparecer a mãe, a única pessoa capaz de acabar com a sua insônia, acalmar o bruxismo e minorar o seu sofrimento. Numa noite de Halloween como esta, só podia contar com Lisa em pensamento. Mas – ok! – era melhor do que nada para impedir a iminente invasão das bruxas pelas frestas da janela: "Manhêêê, alerta vermelho!".

"Pense rápido, Artur!", disse Lisa, na telinha do menino. "Estique o braço até o criado-mudo e pegue o seu estilingue X-9 turbinado. Vamos, coragem! Já está na mão? Então segure firme, carregue com uma bola de gude e salte dessa cama, abrindo a janela de um golpe só. Rápido, que falta pouco! Agora é só se apoiar no parapeito, fazer pontaria e rezar para acertar no quartel-general das bruxas: um, dois, três..." Kliinnk-ting! "Boa, Artur! Na mosca! Uma vitória esmagadora do Bem sobre o Mal! Viu só, meu filho? Não falei? Quem disse que você não era capaz?".

Livre das fantasmagóricas riscas incandescentes, Artur conseguiu finalmente dormir sem sustos, enquanto lá fora, na calçada, jazia em mil cacos uma lâmpada de mercúrio.

13

Carla foi buscar o menino às onze horas, conforme tinham combinado. Artur ainda estava de pijama e ela assustou-se com as suas olheiras:

— Você dormiu bem? Está com fome?

— Mais ou menos. — Ele deixou-a na mesma.

— Mais ou menos com fome ou mais ou menos dormiu bem?

— É.

Lacônico e nada elucidativo. Não que a Carla precisasse ouvir queixas dele para saber que o Artur estava mal. Bastava ouvir o ranger de dentes. A jovem ficou penalizada. Se estava fora do seu alcance acabar com as causas daquele sofrimento, ela sentia-se na obrigação de amenizar os seus efeitos. Ainda não tinha tido filhos, mas era dessas mulheres com um forte instinto maternal. Por isso, prática, resolveu cuidar primeiro da fome:

— Conheço um restaurante natural ótimo. Vamos lá?

— Eu não gosto de arroz integral.

— E de seitan, você gosta?

— Nunca comi.

— Então hoje você vai experimentar um filé de seitan com cogumelos.

— Filé?

— É igualzinho a bife. Só que em vez de carne, é feito de trigo.

— Claro que não tem carne. Senão não era natural.

— Pois é. Não é natural matar boi, porco, cabra, galinha.

Os animais também têm sentimentos. Percebem que vão ser mortos e sofrem como nós.

— Você acha que a minha mãe sofreu?

"Ai", pensou Carla. E agora? Coitado do garoto. Achou melhor enfrentar o assunto:

— E você, está sofrendo muito?

— Eu tenho saudade. Sinto falta dela...

Carla deixou a frase desaparecer sozinha, até que o som morresse. Depois mexeu no cabelo do menino e perguntou-lhe, num tom afetuoso:

— Posso ser sua mãe hoje?

O garoto olhou para ela surpreso. Um jogo? Ele gostava de jogos. Brincava sempre de mãe-da-rua e de mãe-da-lata, podia muito bem brincar de mãe-do-Artur com a Carla. Foi o que disse:

— Se você quiser, pode, ué...

Estavam de acordo. Daí a pouco, Carla estacionava no restaurante, onde ainda havia poucos clientes, e o almoço não demorou para ser servido. Além do prato sugerido por ela, pediram uma salada grega e ficaram mastigando a comida até cansar. Depois, tomaram suco de goiaba bem devagar, aos golinhos. Tudo porque a mãe interina tinha explicado ao Artur que aquilo era importante para ajudar na digestão, segundo os ensinamentos da macrobiótica: "Devemos beber os sólidos e mastigar os líquidos". Artur achou a frase engraçada. O menino gostou da máxima e aprovou a ideia.

Saíram de barriga cheia, e Carla levou-o até a sua academia de ioga, no centro da cidade. Ficava numa pequena vila simpática. O salão não era grande nem pequeno, tinha esteiras no chão e almofadas por todo lado. Nas paredes, viam-se ilustrações de divindades indianas e fotografias da própria Carla em diferentes posturas. Ela tinha uma aula marcada para daí a duas horas e pensara em juntar o menino ao grupo. Mas antes, enquanto estavam sozinhos, ensinou-o a fazer relaxamento. Resultado: Artur adormeceu tão profundamente que ela não teve coragem de o acordar quando chegaram os alunos. Todos acharam graça no dorminhoco, que roncou a aula inteira.

Quando ele acordou, os alunos já tinham ido embora. O menino perguntou pelo banheiro, e ela mostrou o caminho, atrás de uma cortina de contas que oscilava com a corrente de ar. Na volta, Artur foi recebido com uma garrafa térmica cheia de chá de jasmim. Tomaram o chá juntos, em copos de plástico. Depois, ela sugeriu:

— Que tal uma sessão de reiki?

— O que é isso?

— Rei quer dizer universo. Ki é energia. Reiki é a energia do universo.

— Ah! E é sessão por quê? Vai passar filme?

A jovem riu:

— Não vai passar nada. É uma massagem que serve para equilibrar as nossas energias. Mas em vez de falar, vamos fazer. Sente-se na esteira que eu mostro como é.

O menino sentou-se e ficou à espera. Ela fez um preâmbulo:

— Você sabe o que é chakra?

— Chácara?

— Chakra. É uma palavra que quer dizer centro. São os centros do corpo por onde a energia circula como num redemoinho. Nós temos uma porção de chakras, mas os principais são sete. Vou mostrar para você...

Carla passou a enumerar os centros energéticos, dos pés à cabeça, tocando em si mesma:

— Aqui na base da coluna fica o primeiro chakra. O segundo é onde está o sexo. O terceiro fica no umbigo e se chama plexo solar. O quarto é o chakra do coração. O quinto é na garganta. O sexto é na testa, no terceiro olho. E o sétimo está no topo da cabeça, por isso chama-se chakra da coroa. Agora repete para eu ver se você aprendeu.

O menino só se perdeu no sexto chakra, esquecido da garganta. O resto acertou de alto a baixo.

— Está muito bem, gostei de ver. — Carla incentivou-o. — Agora espere um pouquinho que eu já volto.

Ela foi ao banheiro e voltou em seguida, explicando que tinha ido lavar as mãos, porque elas eram os canais de passagem da energia. Depois se concentrou, aproximou a mão direita da testa de Artur, sem tocar nele, e ficou um bom tempo parada naquela posição, sem falar nada. No final, perguntou-lhe:

— Está sentindo alguma coisa?

— Só o calor da sua mão.

— Não é o calor da mão, é a energia do universo fluindo até você. Entra pela minha cabeça, na coroa, depois atravessa a minha mão, que é o canal, e flui para dentro de você pelo terceiro olho, aqui, no meio da sua testa.

Artur fechou os olhos para sentir a energia fluindo. Carla aplicou o reiki no menino, pacientemente, nos pontos de maior tensão, olhos, nuca, músculos das costas. Às vezes falava, pedindo-lhe para memorizar cada passo da massagem energética. Mas em geral fazia silêncio, o que levou Artur a ficar quieto também. Meia hora depois, Carla deu por terminada a sessão:

— Pronto, para começar está bom. Se você se lembrar como é, todos os dias pode repetir o que fizemos, mesmo sozinho. A massagem também funciona quando fazemos em nós mesmos.

— Como é que eu vou pôr a mão nas costas?

— Faça onde der para fazer, não tem de ser igual. Mas primeiro ouça o que o seu corpo tem a dizer. O corpo fala, você sabia?

— Não.

— Só que não fala com palavras, é com as dores, a câimbra, o cansaço, tudo o que a gente sente. Ele diz para você onde estão as tensões, os males, os desequilíbrios. Depois de ouvir o seu corpo, dê graças por estar vivo, saudável, tranquilo, em harmonia com a energia universal.

— Eu não vou lembrar disso tudo.

— Está bem, não faz mal. Outro dia a gente repete a sessão, até você decorar.

14

— Onde é que a gente vai? — Perguntou Nenê, enquanto Ernesto acelerava o seu velho Fiat na Cruzeiro do Sul.

— Vamos pedir um paralítico emprestado. — Respondeu o repórter.

O velho fez a cara que a ocasião pedia. Estava cada vez mais seguro de que entrara numa história surreal, da qual não ia conseguir sair tão cedo. Podia perguntar "que paralítico?" mas não o fez. Deixou-se apenas afundar no banco, encaixado no estofamento gasto, onde havia um baixo-relevo em forma de bunda.

Daí a pouco foram desembocar no Tremembé, espécie de colônia alemã à paulista. Devido à proximidade da serra da Cantareira, o bairro é mais frio do que o resto da cidade, com um arremedo de clima europeu, e muitas casas têm arquitetura germânica, com o teto em forma de "V" invertido, próprio para fazer escoar a neve. Nenê viu aquilo e sacudiu a cabeça: "Deviam prender esses arquitetos que fazem qualquer negócio para meter a mão no dinheiro dos outros". Ernesto estacionou diante de um sobrado, que tinha um jardim à frente. Saíram do carro, tocaram a campainha e uma senhora na janela fez sinal para que entrassem, apontando para os fundos. Os dois rodearam a habitação, cruzando o jardim devagar, porque um pastor-alemão à solta não parava de ladrar. A mulher gritou lá de cima, e o cão ficou quieto. Os visitantes puderam enfim chegar sem susto à parte traseira, onde ela foi recebê-los:

— Vamos entrando, por favor!

Foram conduzidos para o interior da casa, passaram pela cozinha e atravessaram um corredor em direção à sala, bastante espaçosa. Havia ali um enorme crucifixo na parede principal, além de livros espalhados pelos quatro cantos. No meio da bagunça, via-se um tipo franzino e esquisito acomodado de forma estranha numa cadeira inclinada. A senhora começou as apresentações:

— Este é o Garcia, meu irmão, que está paralítico desde os oito anos de idade. Ele veio morar comigo quando fiquei viúva. Com qual dos senhores eu falei ao telefone?

— Foi comigo, Dona Dirce. — Adiantou-se o repórter. — Sou o Ernesto, repórter do *Crime Diário*, e este aqui é o Nenê, tio do menino que eu mencionei.

— Eu leio os jornais. — Fez ver a mulher. — Mas sentemse, por favor. Se quiserem fazer alguma pergunta ao meu irmão, fiquem à vontade.

Ernesto mediu o paralítico de alto a baixo. O sujeito devia ter pouco mais de trinta anos e não correspondia em nada às suas expectativas. Era mais torto que um desenho do Picasso, com deformações ósseas em todas as juntas do corpo, encaixado na cadeira como uma escultura moderna. Provavelmente, tinha vivido preso ali desde os primeiros dias da doença, e aquilo servira de molde para o seu esqueleto. Nem cadeira de rodas tinha, com um mínimo de mobilidade.

— Acho que o seu irmão não vai servir, minha senhora. — Disse por fim o repórter, que já olhava para a porta de saída. — Houve algum mal-entendido ou me expressei mal ao telefone. Eu não esperava um paralítico de verdade.

— Esperava o quê? — Manifestou-se o próprio Garcia, cujos olhos inteligentes moviam-se muito, como se tentassem compensar a imobilidade do corpo. — Um paralítico de mentira?

Nenê não conseguiu conter o riso, surpreso com o tom mordaz do deficiente físico, que projetava uma voz firme, inesperada numa pessoa tão frágil. Olhou de lado para o Ernesto, que, não menos surpreso, gaguejava:

— Nada disso, meu amigo, você compreendeu mal! A sua irmã afirmou ao telefone que o menino Jesus podia curá-lo e fazê-lo andar. Mas pelo que estou vendo, e com todo o respeito, nem com um milagre.

— Eu disse curá-lo espiritualmente — exclamou a irmã, que também parecia decepcionada com a atitude do repórter —, não falei que ele ia sair andando.

— Bem, aí é que está — Ernesto tentava fugir da sinuca de bico em que se tinha enfiado —, quando a senhora disse que a doença dele era espiritual, imaginei um paciente histérico, desses que ficam imobilizados devido a um trauma psicológico. Não me parece o caso.

— Não foi isso que eu disse. — Ela replicou. — Eu falei que o problema dele é mais espiritual do que físico, o que podem comprovar num minuto. Vejam só os livros que ele lê...

Apontou para a montoeira de livros que enchia a sala. Alguns exemplares empilhavam-se na mesinha de centro, outros forravam uma estante ao lado da cadeira do paralítico, um lote estava espalhado em desordem sobre o sofá, uma batelada jazia no tapete, volumes esparsos cobriam os cantos, enfim, estava quase tudo tomado, com poucos espaços vazios. Nenê e Ernesto só não tinham reparado antes, porque o próprio deficiente roubara a cena, como se fosse a mulher barbada ou o homem-elefante. Mas agora, olhando em volta, podiam jurar que tinham entrado num sebo, como os do centro de São Paulo, que expõem centenas de alfarrábios empoeirados. Era só pensar num tipo de livro e logo se encontrava à vista algum parecido: de capa dura ou mole, de papel bíblia ou reciclado, edição normal ou de bolso, avulso ou de coleção. A variedade de formatos era impressionante, e a senhora chamou a atenção para o conteúdo:

— Olhem os títulos, quanta porcaria ele lê. Garanto que não há um só livro que preste, nada sobre Jesus Cristo, religião ou espiritualidade. O meu irmão é fã do Schopenhauer, o filósofo do pessimismo, e agora deu de ler tudo sobre marxismo, comunismo, anarquismo, basta ter um 'ismo' que ele não perdoa. Já dei uma Bíblia para ele, mas o Garcia só quer saber de autores ateus, gente sem respeito nem estima pela fé.

O paralítico não se deixou rotular:

— Já li a Bíblia que ela me deu e até me interesso pelas encíclicas papais. Mas se fosse pela minha irmã eu não lia outra coisa. Vejam o tamanho desse crucifixo pendurado na parede. Ela é fanática. Em vez de Dirce, devia se chamar Carolina, porque é uma carola incurável. Qualquer dia vou sair andando antes que ela tenha remédio.

Nenê teve vontade de rir de novo, mas estava bem na frente da senhora, e acabou virando a cara. Os seus olhos foram parar nos livros da mesa de centro, com destaque para as *Dores do Mundo*, do citado Schopenhauer. Ao lado, viu o *Manifesto Comunista*, com desenhos a bico de pena das caras barbudas de Marx e Engels. Identificou duas peças teatrais do Bertolt Brecht, o dramaturgo que usava os seus espetáculos para passar uma mensagem revolucionária. E ficou estarrecido com a profusão de obras de Lenin, Trotsky, Thoreau, Bakunin, Kropotkin, Proudhon, comunistas e anarquistas que, mesmo mortos, ainda confrontavam as suas ideias naquela sala.

— Desculpe, mas o seu irmão não serve. — Insistiu o repórter, ansioso por bater em retirada.

Nenê resolveu intervir:

— Não serve para quê, Ernesto? Nós viemos aqui sem que eu soubesse de nada e continuo por fora. Você diz que o paralítico não serve, mas não sei aonde quer chegar. Que tal se você me esclarecesse?

A dona da casa aproveitou a deixa:

— No telefone o senhor também não me explicou nada. Não sei o que pretende.

O repórter olhou primeiro para Nenê e depois para a senhora, ressentindo-se do fogo cruzado. Pegou o compadre pelo braço, pediu licença aos irmãos e foi explicar no jardim:

— A ideia é simples, Nenê: nós temos de achar um paralítico, só que histérico, diferente deste, que não tem mais jeito. Depois pomos o sujeito no meio dos crentes e fazemos um milagre. Quer dizer, nós não, o Artur é que vai fazer o cara andar, diante de testemunhas. Aí eu escrevo outro furo de reportagem sobre o menino Jesus, atraindo gente e dinheiro como você nunca viu. Entendeu agora?

O velho mal podia acreditar:

— Simples, isto? Ideia de jerico, Ernesto! Como é que o Artur ia fazer o milagre? Meu sobrinho é uma criança normal, não é santo. Foi você quem inventou essa história de menino Jesus, já esqueceu?

— Vai por mim, Nenê. A cura funciona por sugestão: o sujeito vê a camisa com o rosto de Jesus, fica sugestionado e sai andando.

— Certo! E eu fico alto, moreno e simpático.

— Precisa ter fé, companheiro! O segredo é acreditar.

— Só não acredito é que você tenha chegado a repórter

com ideias como essa. É sua mesmo ou faz parte do plano de marketing do seu gênio de estimação? Estou achando que é coisa daquele Jorge.

A senhora apareceu na porta antes que o repórter respondesse:

— Desculpem interromper, mas eu não gostaria que saíssem sem me ouvir. Ainda tenho esperança que levem o meu irmão com vocês. O Garcia não vai dar trabalho nenhum, garanto. Fica lá de dia e vem à noite para cá, eu mesma trato do transporte. A influência do menino Jesus vai ser benéfica para ele. Passo muito tempo fora de casa, quero tirar o meu irmão do isolamento, acabar com essas leituras perniciosas. Minha maior alegria seria poder deixá-lo num ambiente de religiosidade, como a casa do menino Jesus, em contato com a face de Cristo na camisa, essa maravilhosa manifestação do Espírito Santo.

Ernesto ia dizer que não, mas Nenê atirou primeiro:

— Acho possível sim, dona Dirce. Até desejável, na minha opinião. Gostei do seu irmão, é inteligente e tem senso de humor, apesar da vida dura que leva. Seria excelente para o meu sobrinho ter ao lado alguém como ele, com miolo, que lê muito e sabe das coisas, para compensar o tempo que o menino passa com gente ignorante.

— Ah, nem imagina como fico feliz em ouvir isto!

— Só peço que a senhora tenha paciência, porque agora vamos fazer o enterro da minha irmã. Depois que passar esse transe, eu ligo para a gente combinar tudo.

O repórter, que via os seus planos gorarem, ainda tentou prevalecer:

— Não faça isso, Nenê! Esse paralítico não vai funcionar.

O velho encerrou o assunto:

— Vai sim, Ernesto! O que não funciona é essa sua cabeça de bagre.

15

No trabalho, Olegário usava sempre o mesmo terno preto, gravata cinza, camisa branca. Era um tipo sóbrio como a sua roupa. Tinha uma voz de barítono, firme e monótona, que conferia gravidade a tudo o que dizia. Herdara do pai a Agência Funerária São Pedro, cuja sede ficava no Imirim, mas que estaria melhor na Transilvânia. O escritório cheirava a mofo e parecia impróprio até para ninho de corujas ou abrigo de morcegos. Olegário conduzia ali um negócio que vai bem justamente quando as pessoas vão mal. Vivia à custa dos mortos.

Viu a cliente entrar e fez uma vênia:

— Bom dia, minha senhora. Em que posso ser útil?

Carla, atarantada com o aspecto do homem, mal respondeu ao cumprimento. Estava nervosa com a tarefa que o Luís lhe tinha passado: ela ia cuidar dos preparativos para o enterro de Lisa enquanto ele renovava a matrícula do Artur na escola, deixada para o último dia. Devia ser ao contrário – ele na funerária, ela na escola –, mas o colégio exigia a presença de um parente, e Nenê não podia ir porque acordara indisposto, curtindo uma ressaca. Sendo assim, sobrou para a Carla, que nunca conseguia dizer não. Agora, era tarde. A jovem criou coragem e falou ao agente sobre a morte de uma amiga, explicando que o corpo tinha ficado muito tempo no Instituto Médico Legal. Com pesar, mencionou um vago acidente que a desfigurara e manifestou o desejo de deixar a morta apresentável para o velório, de modo que o filho pudesse ver o rosto da mãe uma última vez. Queria saber se isso era possível, para poder encomendar o caixão, as flores, o carro funerário. Em caso afirmativo, gostaria também de ter uma ideia do tempo necessário para organizar tudo e dos custos envolvidos. Olegário pediu licença e foi buscar a tabela de preços nos fundos do escritório. Enquanto ele ia e voltava, Carla ficou observando as estatuetas de gesso que enchiam a vitrine da funerária, todas iguais, de diversos tamanhos, reproduzindo a imagem de Nossa Senhora. Nunca a dor e a morte se viram tão mal retratadas. Ela lembrou-se da descrição que Luís fizera, emocionado, da Madonna de Michelangelo, na Basílica de São Pedro, e tentou imaginar a pedra que chorava o filho perdido enquanto fazia chorar os visitantes do Vaticano. Com certeza, a obra renascentista estava mil pontos acima das peças que ela tinha diante dos olhos. Mas aquelas estatuetas feitas em série, por muito vulgares que fossem, mantinham o valor simbólico e a tristeza da expressão. Morte é morte, dor é dor e mãe é mãe, seja a Maria do Vaticano, seja a estatueta mariana da funerária. O agente de aspecto fúnebre enfim voltou com um impresso e estendeu-o para a mulher, dizendo-lhe o texto, que já estava decorado:

— Estaremos podendo fazer o enterro quando quiser...

— Amanhã?

— Com certeza. O preço mínimo é de mil e quinhentos reais. Se quiser flores, o pagamento é à parte. Os caixões são de vários tipos, desde os mais simples até os mais luxuosos, com custos proporcionais a cada um. O carro fúnebre, a papelada e o trabalho do cemitério já estão incluídos. Quanto a deixar o corpo apresentável, podemos maquiá-lo e disfarçar as marcas do acidente, dependendo do estado em que se encontra. A sua amiga era cidadã brasileira?

— Era. Por quê?

— Se fosse estrangeira, a burocracia podia ser demorada. Mas, sendo assim, não tem problema. Fique à vontade para decidir o que julga mais apropriado e à altura dela.

Disse isso com polidez. Mas a frase era um dos truques baratos que aprendera com o pai para levar os clientes a escolherem os caixões mais caros, as coroas de flores mais dispendiosas, o ritual mais rico, como se os mortos ficassem ofendidos com menos. Como se o dinheiro gasto no enterro fosse proporcional à dignidade com que davam entrada no outro mundo. Não era assim com os faraós e suas pirâmides? Não era assim com os reis e rainhas da antiguidade, enterrados com as joias da Coroa? Não é assim hoje em dia, com os milionários em caixões de madeira de lei e alças de ouro, enterrados sob lápides de mármore de Carrara? Para um agente funerário com tino comercial, os mortos não sobem ao céu. Ascendem socialmente.

— Posso usar o seu telefone? — Pediu Carla, que tinha esquecido o celular em casa.

— Fique à vontade.

Ela ligou para o namorado:

— Sou eu, Luís. Estou na funerária encaminhando as coisas. O enterro pode ser amanhã. Mas a sua presença é importante para definir os detalhes, que não são poucos. Você pode vir até aqui?

Ele respondeu que sim, já tinha acertado tudo na escola. Era só o tempo de deixar o Artur em casa e chegar à funerária. Agradeceu a força e desligou.

A jovem voltou a discar e desta vez falou com o padre Raul, da paróquia do Imirim, para confirmar a sua presença no velório. Já tinha conversado antes com ele, pedindo-lhe para encomendar a alma de Lisa. Só faltava dizer o dia do enterro, para que o padre pudesse verificar os seus compromissos e fixar a data na agenda. Tudo combinado, Carla pediu-lhe a bênção e pousou o aparelho.

Enquanto esperava pelo Luís, numa cadeira que o Olegário oferecera, pôs-se a observar a morbidez do ambiente. A decoração do escritório era pesada, com cortinas de veludo, móveis de madeira escura, castiçais de prata oxidada e velas brancas, além das tais imagens de Nossa Senhora e cruzes por todo lado. O arranjo funesto tinha um único sinal de vida: um buquê de lírios num vaso. Mas até as flores estavam murchas com a rega dos maus fluidos daquela sala. Mesmo sentindo sincera pena pela morte de Lisa, Carla não era uma viúva inconsolável, uma órfã tristonha ou uma parente chorosa. Era apenas a namorada do irmão da morta. Sentia desconforto com o baixo astral dominante e não disfarçava o seu desprezo pelo urubu em forma de gente, pousado atrás do balcão, que sorria para ela com os dentes estragados. Sem dúvida, de tanto comer carniça.

Ainda teve de esperar quarenta minutos antes do jovem aparecer:

— Oi, Carla. Demorei muito?

— Até que enfim, Luís! Por favor, vamos tratar logo desse assunto, que eu não aguento mais este lugar.

16

No dia seguinte, um funcionário do Instituto Médico Legal levou os irmãos até as câmaras frigoríficas, acompanhados pelo agente funerário com aspecto de abutre, que parecia voar em círculos. Após caminharem ao longo das gavetas numeradas, o homem abriu uma delas, com o vidro embaçado, e mostrou-lhes o corpo de Lisa.

— Não é ela. — Reagiu Luís, horrorizado.

— Não é ela. — Confirmou Nenê, com um surto de náusea.

Mas era. O próprio Nenê já fizera o reconhecimento da irmã no dia do crime. O funcionário pediu-lhes calma. Mostrou a ferida da bala. Explicou que aquele inchaço era comum. Impassível, esclareceu que o corpo às vezes se deforma devido aos gases da putrefação, mesmo na geladeira. Era por esse motivo que o rosto de Lisa ficara irreconhecível, mais parecendo um balão inflável, após ter perdido os contornos, a cavidade à volta dos olhos, os relevos de sua forma. Desculpem mas era ela, sim.

Nenê, que já vinha mal, esteve a ponto de vomitar. Luís teve uma crise de choro. O funcionário, escolado, ficou à espera que se acalmassem, sem dar sinais de pesar pelo sofrimento dos dois. Não que fosse um tipo frio. Mas tinha uma profissão, tal como o Olegário, onde é difícil demonstrar humanidade e manter a saúde mental ao mesmo tempo. Sua rotina não podia ser mais desagradável: todos os dias confrontava alguém com os restos mortais de um familiar próximo, o corpo carbonizado de uma irmã, um filho afogado, a garganta cortada de um pai, uma esposa assassinada, uma mãe atropelada. Durante a identificação, as reações eram imprevisíveis, desde gente que desatava aos gritos ou ficava catatônica, até os mais impressionáveis, que desmaiavam, sem forças, ou ainda, pelo contrário, os tipos sanguíneos, que chutavam as paredes, golpeavam as portas e agrediam os funcionários de bata branca, só porque estes personificavam, de alguma maneira, a dor que eles sentiam. Nessa tragédia diária, longe dos palcos, os espectadores defrontavam-se com o espetáculo da morte real, e os protagonistas usavam máscaras terríveis e assustadoras, a exemplo da que a própria Lisa ostentava.

Triste ver aquilo! Ver um ente querido transformar-se numa massa informe, uma bola de carne inanimada. Foi só um momento. Mas a imagem entraria para o rol das lembranças mais desagradáveis na vida dos dois irmãos. Viraram as costas, já sem estômago ou lágrimas, e deixaram o cadáver da irmã aos cuidados do Olegário, para quem aquilo era parte da rotina, tão emocionante como fechar a contabilidade da Funerária São Pedro.

O agente-abutre usou o seu bico recurvo para enganchar o corpo de Lisa e sair voando com ele para a sede da empresa, no Imirim. Ali tinha tudo o que era preciso para deixar os clientes apresentáveis, a parte do seu metiê de que mais gostava. Era hábil em manusear as barras de sabão de coco e as esponjas úmidas com que os mortos ficavam de alma lavada, bem como o algodão e a água oxigenada que serviam para afinar os detalhes. Tinha uma tesoura para cortar as unhas e aparar os pelos do nariz, um esmalte transparente que emitia discreto brilho, um estojo completo de maquiagem para enganar a palidez da morte, mais pente, escova e até tintura de cabelo, útil para rejuvenescer os defuntos menos frescos. Dava-lhes um banho de gato da cabeça aos pés, atento aos pormenores, usando cotonetes nos orifícios de difícil acesso. Erguia com jeito os braços já rígidos das mulheres, aplicava creme de barbear e rapava-lhes o sovaco com um aparelho descartável. Se necessário, tosava também o excesso de pelos nos genitais, mas sem ferir o decoro, com o respeito que a clientela merecia. Depois espanava a penugem dispersa e usava uma toalha felpuda para secar a pele umedecida. No seu Instituto de Beleza póstumo, onde podia exercitar, se não um pendor artístico, ao menos um grande domínio técnico dos acessórios, o agente também aproveitava para desfrutar das relações humanas entre ele e os falecidos. Tinha o hábito de manter com todos uma conversação polida sobre os assuntos do dia, mesmo sem obter resposta, tal como fazem os dentistas. Sentia-se realizado profissionalmente e feliz em ter a companhia de pessoas atenciosas, que o ouviam educadamente, sem nunca interromper. Na sua função cosmética, Olegário já convivera – se é que o verbo se aplica – com todo tipo de morto, das pessoas mais humildes até políticos, socialites, artistas ou futebolistas famosos. Por mais importante que fosse, nenhum dos clientes jamais reclamou dos seus serviços, e todos pareciam tê-lo em alta conta, a ponto de não se importarem em ficar nus diante dele, como quem está diante de um amigo íntimo. Para um sujeito discreto como o Olegário, quase um misantropo, até que era bem relacionado.

Quando terminou o seu trabalho, Lisa tinha um aspecto ainda pior, como uma bexiga empoada, cheia de rouge e baton. Os irmãos, chamados para ver a obra, não aguentaram olhar mais de um segundo antes de virar o rosto. Decidiram, afinal, que seria melhor levá-la num caixão lacrado, para poupar Artur daquele mórbido espetáculo. Combinaram os detalhes finais com Olegário e abdicaram de um cortejo fúnebre, porque a notoriedade da morta poderia transformar a cerimônia numa procissão de estropiados. O agente que levasse o caixão sozinho.

No horário previsto, a família apanhou um táxi e seguiu em silêncio até o cemitério. Não chegou a ser surpresa a multidão que os esperava por lá, rodeada por cavalarianos da PM. Mas era tanta gente que Artur saiu do seu torpor, arregalando os olhos. Tiveram de passar por um corredor humano, com as câmaras da TV e os repórteres fotográficos às cotoveladas, em disputa pelo melhor ângulo para registrar a cena. Naturalmente, o menino Jesus era o mais visado. Algumas pessoas tinham de ficar nas pontas dos pés para o ver e, quando conseguiam, faziam o sinal da cruz. A maioria trazia flores. Uma mulher franzina ergueu uma pesada imagem de Nossa Senhora Aparecida, a padroeira do Brasil. Muitos fiéis ficaram de joelhos, rezando a Ave-Maria. Na capela, esperava-os o padre Raul, paramentado e pronto para dar início à cerimônia.

Se não fosse um enterro, não houvesse uma família de luto e um órfão não chorasse a perda da mãe, alguém poderia pensar que era dia de festa, como quando o Papa visita o Brasil. Nenê reparou que não faltava nem o tradicional comércio de velas, santinhos, crucifixos e estatuetas religiosas que acompanha as missas do Santo Padre quando ele vem a Aparecida. Mas o artigo mais vendido no cemitério, que muitos exibiam com orgulho, eram camisetas iguais à do Artur, com a face de Cristo estampada em vermelho. Ideia genial de quem? Do Jorge, claro, que se associara a uma fábrica de confecções e lhes fornecera a fotografia da camisa original. As imitações custavam dez reais, um preço em conta. Apesar da malha barata, era preciso reconhecer que os tecelães tinham caprichado no acabamento, produzindo um belo artigo. "Camiseta digna do Papa", pensou Nenê, enquanto imaginava o Sumo Pontífice usando uma delas nas suas pregações perfeccionistas: "Não usem preservativo, que é pecado! Não façam aborto, que é pecado! Não façam política, que é pecado!". Para o Papa conservador, famoso por calar os teólogos da libertação, só não era pecado vender medalhinha de santo e fazer merchandising da fé.

17

— Muda de canal, Arlete! Programa de culinária é dose.

— Eu mudo. Mas não para o futebol.

A mulher apertou os botões do controle remoto, num *zapping* frenético. Calou o chef francês com sotaque que ensinava a fazer muquecas, driblou um jogo do Corinthians, evitou um atentado no país Basco, passou direto pela corrida de Fórmula 1 e pulou um capítulo da novela até chegar ao sermão do padre Raul, que iniciava a missa de Lisa.

— Programa religioso também não, Arlete! Me põe fora dessa, pelo amor de Deus!

— É transmissão direta. A missa de corpo presente da Nossa Senhora da Consolata.

— A mãe do menino Jesus?

— A própria.

O marido sossegou, interessado:

— Então aumenta o volume...

A voz do padre Raul encheu a sala:

— Estamos aqui reunidos para rezar pela alma de Lisa Fiore, mãe piedosa, mulher generosa, cuja vida foi tirada de forma brutal, vítima da violência urbana em São Paulo. Na sua Missa de Exéquias, venho pedir a Deus, em nome de todos, que lhe dê o eterno descanso, entre os esplendores da luz perpétua! Lisa me inspira a leitura do Salmo 13, a Lamentação do Justo. Diz a Bíblia: "Até quando Senhor, continuarás esquecido de mim?

Até quando me ocultarás tua face? Até quando acalentarei preocupações na alma e pesar no coração, dia após dia? Até quando prevalecerá o inimigo contra mim?" Chamo atenção para esta pergunta, que todos os que se sentem ameaçados têm o direito de fazer: até quando prevalecerá o inimigo?

— Tem cerveja na geladeira, Arlete?

A mulher fez que sim, no piloto automático, atenta às palavras do religioso:

— O inimigo prevaleceu contra Lisa, que agora descansa num mundo diferente, sem o Mal, sem a Miséria, sem a violência que só o Mal e a Miséria podem provocar. Volto à leitura do livro sagrado, ao Salmo 14, que é o do Castigo da Corrupção Geral: "Dizem os insensatos em seu coração: 'Não há Deus'. Corrompem-se, cometem abominações; não há quem faça o bem. Do céu, o Senhor observa os filhos dos homens para verificar se há algum sensato, se alguém busca a Deus. Todos igualmente se extraviam e se corrompem; não há quem faça o bem, nem um sequer..."

— Ele deve estar falando do Congresso Nacional. — Arlete comentou, de bom humor, fazendo o marido rir.

— "... Acaso nenhum desses malfeitores toma consciência? Devorando seu pão, eles comem meu povo, sem defrontar-se com o Senhor. Eis que serão tomados de terror, porque Deus está com a geração dos justos." Assim diz a Bíblia: Deus está com a geração dos justos. Está com Lisa, porque Lisa sempre esteve com Deus no seu coração. Ela poderia estar viva entre os seus, com o filho, os parentes e entes queridos. Mas o inimigo prevaleceu. Os malfeitores, os que se extraviam e corrompem, os que nunca fazem o Bem prevaleceram...

— Esse padre deve ser da ala progressista. — Disse Ricardo, farejando o ar. — Que cheirinho é esse, Arlete?

— Estou fazendo pipoca. — A voz da mulher veio da cozinha.

— Boa! Aproveite e traga a cerveja, que eu estou com a garganta seca.

Na tela, o padre bebeu um gole de água antes de prosseguir:

— Leio agora o Salmo 123, da esperança: “Para Ti levanto os olhos, para Ti, que habitas nos céus. Como os olhos dos servos se fixam na mão dos senhores, e como os olhos da serva, na mão de sua senhora, assim também nossos olhos, no Senhor nosso Deus, até que se compadeça de nós. Piedade, Senhor, piedade, porque estamos saturados de desprezo! Nossa alma está saturada do sarcasmo dos abastados, do desprezo dos orgulhosos...” — O religioso fez uma pequena pausa e depois explicou: — Este salmo, como mostram os estudiosos do Antigo Testamento, representa o desânimo de toda uma nação, devido à exploração de inimigos externos, ou da comunidade de fiéis, oprimida pelos chefes prepotentes. Hoje em dia, as mãos que tiraram a vida de Lisa também foram movidas, como títeres, por inimigos externos e exploradores, por chefes prepotentes e opressores. Peço a todos que levantemos os olhos para Deus como o antigo povo de Israel. Vamos pedir que Ele não nos deixe faltar a esperança, porque, infelizmente, parece ser a única coisa que nos resta...

— Missa nota dez! — Votou Ricardo, enquanto Arlete fazia que sim lá da cozinha. Na TV, o padre Raul virou-se para a família enlutada e concluiu:

— Ó Deus, é próprio de Vós ter sempre misericórdia e perdoar. Suplicantes Vos dirigimos as nossas preces pela alma da vossa serva Lisa Fiore, a quem mandastes partir deste mundo. Não a deixeis cair nas mãos do inimigo nem a desampareis para sempre; mas ordenai aos Vossos santos Anjos que a recebam e introduzam na pátria celeste; e, pois em Vós depositou a sua esperança e a sua fé, não venha a sofrer as penas do inferno, mas goze da eterna felicidade. Por Nosso Senhor Jesus Cristo.

Quando a multidão comovida fez "Amém!", um close do Artur encheu a tela da TV. O menino parecia em paz. Sem alternativa, tinha-se conformado com a agitação das pessoas em torno dele, como um náufrago impotente, à espera de ajuda num mar agitado. Mais uma vez, estava envolvido por uma aura, graças aos refletores e difusores de luz.

— Tem mesmo cara de menino Jesus! — Observou Arlete, enquanto passava a panela de pipocas e uma Brahma para o marido. — Será que é Ele?

Ricardo abriu a lata e deu um grande gole antes da resposta:

— Se o negócio do sangue na camisa for verdade, pode até ser...

A televisão misturou o rosto do Artur com a imagem de um Cristo crucificado que havia na capela. O técnico de som pôs o *Réquiem* de Mozart para acompanhar a transmissão, num jogo audiovisual tecnicamente perfeito. Para coroar o bom trabalho da equipe televisiva, havia um brilho de dois mil watts nos olhos do menino.

Foi então que surgiu o aleijado, apoiado em muletas, e invadiu o espaço reservado à família, disposto a prostrar-se diante de Artur. Vinha tão afoito que a aproximação foi aos trancos, e o homem quase se estatelou no chão, salvo à última hora pelos bons reflexos do menino. Artur segurou-o como pôde, enquanto um dos operadores de câmara, mais atento, conseguiu apanhar a cena toda, com o aleijado agarrado ao garoto e vice-versa, numa espécie de abraço fraterno, metáfora acidental do amor ao próximo. A coisa podia ter terminado aí, se o insólito personagem não tivesse mais surpresas para o público. Erguendo-se após o abraço, atirou longe as muletas e caminhou com as próprias pernas. A princípio, vacilante. Depois, confiante: deu um passo, dois passos, com lágrimas nos olhos, num misto de estupefação e felicidade. Não houve ninguém que não se emocionasse ao ver aquilo. O próprio Artur estava besta diante do homem.

— Um milagre! — Anunciou o locutor televisivo, com a voz embargada. — Um milagre do menino Jesus e da Nossa Senhora da Consolata!

Arlete sentiu um caroço na garganta e não era da pipoca. Ricardo tentou manter a pose, mas não conseguiu engolir a cerveja. Os dois acabaram por repetir o gesto da multidão no enterro e dos telespectadores ligados na missa de Lisa: mão na testa, depois no peito, por fim da esquerda para a direita, na altura do coração. Era um gesto significativo, mesmo se realizado de forma automática. Em transmissão direta para os fiéis de São Paulo, durante o velório de sua santa mãe, o menino Jesus acabara de ser consagrado.

O diretor de TV explorou o acontecimento por todos os ângulos, enquanto o locutor exaltado chorava ao microfone. Depois, os letreiros apareceram sobre a repetição do milagre, agora em câmara lenta: a-que-da-do-pa-ra-lí-ti-co, o-a-bra-ço-fra-ter-no, a-ca-mi-nha-da-sur-pre-en-den-te. Os últimos acordes do *Réquiem* soaram junto com o final do programa, num *timing* perfeito de outro milagre, o da televisão. O Ibope estava garantido para todo o sempre, desde os jornais diários até os semanais e as resenhas requentadas ao menor pretexto. Os patrocinadores iam esfregar as mãos. O dono da emissora ia pô-las nos bolsos.

Em casa, Arlete e Ricardo estavam mudos. Do Morumbi à Vila Nhocuné, da Lapa à Mooca, dos Jardins à Favela do Gato, havia no ar uma fé renovada. No estúdio, o diretor de TV recebeu um abraço efusivo do Jorge, que não cabia em si com o triunfo da transmissão:

— Parabéns, meu amigo! Foi o melhor enterro que já vi na vida! Maravilha a fusão do menino Jesus com o Cristo crucificado...

O diretor era um tipo modesto:

— Obrigado, Jorge. Mas isso só foi possível porque você convenceu o canal a transmitir o féretro.

— Ora, ora... — Fez o gênio, enquanto tentava digerir a palavra féretro.

— Tivemos sorte na sequência do aleijado. — Acrescentou o diretor. — O homem caiu do céu diante das câmaras. Pode ter sido um caso de histeria ou até um verdadeiro milagre, não sei explicar o que aconteceu...

— Quem explica é Freud, companheiro. A gente não está aqui para explicar nada. Vamos é pôr as mãos para o ar e dar graças a Deus porque tudo correu bem!

— Pode crer.

18

Após o milagre, o enterro ia de mal a pior. A maioria dos crentes concentrava-se à volta da capela. Os de fora queriam entrar e quem estava dentro queria sair. Enquanto uns tentavam forçar a entrada, para ver o aleijado andar, os outros temiam pela própria sorte, sentindo-se encurralados. Um perigoso empurra-empura ameaçava a integridade física de todos os presentes. Os mais afoitos acotovelavam-se, pisoteavam-se, esmagavam-se. Muitos mal respiravam, ensardinhados como estavam. Bastava um grito, um gesto mais brusco, e a coisa podia desandar, transformando o velório noutra tragédia. O enterro da Consolata, depois da missa fúnebre, podia levar para a cova centenas de desenganados, que nunca mais precisariam de milagres – salvo o da ressurreição de Lázaro.

— Carla, isto vai ficar fora de controle! — Acabou por perceber Luís, assustado. — Leve o Artur para o banheiro e tranque-se com ele lá...

A professora de ioga usou todo o espírito zen de que dispunha: segurou firme na mão do menino e caminhou com ele em passos medidos, progredindo lentamente, como se praticasse uma nova postura. Luís serviu de guarda-costas, tentando proteger a caminhada dos dois no meio da confusão. O próprio Nenê, atento à movimentação, quis ajudar a cobrir a retirada do sobrinho, mas nem conseguiu sair do lugar, apertado pela multidão em transe. O padre Raul, de Bíblia na mão, era o único de cabeça fria. Mas pregava no deserto:

— Calma, meus filhos! Saiam devagar, um por um sem afobação...

A entrada da PM, até então à distância, só piorou a situação. Numa ação desordenada, soldados a cavalo forçaram a passagem de cassetetes em punho. A ideia era impor respeito. Mas logo estavam dando bordoadas à esquerda e à direita, sem perdoar ninguém: velhos, mulheres ou crianças. Sobrou até para o Ernesto, que levou na cabeça enquanto tentava mostrar para os guardas o seu crachá de jornalista. Os policiais militares, supostamente treinados para lidar com a massa, mais pareciam centuriões perseguindo os cristãos na Roma antiga. A imagem não é gratuita. Bastava olhar em volta, e não faltavam mártires da cristandade: Pedro, João, Antônio, José, todos os santos estavam lá, sem exceção. No alto das lápides, eles mantinham uma marmórea imobilidade, preferindo rezar a reagir. Os únicos prontos para o combate eram anjos de espada na mão, mas pareciam ter perdido a coragem, como que petrificados. Santas também havia muitas, e não disfarçavam a sua tristeza quando alguém caía ferido sob a ação violenta da PM. Qualquer fuga era inviável. As catacumbas modernas, ao ar livre, mostravam-se incapazes de proteger os cristãos. E quando também a infantaria avançou pelos portões, muitos fiéis entraram em pânico, contagiando os demais. Se o circo não pegou fogo, foi por obra e graça da divina providência. Bem ou mal, a turba foi controlada, e a muito custo conseguiu-se esfriar os ânimos. Após uma ordem do comandante da tropa, o cemitério foi evacuado, numa lenta e paciente operação, até que sobrassem para a cerimônia fúnebre apenas o padre, a família da falecida, o coveiro e a própria defunta, sem a qual o enterro não seria possível.

— Já pode sair, Carla! — Gritou Luís, no fim de tudo, batendo à porta do banheiro da capela.

Na presença do filho, o caixão de Lisa Fiore foi finalmente conduzido ao túmulo. Eram dezoito horas, duas a mais que o previsto, e o pôr-de-sol manchava de vermelho o céu vespertino. O público, agora do lado de fora, agarrava-se às grades do cemitério, tentando ver o que se passava no seu interior. Era como se estivessem num estádio, torcendo pela santa, e fizeram recordar ao Luís o seu campo de futebol romano: podiam até gritar gol quando o caixão baixasse à cova. Mas não foi assim. Na hora final, só se ouviu choro miúdo, enquanto a multidão pesarosa observava a descida da Consolata à mais humilde das sepulturas, que iria ganhar o estatuto de local sagrado. Naquele sepulcro, nos anos futuros, as beatas rezariam por uma Nossa Senhora não santificada, pedindo-lhe graças, favores e milagres. Jamais faltariam flores para a mãe martirizada, que dera o sangue pelo filho de Deus. Nem quem viesse de joelhos para pagar promessas à mítica defunta. Lisa não teria descanso nem depois de morta.

Destino pior esperava pelo Artur, cujas provações pareciam não ter fim. Se a sua santa mãe estava protegida por sete palmos de terra, imune às dores do mundo, ele tinha uma vida inteira pela frente, exposto à curiosidade pública, cercado de aproveitadores, estrategistas de marketing, desempregados, doentes, infelizes, um longo cordão de puxa-sacos que cada vez aumentava mais. Artur ou menino Jesus, ele próprio começava a ter dúvidas. Certezas mesmo, só uma: se dependesse de calma e cabeça fria, numa cidade como São Paulo, tão cedo o seu bruxismo não ia ter cura. Mordia-se com dentes de leite, mas os seus problemas eram todos permanentes.

19

Já fazia uma semana que os crentes vinham ver o menino Jesus e davam com a cara na porta. Nada de o garoto aparecer. Da camisa sagrada, nem sinal. Milagres, menos ainda. Era de se supor que os peregrinos fossem desistir, mais cedo ou mais tarde, dispersando-se gradualmente. Mas não, a ausência de Artur não os demovia do seu intento nem movia ninguém do lugar. Pareciam tornar-se mais fortes com a provação, reconfortados pela companhia uns dos outros, e rezavam com redobrado fervor, sem perder a fé no filho da Consolata. Essa situação teve um grande peso na decisão de Luís, que não era isento de compaixão. Foi a perseverança dos fiéis, incapazes de dizer um "ai" ou reclamar do que quer que fosse, que fez o rapaz ceder pela primeira vez à insistência do Nenê. O velho queria que ele tivesse uma conversa franca com o Ernesto e o Jorge, sem preconceitos. E o rapaz, abalado pela fé da multidão, abriu uma brecha na agenda.

Foi o Jorge quem começou a conversa. A questão que se impunha, para o marqueteiro, era de fundo moral: seria justo tirar a última esperança de quem já não tinha mais nada, senão a fé? Se o menino encarnava o mistério da camisa, e Cristo se manifestava através dele, por que mantê-lo trancado dentro de casa? Que mal havia em abrir a porta para os aflitos? O mal que havia, acrescentou, era o descaso do Luís pela aflição alheia, a porta fechada na cara dessa gente.

O rapaz mantinha-se reticente. Não era capaz de dar a resposta que esperavam dele. Além disso, viera ingenuamente parar em território inimigo, o boteco que servia de sede para a "empresa", onde a mesa de reuniões era de fórmica vagabunda e, em vez de café, serviam cachaça. A conversa mal começara e Luís já se sentia encurralado, verificando que nada mudara na cabeça dos outros. Não só queriam preservar o esquema dos milagres, como ainda pretendiam ter o seu apoio.

— Você defende o melhor para o seu sobrinho, e está certo. — Disse Jorge, escolado em apresentações publicitárias, como se o rapaz fosse um cliente a convencer. — Admito que a convivência com estranhos não é ideal e que ele precisa levar uma vida normal. Mas diga uma coisa: como é que você vai ajudá-lo? Com palavras de conforto? Carinho da família? É pouco. Presenciar o assassinato da mãe foi uma experiência traumática para o Artur, e pode provocar danos irreparáveis.

O jovem tio surpreendeu-se com a conversa, que vinha ao encontro dos seus pontos de vista:

— Estou impressionado! Você acaba de concluir que o assassinato de uma mãe traumatiza o filho. Concordo com o diagnóstico. Mas, quanto ao tratamento, deixe ver se entendi bem: o gênio do marketing sugere que o meu sobrinho viva cercado de loucos, doentes e fodidos?

— Exatamente. — Jorge admitiu. — Sem eles, não entra dinheiro. E sem dinheiro, não há terapeuta que aceite tratar do menino. Até onde eu sei, a família não está em condições de pagar um especialista. Mas se o Artur ajudar os loucos, doentes e fodidos, mediante módica retribuição, você vai poder bancar o médico para cuidar dele. É bíblico: olho por olho, dente por dente. Já pensou nisso?

— Não pensei nem vou pensar, meu amigo. Falta nessa história o fundo moral de que você falou. Vocês não querem acabar com o mal dos sofredores, com um ideal cristão, sem fins lucrativos. Só querem depenar os otários.

— Ninguém é otário. — Rebateu o Jorge. — As pessoas não são enganadas: elas curam-se, quando se curam, por autossugestão. Se acreditarem no menino, é essa fé que faz milagres, não o Artur. Quanto ao dinheiro, ninguém obriga ninguém a pagar, é dado de livre e espontânea vontade. Então que seja bem-vindo. O seu sobrinho é caso para psicanálise a sério e vai precisar de um bom profissional, três a quatro vezes por semana, porque psicanalista que se preze não faz por menos. E o tratamento leva tempo.

Ernesto, atento à movimentação do Jorge, levantou a bola:

— O Woody Allen faz psicanálise há mais de vinte anos.

O homem de marketing cortou:

— Ele é milionário. Pode pagar mais vinte sem produzir nenhum filme, só com os direitos dos que já fez. É um processo demorado, que custa uma baba.

— Ah! — Reagiu Luís. — Já estou quase convencido.

Jorge continuou a fazer o seu jogo:

— Pé atrás não vai resolver o drama do menino, meu caro. Volto à pergunta: como é que o seu sobrinho vai ter um tratamento adequado sem dinheiro? Como é que ele vai superar o trauma e recuperar-se sem ajuda médica competente?

— Não vai. — Nenê meteu a colher. — A menos que o meu irmãozinho aqui deixe de agir como a Virgem Imaculada do Coração de Jesus.

Luís corou. Já ia responder com maus modos, mas o Jorge voltou a atacar:

— Ter princípios é uma coisa admirável, mas num país

avançado, com um poder político transparente. A noção de ética não se aplica é numa república de bananas, onde o mau exemplo vem de cima, com a corrupção moral dos homens do governo, que desce a pirâmide social pela força da gravidade e contamina as camadas inferiores. Estou certo ou errado?

— Acho graça você falar em ética com essa desenvoltura. — revidou Luís —, e ter um plano de marketing para vender milagres à custa de uma criança. Está errado! É onde existe corrupção que falta um comportamento ético. Você mesmo acabou de dizer: no Brasil, faltam bons exemplos. Que tal se nós déssemos um?

Jorge estava cada vez mais à vontade. O "cliente" Luís já argumentava, expunha-se, entrava na roda. Começava a se deixar envolver. Deu-lhe mais corda:

— É fundamental dar o exemplo. Mas para isso é preciso ser visto. Repare que Jesus crucificado ficou exposto como um *outdoor*, um cartaz da cristandade, aos olhos de todos. O seu martírio inspirou milhares de homens e mulheres, que se ajoelhavam diante de feras e morriam nas arenas romanas para ir ao encontro do Salvador. É esse o exemplo que o seu sobrinho pode dar, sem ter de morrer na cruz. Ele pode restaurar a esperança num povo que já a perdeu, como os judeus subjugados pelo Império Romano. E quanto ao meu plano de marketing, não se engane, hoje tudo funciona assim no mundo globalizado. Não importa se é para vender sabonete, milagres ou o Presidente da República: ninguém move um dedo sem um bom plano de marketing.

— Não aceito nenhum plano para usar o Artur.

— Você ainda vai ver o menino ser usado sem poder fazer nada, porque ele já caiu em domínio público, e será inevitável o seu assédio, quando for à escola, ao dentista, sair à rua para brincar. Mas, se quiser, pode controlar o processo, administrando a loucura à volta dele e protegendo-o com carinho, cuidados médicos, boa alimentação, quem sabe até uma viagem à Disney World. A passagem nem é assim tão cara.

Luís estava ficando baralhado com a conversa. Se ao menos Carla estivesse por perto, seriam dois a contradizer o marqueteiro. Ela fazia-o sentir-se forte, seguro. Sem ela, as suas convicções balançavam. Não era só o aspecto moral que estava em jogo, mas a sobrevivência do sobrinho em boas condições. E a responsabilidade pesava sobre ele, já que o irmão tentava fazer a sua parte. Quando Lisa era viva, ela e Nenê não deixavam faltar nada na casa. A família tinha o que comer, o aluguel era pago, o filho frequentava a escola. Agora, Luís tinha uma pequena soma em euros e podia segurar a barra por uns tempos. Mas o tempo passa. E depois, quem iria pagar as contas? O Papa?

Sim, talvez o Papa. Em Roma, o jovem tio tinha ido muitas vezes ao Museu Vaticano. Não sabia o que o tinha impressionado mais, se as estátuas, as pinturas, os alfarrábios com iluminuras, os afrescos, o mobiliário, os vasos decorados, os lustres de cristal, os paramentos bordados em fios de ouro e cravejados de pedras preciosas, as joias antigas, tantas obras de arte fantásticas que ornavam o edifício, o próprio edifício do museu bem como o da catedral de São Pedro ou, por outro lado, se a impressão maior não vinha do valor daquilo tudo, em espécie. Cristo dividia o pão, multiplicava os peixes. Expulsara os mercadores do templo. Destinara a César o vil metal. Como é que a igreja de Cristo podia ter acumulado tanta riqueza sem trair a sua origem, a pureza do cristianismo primitivo? Como é que, após dois mil anos saqueando o erário dos fiéis, construindo um império dourado, ela podia anunciar, como o fez em 1979 no Concílio de Puebla, uma opção preferencial pelos pobres? Santa hipocrisia! Não que não houvesse religiosos bem-intencionados na ala progressista da América Latina, malvista pelos papas e cardeais de Roma. Mesmo assim, que diferença entre o fausto dos pastores e a penúria das ovelhas! E ele, Luís, o bom menino, tão preocupado com a ética. Nhenhenhém...

Havia mais o que pensar. O seu recente misticismo era genuíno, nascido à luz do dia. Além disso, tinha visto o rosto estampado na camisa e não lhe ocorria nenhuma explicação lógica para o fato. Seria um sinal? Outra coincidência significativa, como a figura nas paredes da catacumba? Por que tantas indicações exteriores iam ao encontro da sua fé nascente? Nunca, em toda a sua vida, lhe acontecera nada igual e agora, de repente, vinha tudo de uma vez. Voltou a dirigir-se aos seus interlocutores:

— Olhem, vamos fazer um trato: deixem-me em paz por uns dias. Parem de me tratar como um débil mental para vender o peixe de vocês, porque já entendi a mensagem. Posso até surpreender o meu irmão aqui, que me conhece, e reconsiderar a minha posição no caso. É isso aí, Nenê, você tem a minha confiança, o meu amor fraterno. Se aceitou esse negócio, vou tentar imaginar os seus motivos.

— Então podemos abrir a porta? — Perguntou o velho.

— Não me importo que o Artur receba vizinhos e conhecidos. Até concordo que ele precisa de ajuda médica. Mas quero pensar com calma em tudo isso. Vá com os seus amigos, que outra hora a gente conclui esta conversa.

— Tudo bem...

Enquanto os três saíam do bar, deixando o indeciso para

trás, Jorge pensou no que faltava, o complemento natural daquilo, o gesto que Luís não fez e a frase que ele deixou de dizer. Sem dúvida, faltava ao rapaz cultura cinematográfica. Sorriu ao pensar na cena: Greta Garbo, com a mão na testa, dizendo: "I want to be alone!".

20

Na mesa ao fundo da boate, Marcos conseguia o efeito contrário do que pretendia, que era passar despercebido. Alguém de óculos escuros, num inferninho de luz vermelha, só podia ser cego ou ter culpa no cartório. Como ele já tinha virado a cabeça para chamar o garçom, não devia ser cego. Portanto, tornava-se suspeito. Além disso, a aba do casaco encobrindo o rosto, à moda dos detetives de cinema, era tudo menos discreta. Mas – ok! – estava tudo bem, desde que não vissem a sua cara. Na hora do lusco-fusco, uma figurinha carimbada a mais ou a menos não ia fazer diferença para os proxenetas e *taxi-girls* que frequentavam o local.

A casa noturna era um retrato da pauliceia no esplendor da sua decadência. Tinha um cantor de chuveiro batizado de "*crooner*", um órgão barulhento apelidado de "música ao vivo" e um preço exorbitante que chamavam de "*couvert artístico*". Era uma hora mais morta do que viva. Um bolero vagabundo, cantado em portunhol, tentava aquecer o ambiente. Um casal dançava no centro da pista, se é que se pode chamar de dança o que faz um velho fauno quando se esfrega numa profissional. Na mesa ao fundo, o grande Mallory, leia-se Marcos, parecia indiferente a tudo. Ele acendeu o cigarro, deu uma tragada e soprou a fumaça para o salão. Estava feliz. Tinha entrado ali sem um centavo e ia sair com três mil reais no bolso. Mais do que merecidos, na sua opinião.

O garçom chegou com o chope. Ele bebeu um grande gole e rememorou a façanha. Tinha ensaiado cada passo vezes sem conta. Executara o crime perfeito. Agora, misturava um sentimento de orgulho com uma ponta de vergonha, pensando no que diria o seu pai se soubesse da história. Mas não pretendia contar-lhe. O trato era receber o devido e voar de bico calado para o casebre do velho, no interior do Mato Grosso do Sul.

Três mil reais, malandro, sabe lá o que é isso? Os dois mil combinados, seu prêmio de interpretação, e mil pela chantagem de última hora, oportunamente urdida.

A primeira coisa que ia fazer era comprar caixinhas de papel Colomy e pacotes de fumo Irlandês. Vinte de cada, no mínimo. Da última vez que estivera na casa do velho, vira-o rasgar papel de embrulho para poder enrolar um cigarro. Um cilindro engordurado e todo amassado que produzia quilos de alcatrão, amarelando os dedos grossos do trabalhador rural. Nessas horas é que se vê como é triste a pobreza. Como é triste ver o pai da gente sorrir amarelo por falta de Colomy. Marcos também pretendia comprar uma bomba nova para puxar a água do rio Formoso, libertando a madrasta do transporte de latas que tornavam ainda mais curvada a sua figura. A velha tinha hérnia discal. O menor esforço provocava-lhe dor, mas tinha de regar a lavoura, colher as couves, carregar panelas, cozinhar, lavar os pratos. Com a bomba, ia se sentir tão confortável como empregada de madame no Morumbi. E sobrava dinheiro para uma geral no casebre, quem sabe até uma televisão. Não, espera aí, televisão não! De repente, passavam a cena do aleijado, e o velho ia descobrir tudo. Ia ver que o filho encenara um milagre. Que se fingira de aleijado para enganar as pessoas. Católico, o pai podia ficar ofendido com a má-fé do filho pródigo. Passar-lhe uma descompostura. Deserdá-lo. Definitivamente, nada de TV. Mesmo porque, pensando bem, naquele fim de mundo não tinha eletricidade.

Um novo freguês tinha acabado de entrar no inferninho. Não era um *habitué*. Era Jorge, o gênio do marketing. Marcos fez-lhe um aceno, sorrindo para os três mil reais recém-chegados. O marqueteiro veio pela pista, desviando-se do fauno aposentado e da *taxi-girl* que fazia a dança do ventre, dois para lá, dois para cá. A meio do caminho aproveitou para ordenar ao garçom um uísque duplo – "escocês, vê lá, nada de beberagens 'made in Paraguai'!" – chegando à mesa com cara de poucos amigos. Foi incisivo:

— Marcos, eu disse que pagava hoje, uma em cima da outra, e estou aqui. O seu aleijado merecia um Oscar, a gente podia fazer muita coisa juntos. Para que me chantagear, rapaz?

— Obrigado pelo Oscar. Mas é a vida...

— Fiquei muito triste com o seu telefonema. Essa ameaça de contar tudo para os jornalistas vai encerrar a nossa parceria, você sabe disso, não sabe? Sem confiança não dá. É uma porta que se fecha para sempre.

— Você não falou que eu ia aparecer na televisão. Dois mil era pouco. Mas se me der mais mil eu fico na minha.

Jorge, contrariado, tirou um pacote do paletó e abriu-o sobre a mesa. O rapaz olhou para a pilha de notas e depois para os lados assustado. Deixar o dinheiro à mostra, naquele antro de cafetões e vigaristas, era pedir encrenca:

— Pelo amor de Deus, Jorge, aqui não!

Falou alto, num tom agudo. Todos os olhares convergiram para o cego disfarçado de agente secreto, enquanto Jorge voltava a fechar o pacote. Os dois homens tentaram agir como se nada houvesse, mas era tarde. Muita gente já desconfiava que eram gays.

— Então vamos para outro lugar. — Sussurrou o marqueteiro.

— Não precisa. É só não dar bandeira. Deixe o garçom trazer a bebida e depois passe o pacote por baixo da mesa.

Feita a operação, Marcos pediu licença e foi com o embrulho para o banheiro. Deu de cara com o velho da dança, que vertia cerveja quente pela uretra. Evitou o olhar do aposentado, foi em direção à privada, trancou a porta e começou a contar o dinheiro, sentado no vaso sanitário. Estava tudo ali, três mil em *cash*. Tantas notas que podia até limpar a bunda com elas. Marcos fez "Yes!" e socou o ar, como os atores americanos, mecanizados, fazem nos filmes. De volta à mesa, Jorge recebeu-o com um toque de ironia:

— E aí, tudo certo ou roubei algum?

— Era só para ter o gostinho de contar.

O marqueteiro estendeu-lhe uma passagem de avião:

— Aqui está o que faltava: São Paulo–Campo Grande. Partida de Congonhas às vinte e três horas. É daqui a pouco, melhor não se atrasar. Vai na moita e cumpre o nosso trato desta vez.

— Tudo bem. Tão cedo você não me vê por aqui.

— Então não temos mais nada para conversar.

Jorge tentou pedir a conta ao garçom, Marcos baixou-lhe o braço:

— Deixa que eu pago. Estou rico.

O gênio do marketing fez um esgar a título de sorriso e retirou-se. Por trás dos dentes, pensava na burrice do povo brasileiro. Rico, o Marcos? Com três mil reais? Mal dava para comprar um jazigo no cemitério da Consolação.

21

Marcos fez sinal para o táxi com a autoridade de quem tem dinheiro no bolso. Ergueu o braço e pronto: um automóvel com chofer parou à sua frente, esperando por ele como um cachorrinho ensinado. O rapaz entrou pela porta traseira, sentou-se no largo banco almofadado e disse "aeroporto!" com a desenvoltura das classes abastadas. O motorista pôs o veículo em marcha. O jovem esticou as pernas, que jamais tinham tido problemas motores, e apoiou-se no encosto lateral, onde havia um cinzeiro cromado. Acendeu um cigarro, deu uma única tragada e depositou-o ali. Apertou o botão da janela só para ouvir o zumbido. Fechou-a porque entrou vento. Ficou olhando através do vidro para os cartazes luminosos e fixou-se num deles, de nove metros por três, que mostrava uma modelo de calcinha e soutien. Dias atrás, ele nem olharia para aquela foto. Agora, com dinheiro, por que não? Mulher que aceita posar de fio dental só pode ser liberada. Basta chegar, dar uma ideia, comprar pó. E "ó!". Marcos imaginava a cena quando uma brecada do carro o jogou contra o banco da frente. Voltou à real. O motorista xingava um motoboy, que já ia longe. O táxi seguiu em frente e ele descobriu o taxímetro, que passou a ocupar a sua atenção no resto do trajeto. Ficou obcecado com os reais em rápida ascensão, um clique-clique frenético que o empobrecia a cada metro e até quando o carro parava no sinal. Agora, sim, sofria com a imobilidade paralítica. Ou o semáforo mudava logo, ou quem ia acabar no vermelho era ele.

No aeroporto, foi à loja de revistas fazer hora. Folheou uma Playboy, concluiu que a coelhinha do mês valia o preço de capa e sentou-se com ela na lanchonete para beber um chope, aliás, dois, na verdade, três. De repente, sentiu o desconforto de quem está sendo observado e reparou num sujeito magro, apoiado no balcão, que olhava para ele. Seria viado? O cara era esquisito mas não tinha cara de gay. Muito suspeito. Marcos decidiu pagar a bebida e, sem querer, puxou um monte de notas do bolso. Corou, deixou uma no balcão, saiu dali e atravessou o saguão até uma loja de *design*, tentando ver, disfarçadamente, se era seguido. Ninguém veio atrás. Examinou os objetos à venda, quase tão bonitos como a menina da Playboy, sem levar nenhum. Achou tudo caro e perguntou-se que otário compraria aquelas merdas que não serviam para nada. Do outro lado da vitrina, viu o magro passar direto, com uma velha maleta de executivo, e instintivamente enfiou a mão no bolso, segurando o dinheiro. Mas o homem sumiu de vista. Marcos sentiu uma súbita vontade de mijar, imperiosa, e saiu aflito à procura do banheiro, seguindo as setas que indicavam o andar superior. Teve de subir os degraus devagar, para evitar um derrame. Daí a pouco entrava no WC.

Ah, o prazer de um homem quando satisfaz os seus desejos básicos! Mexer no pinto na infância. Masturbar-se na adolescência. Fazer sexo na juventude. Ou dar uma bela mijada na vida adulta. Quando a bexiga está estourando, a ação de despejo torna-se o equivalente masculino do orgasmo múltiplo. O sujeito sente um enorme alívio, jato após jato, ejaculando urina. É como soltar fogos de artifício pelo pau. Ninguém pode negar que há gozo nas atividades escatológicas do homem. E hoje é o seu dia, Marcos! Curta os prazeres da bexiga, com três mil reais no bolso!

O magro chegou por trás com a navalha e cortou-lhe o pescoço, na altura da jugular. Marcos mal sentiu a lâmina, sutil como fatia de gelo em coca-cola quente. As golfadas de sangue jorraram com ritmo. O rapaz em pânico tentou conter o fluxo com as mãos, enquanto o tique-taque do relógio do banheiro parecia marcar o compasso dos esguichos. Nada a fazer. A vida é uma coisa estúpida e costuma acabar sem aviso prévio. No desespero, veio à cabeça dele a imagem do menino holandês que tapou com o dedo o vazamento de um dique. Onde é que tinha visto aquilo? Numa revista? Na TV? Não ia ter tempo de lembrar. Foi o seu último pensamento coerente e, depois, a visão foi perdendo nitidez enquanto o corpo perdia sangue, até Marcos cair inerme, com o reservatório vazio. Sem constrangimento, o magro limpou a navalha, guardou-a no próprio bolso e revistou os do cádaver à procura do dinheiro. Lembrava uma queixada chafurdando na terra fofa para abocanhar a mandioca. Nada contra as queixadas. São animais selvagens, apenas isso. Marcos morrera nas mãos de outra fera urbana por ter sido estúpido em chantagear o Jorge, um urubu-rei capaz de arrancar as tripas de um burro de uma bicada só. Tinha sido o marqueteiro quem contratara o porco-do-mato para tirar a vida do jovem. Demonstrando que, enquanto houver gente assim, o mundo vai ser sempre uma grande porcaria.

O matador profissional empurrou o cadáver para perto da privada e abriu a maleta, onde havia uma banana de dinamite artesanal, feita com garrafa plástica de refrigerante, espoleta e estopim. Levava o mesmo tipo de gel explosivo usado nas pedreiras e, não raro, também nas prisões brasileiras, em tentativas de fuga organizada. Depois de acender o pavio, o magro saiu apressando o passo e evitou pisar na sangria que tinha empapado o chão do banheiro. Deixou na porta a placa com os dizeres "Fechado para limpeza", que ele mesmo tinha posto antes de entrar. Quando chegou à rua, apanhou o primeiro ônibus que apareceu. Segundos depois ainda teve tempo de ouvir, da Avenida Ruben Berta, a explosão vinda do aeroporto. Uma coluna de fumaça desprendeu-se do prédio, que tremeu. Os passageiros do ônibus, assustados, perguntavam-se o que teria acontecido. Um avião despistado? Botijão de gás? Obra do crime organizado? Só o queixada sabia a resposta. Aquela explosão era o fecho de ouro de um trabalhinho bem feito.

Ele fizera tudo certo. Era justo que fosse pago e muito bem pago. Tinha no bolso o dinheiro tirado de Marcos e mais mil reais para receber do Jorge. Uma grana preta como a fumaça que se via lá atrás. Os assassinos costumam ser mal pagos e ele já matara por muito menos. Mas o mercado evolui, ganha-se cada vez melhor. Deixando de lado os esquadrões da morte, que recebem salário fixo no comércio nacional, os matadores independentes são pagos por trabalho. Os estagiários matam por cem, duzentos reais. Se fizerem carreira, podem cobrar de quinhentos a oitocentos. Um profissional experiente fatura na faixa dos dois mil e, se for um *chairman-of-the-board,* com um alvo de importância, o seu preço pode dobrar ou triplicar.

O magro-queixada era um executivo do mais alto nível, como atestavam os seus rendimentos líquidos. Executava bem e liquidava como ninguém.

22

Luís levantou-se cedo e foi comprar leite e pão. Ao sair de casa, tropeçou numa macumba diante da porta, com tocos de sete velas ainda fumegantes e parafina vermelha coagulada como sangue. O despacho incluía uma garrafa de pinga, um charuto baiano e terra de cemitério embrulhada em jornal velho. No meio de tudo, um cartão-postal com a figura de Exu trazia uma ameaça escrita à mão, em letras tortas, com caligrafia canhota: "Um de voces será / levado!". A mensagem era curta e grossa. O "levado" estava separado por uma barra, como se não fizesse parte da frase.

O ítalo-brasileiro com pendor místico balançou a cabeça, desgostoso. Depois dos acontecimentos recentes e de uma noite maldormida, aquele não era o consolo de que precisava. Atirou a garrafa no lixo, chutou os restos do despacho para o meio da rua e só não rasgou o cartão porque queria mostrá-lo à Carla, cuja opinião sobre tais assuntos ele respeitava. Depois de eliminar os vestígios das velas com o bico do sapato, para que a família não desse por nada, seguiu para a padaria, onde comprou menos pãezinhos que o costume. O seu apetite já tinha sido levado.

— O mal não se cansa! — Desabafou mais tarde com a namorada. — Não entendo os que mataram a minha irmã nem esses macumbeiros que anunciam outra morte na família. Qual é a deles? Nós é que fomos prejudicados, ninguém mais.

O Artur perdeu a mãe, eu e o Nenê perdemos a irmã. Será que ainda temos de aturar ameaças de Exu? A vida humana não vale nada neste país!

Carla tentou rebater com o seu positivismo iogue:

— É só um despacho, Luís. Sem consequências, você vai ver. Esqueça isso e mentalize paz, amor, alegria. Tente irradiar uma luz azul...

— Ah, sem essa de luz azul, que eu estou com a pilha fraca! Só consigo ter ódio do sacana que foi buscar um postal nos quintos dos infernos e teve o desplante de fazer macumba na porta de casa, debaixo do nosso nariz. Será que ele vai se contentar com isso? Hoje é um cartão com ameaças. Amanhã, uma facada nas costas.

— Se fosse assim, já teriam tentado alguma coisa. O fato de serem macumbeiros não quer dizer que sejam assassinos.

— Quer, sim! Basta olhar em volta. Outro dia ouvi a notícia de uma coisa que aconteceu no Caribe: cinco homens invadiram uma igreja e mataram uma freira católica a machadadas, além de ferir mais doze pessoas, que foram regadas a gasolina e transformadas em tochas humanas. Quando a polícia capturou os caras, eles disseram que eram rastafaris, enviados por Deus para combater a corrupção na Igreja Romana.

— Conheço muitos rastafaris e são pacíficos, os primeiros a condenar a violência da Babilônia, como chamam as cidades.

— Não é violência uma freira feita em picadinho e doze fiéis queimando como velas acesas? E os fundamentalistas islâmicos que metralham turistas no Egito? E as seitas americanas que cometem assassinatos rituais e suicídios coletivos? E as japonesas que infestam o metrô de Tóquio com gás Sarin? Para não falar de Belém, onde o exército judeu fuzila civis palestinos e os homens-bomba palestinos explodem com civis judeus, cobrindo de vísceras o solo sagrado. Os sacrifícios humanos não têm fim, Carla. O mundo continua cheio de homens primitivos que fazem as piores coisas em nome de Deus, que dirá de Exu...

— Talvez. Mas, seja como for — ela aproveitou para alfinetar —, o menino já não estava seguro com tanta gente estranha entrando na casa.

Luís sentiu a pontada:

— Não é bem assim. O Nenê fica de olho nele, e agora vai ter mais uma pessoa para tomar conta do Artur.

— Quem?

— Um senhor paralítico.

Carla tentou não rir. Ele apressou-se a explicar:

— É uma espécie de tutor que o Nenê arranjou. O homem leu a biblioteca de Alexandria inteira. Pode ajudar o menino nos estudos, além de fazer companhia.

— Se for uma pessoa boa... — Carla cedeu.

— Se não for, é só mandar embora. Coisa que não dá para fazer com esses macumbeiros.

— Então, qual é a ideia?

— Sei lá. Pensei em pedir proteção policial, mas pode ser pior. Depois do que os meganhas fizeram no cemitério...

— Quer mudar-se com o menino lá para casa?

Luís surpreendeu-se com a proposta. Olhou para a namorada com ternura. Que gesto bonito, o dela! E pensar que não lhe tinha dito uma só palavra de agradecimento desde que voltara ao Brasil, dois anos depois de uma saída à francesa. Aliás, à italiana.

— Não sei se mereço o convite — reconheceu —, principalmente depois de ter dito para você não se meter nos assuntos da família. Mas obrigado, Carlinha! Você é uma pessoa linda.

No meio desta confusão, eu só queria dizer que...

Ele engasgou. Ela ficou à espera. Luís segurou-lhe as mãos, com cuidado, como quem pega taças na cristaleira. Depois baixou os olhos e disparou:

— Sei lá, acho que te amo...

O rosto dela se iluminou. Não titubeou em responder ao fogo:

— Você sabe que a recíproca é verdadeira, não sabe?

Luís podia suspeitar, mas não sabia. Ou sabia mas não tinha certeza, o que dá na mesma. Se Romeu conhecia o amor de Julieta, era porque ouvira, escondido sob a sacada, a confissão que ela fizera à noite. Se Julieta não queria juras de amor, era porque Romeu pretendia jurar pela inconstante lua. Antes e depois do casal de Verona, os apaixonados sempre precisaram ouvir, e nunca se cansaram de ouvir, que eram correspondidos. Luís não sabia se a recíproca era verdadeira. Se a Carla, sabe-se lá por que, também achava que o amava. Mas já que ela tinha sido clara como água, a timidez do jovem evaporou-se. Ergueu os olhos, abraçou-a e beijou-a como dois anos antes, na histórica noite do bar. Com uma vantagem: desta vez, estavam ambos sóbrios.

23

O menino, deixado a sós com o Garcia, não tirava os olhos das deformidades do paralítico. Pousou-os primeiro nos punhos, finíssimos, depois no pescoço duro, subiu para o crânio desproporcional, percorreu os membros tortos e avaliou um a um os ossos à flor da pele daquele corpo estranho. Curiosamente, não sentia nenhuma ojeriza pelo dono do corpo, como sentira, no dia anterior, por um cego com os olhos vazados a branco e recheio de ramela. Os deficientes físicos variavam muito. Este de agora não viera atrás de milagres; pelo contrário, tinha um ar orgulhoso e não pedia nada a ninguém. Era uma visita especial, com outro estatuto. Após as apresentações e uma conversa inicial em família, Artur ficou sabendo que ele viria com frequência para lhe fazer companhia, durante um período que não foi fixado. Ficou apenas claro que haveria mais um "tio" na casa. Depois, os adultos tinham saído, cada qual com uma desculpa.

Lá fora, Luís insistira com o Nenê:

— Você acha que vai dar certo?

— Vamos deixar os dois sozinhos para ver no que dá. Se der zebra, é só devolver o paralítico. Mas acho que vai correr tudo bem. O cara leu tantos livros que virou uma biblioteca humana. Se ele passar um décimo do que sabe para o Artur, já vai ser melhor que um ano de escola. Como nós nunca temos tempo para o menino, vale a pena tentar.

Dentro da casa, Artur dirigiu-se ao Garcia sem qualquer inibição, com a primeira pergunta que lhe veio à cabeça, como se testasse o visitante. Queria saber que "tio" era aquele que lhe tinha sido imposto:

— Você vive com os seus pais?

— Não. — Respondeu o Garcia, com uma voz firme e agradável de se ouvir. — Os meus pais já morreram.

— Ah... os meus também.

O menino gostou de saber que não era o único órfão do pedaço. Aproveitou para tirar uma dúvida existencial:

— É verdade que quando a gente morre vai para o céu?

— O que você acha? — Rebateu o outro.

— Minha mãe dizia que vai.

— Se ela dizia, não vou contrariar. Mas tenho uma opinião diferente.

— Qual?

— Não quer dizer que eu esteja certo, e sua mãe errada.

Garcia deixou a resposta em suspenso.

— Você não disse qual. — Insistiu o menino.

— Ninguém sabe o que acontece depois da morte.

— Ah, isso não é opinião! Minha mãe dizia que os bons vão para o céu e os maus para o inferno. E que existe o purgatório, onde as almas ficam à espera do Juízo Final.

— Então, tá. Não vou discutir com a sua mãe.

— Você não concorda?

— Não concordo nem discordo.

— Você acredita no paraíso?

— Só acredito no inferno, que é estar preso nesta cadeira, sem poder me mexer. Quanto ao paraíso, sei que existe o bairro do Paraíso, mas dizem que não é grande coisa.

— E anjos do céu? Acredita?

— Acredito em anjos da terra, como você.

— Fala sério, Garcia!

Artur não esperava pelo cumprimento, que o pegou desprevenido. Soou bem, deixando-o sem graça. Apesar do aspecto disforme do hóspede e da inevitável estranheza que ele provocava, a sua energia e segurança, passadas de forma amistosa, começavam rapidamente a conquistar o garoto, o qual, para dizer o mínimo, carecia de um modelo masculino onde se espelhar. Sem o pai, que mal conhecera, e com dois tios de difícil acesso, um na Itália, outro no bar, Artur pressentiu que o homem preso à cadeira podia ser mais que um tio postiço, talvez um padrasto bacana, sempre à disposição. Além disso, depois de poucos minutos de convivência ele já não notava as deformidades do Garcia, que ia ficando bonito, por artes de um espírito rico e loquaz.

— É verdade que você tem bruxismo?

O garoto confirmou:

— O médico diz que sim. Que eu mastigo os dentes. Olhe só, estão gastos...

Abriu o bocão e mostrou para o paralítico, que não esperava por essa. Garcia estava encantado com a espontaneidade do menino, isento de hipocrisia, defeito dos adultos, ainda puro e afetuoso, qualidades de criança. Talvez visse nele a própria infância perdida, sabe-se lá. Condenado a uma vida de imobilidade, visivelmente solitário e carente pela sua condição, começava a gostar da ideia de ter um sobrinho de imitação ou um novo amigo que, não obstante a verdura dos anos, o surpreendia pela vivacidade e inteligência, atributos raros até em homens feitos. Deu uma geral na boca cheia de dentes:

— É, estão gastos mesmo, principalmente os de trás. Mas

não se preocupe, que isso passa. — Fez a afirmação e passou a recitar: — "Nesta vida tudo passa / Tudo passa nesta vida / Passa ameixa por passa / Passa passa por ameixa / Só não passa nota falsa porque a polícia não deixa".

O menino deu risada:

— Ah, ah, ah... Essa é boa!

— É boa e você tem um riso bonito, não devia se preocupar a ponto de estragar a dentadura. A vida é sofrimento, quer a gente queira quer não, acostume-se com a ideia. Um dia desses eu vou falar para você do Schopenhauer, que é um filósofo muito sensato. Mas agora, acho que você ia gostar mais do carpinteiro que foi condenado à morte pelo rei...

Mais uma vez, o Garcia deixou a conversa pendurada. Isso irritava Artur:

— Qual carpinteiro?

— Não brinque! Vai dizer que você não conhece essa história? Do carpinteiro que dizia sempre "Deus proverá!"?

— Eu não. O que tem ele?

— Quer saber?

O menino ardia de curiosidade:

— Conta logo, pô!

O paralítico tinha finalmente alguém com quem conversar, além da irmã, que não valia: em vez de diálogo, tinham discussões. O menino, por sua vez, tinha agora um livro humano para o entreter, já que o Garcia conhecia centenas de histórias. Os dois completavam-se: discípulo e mestre, tutelado e tutor, Alice e Lewis Caroll. Um imóvel, o outro animado.

— O carpinteiro foi condenado à morte pelo rei. Na véspera da execução, deixaram que ele fosse passar a noite com a família, o seu último desejo. O condenado foi para casa e pediu à mulher que fizesse uma grande festa, convidando todos os parentes. Ela preparou tudo, chamou os familiares e eles vieram comer, beber e festejar. Lá pelas tantas, depois de muito vinho, o filho do carpinteiro lembrou-se que o pai ia ser enforcado e começou a chorar. Para quê! Aquilo contagiou os outros, e foi a maior choradeira. O próprio condenado teve de animar a família, dizendo: "Deus proverá!". Depois, pediu que enxugassem as lágrimas, porque não queria saber de tristeza na sua última noite. Os parentes obedeceram, envergonhados, e voltaram a encher os copos, cantando as canções da terra. Passada uma hora, foi a vez da irmã dele se lembrar da execução. A mulher abriu o bico, e todo mundo chorou com ela, obrigando o coitado a repetir a frase "Deus proverá!", rogando a todos que celebrassem a vida, nas últimas horas que lhe restavam. Assim foram passando o tempo, às vezes na choradeira, outras na risadeira, até que o galo cantou, e os soldados do rei bateram à porta – Tóc, Tóc, Tóc! – provocando outra onda de desalento na família. Pela última vez, o carpinteiro mostrou o seu otimismo dizendo: "Deus proverá!". Depois, foi ele mesmo abrir a porta. Um soldado deu um passo à frente, entrando na casa, e ordenou ao condenado, num tom marcial: "Carpinteiro, faz um caixão! O rei morreu!".

Artur ficou mudo, com cara de espanto. Sentiu um arrepio. O final da história foi um choque para ele. Caramba! Era uma emoção estranha, gostosa de sentir, misto de surpresa, admiração e encanto. Se fosse definir o que lhe ia pela alma, diria: "Que legal! Por essa eu não esperava". Tivera a primeira manifestação de uma genuína emoção estética no seu coração infantil, que vibrava com uma história bem narrada, um fecho bem construído e uma moral implícita, fazendo recordar as coisas que a mãe lhe contava. Talvez porque pressentisse a desproporção entre um comentário banal e uma boa história, não disse nada, limitou-se a ficar de boca aberta e olhos brilhantes, enquanto o paralítico gozava a cena:

— Bonita essa história, não é?

O garoto fez hum-hum.

— Você já leu o Monteiro Lobato?

— Quem?

— Mon-tei-ro Lo-ba-to.

— Não.

— O quê! Um menino de nove anos que não leu Monteiro Lobato? Onde é que os seus tios andam com a cabeça que ainda não deram a coleção infantil dele para você? E a professora na escola, o que essa incompetente está fazendo que não passou como leitura obrigatória? Vamos ter que dar um jeito nisto, rapaz, com urgência. Da próxima vez que eu vier aqui, trago *As caçadas de Pedrinho* para a gente ler.

Artur, sem graça, tentou saber:

— Foi o Monteiro Lobato que fez a história do carpinteiro?

— Não, essa veio da Armênia. É da tradição oral. Quem passou para o papel foi o Willyam Saroyan, um escritor armênio radicado nos Estados Unidos.

— Ah...

— Nem A nem B! Você não pode continuar vivendo na ignorância, rapaz, senão um dia cai de quatro e não consegue mais se levantar. Vamos tratar disso antes que seja tarde. Já chega de Jecas Tatus neste país!

Artur ia ter de aprender a lidar com essa faceta do Garcia, um nacionalista radical, que brandia a lança do saber contra inimigos invisíveis, como um Dom Quixote, em defesa do Sítio do Pica-pau Verde-amarelo.

24

Nenê e Luís estavam desejosos de matar a saudade, a sós, sem o jornalista por perto ou a namorada para dar palpite. Tinham combinado de evitar polêmica e cessar as hostilidades. O garçom trouxe os copos, o velho fez tim-tim:

— Aos bons tempos!

Luís brindou com ele e viu que o velho derramou umas gotas de propósito, para o santo. Na verdade, para a santa: Lisa. Fez o mesmo, sem palavras, comovido. Os dois beberam devagar a cachaça feita em alambique de barro, que mereceu um comentário do Nenê:

— Gostinho de canela, sentiu?

— Bem escolhida.

— É exclusiva. Guardam a garrafa separada, com o meu nome escrito no rótulo.

— Para um boteco como este, é um costume sofisticado.

— O dono me trata como se eu fosse enólogo. Mas só bebo vinho de cana-de-açúcar.

— Em doses de engenho!

Começo de conversa pacífico e lugares-comuns inofensivos. Os irmãos esforçavam-se para que aquele encontro fosse amigável como os que costumavam ter quando Lisa era viva, Nenê trabalhava, e Luís ainda tinha espinhas na cara.

— E a Itália? — O velho lembrou-se de perguntar. — Foi legal?

O mais novo pensou antes de responder:

— Foi e não foi. O país é lindo, respira História. Eu vivia me lembrando daquela frase do pai: "due mila anni di cultura!". O velho sabia do que estava falando. Em Roma, você tropeça numa pedra, vai ver e tem uma plaquinha escrito: "Aqui tropeçou Júlio César".

— Não exagera, mano! — Nenê riu-se.

— Os italianos são muito parecidos com a gente, alegres e fanfarrões. É fácil gostar deles. Mesmo assim, confesso que me sentia sozinho, porque essa vida de exilado não é mole. Dá saudade de tudo, do calor, dos amigos que ficaram para trás, do arroz com feijão, da família. Eu me sentia muito mal por não ter mais este nosso convívio, estar tão longe da Lisa...

— Nem me fale da Lisa. — Os olhos do velho ficaram subitamente brilhantes, e ele teve de fazer um esforço para reter as lágrimas.

Silêncio momentâneo, os dois engasgados, sem saber o que fazer. De repente, os irmãos passaram os braços por cima da mesa e abraçaram-se, com força, desatando a chorar um no ombro do outro. Aquele luto já estava embutido há muito tempo, não dava mais para aguentar. A ficha finalmente caía, junto com um dos copos, que rolou no chão do bar, ensopando o assoalho de pinga.

Enquando eles carpiam a morte da irmã, os outros fregueses ficaram na deles, fingindo que nada acontecia, em sinal de respeito pela dor alheia. Os dois demoraram-se no abraço. Depois, solícito, o garçom foi recolher o copo, milagrosamente intacto, trocando-o por outro cheio, oferta da casa. Nenê percebeu o gesto e agradeceu:

— Valeu, companheiro...

A interrupção tirou-os do transe emotivo. Os irmãos sentaram-se novamente, recompondo-se e, depois de enxugar as lágrimas, enxugaram a pinga que restava:

— Se não fosse pela cachaça, a dor seria insuportável. — Disse o Nenê, em parte por ser verdade, em parte para tentar justificar o seu alcoolismo. — Mas eu não bebo para esquecer, bebo por razões de Estado, para defender o Brasil contra o uísque importado...

O mais novo, que ainda passava a mão nos olhos, achou graça.

— Está rindo, Luís? Sabe quantas marcas de cachaça existem? Umas cinco mil, no barato.

— Você contou?

— Eu não, mas contaram. O país produz um bilhão de litros por ano e fatura quinhentos milhões de dólares.

— Caramba, Nenê! Como é que você sabe disso?

— Pelo Garcia, que é um sabe-tudo. Ele leu numa revista e me deu a maior lição, logo para mim que sou cachaceiro. Não é só a Itália que tem História. Você sabia que os senhores de engenho davam pinga para manter os escravos trabalhando?

— Sei que a pinga mantém você coçando. — Cutucou Luís.

— É a dialética da cachaça. — Retrucou o velho, fazendo lembrar a doutrinação a que eram submetidos pelo pai materialista. — Abre o apetite e tira a fome, aquece no inverno e refresca no verão, cura a gripe e mata o bicho, é boa com gelo e no quentão...

— Já vi que isso vai longe.

— A pinga é que nem o Artur, faz milagres!

A observação foi um copo de água fria na cabeça do rapaz:

— Espere aí, Nenê! Nós combinamos que o Artur era assunto proibido.

— Responda só isto: o que seria do brasileiro se não tivesse pinga, futebol e religião?

— Porra, Nenê, e o nosso trato?

— Calma! Você se chateia à toa. Custa muito responder?

Luís franziu a testa, descontente, sem a menor vontade de satisfazer o velho:

— O que você quer que eu diga? Que sem pinga e religião, era a revolução? O Estado acabou, Nenê. O capitalismo está globalizado. O mundo está cheio de desempregados, e você é um exemplo disso. Mas não é culpa da pinga nem da vodca, meu irmão. A revolução em que o pai acreditava já era. *Kaput*, entendeu?

À falta de resposta, o rapaz deu um basta no assunto:

— Vê se diz alguma coisa nova para variar...

Nenê, de fato, tinha uma novidade, mas era polêmica:

— O Jorge marcou entrevista para o Artur com uma psicanalista.

Insistente, o velho. Luís viu que não ia se livrar do tema e suspirou resignado:

— Esse Jorge não perde tempo...

— É a doutora Nádia Pereira Lima, especialista em crianças. Dá aulas na faculdade, escreve para revistas médicas e tem clínica própria. Não podia ser melhor.

— O Artur precisa de tratamento, sem dúvida. O preço é que é muito alto.

— Isso a gente não sabe. Vamos ter de perguntar quanto é que a mulher cobra.

— Você entendeu o que eu quis dizer, Nenê.

— Está bem, mano. Mas pense no assunto, que é importante. Só me responda mais uma coisa...

Antes que o rapaz reagisse, o velho completou:

— Você tem molhado o biscoito ultimamente?

A expressão desarmou Luís, que não pôde deixar de sorrir. Na sua adolescência, a pergunta era diária, um hábito do mulherengo Nenê para se inteirar dos avanços sexuais do irmão mais novo. Agora, vinha desanuviar a conversa como um afago fraterno. O rapaz abriu o flanco:

— Minha relação vai bem, se é isso que você quer saber. A Carla é a santa paz, a primeira mulher que me dá tranquilidade em vez de tirar. Quanto a molhar o biscoito, não uso expressões como essa.

— Ai, não molha o biscoito! Não afoga o ganso! — O velho boêmio teve um ataque de riso. — Olhem a boneca!

— Goze à vontade. Eu diria que faço amor, no sentido bíblico.

— Papo de viado, bicha, boiola!

— Está bem, velho sacana: eu dou as minhas bimbadas na patroa. Satisfeito?

— Ah! Isto já é português! Bimbar, afiar a ferramenta, molhar o biscoito.

— Biscoito champagne, em vinho do Porto.

— Ui, ui!

— Nenê, você já me ensinou muitas coisas, agora é a sua vez. Ouça tudo o que queria saber sobre sexo mas não tinha coragem de perguntar ao irmão caçula...

O velho calou-se e foi todo ouvidos, enquanto o rapaz ditava:

— Não há afrodisíaco melhor que o amor. Esqueça as vagabundas com quem você anda, encontre uma mulher de verdade, para amar e ser amado, e molhe o seu biscoito na xicrinha dela.

25

— Qual é o seu nome?

— A senhora já sabe. O meu tio já disse.

O menino era esperto. Tinha uns olhos perspicazes, ainda que o olhar tímido evitasse contato direto com ela. A psicanalista insistiu:

— Quero ouvir de você.

— Artur.

Ela ficou à espera de mais. Ele não disse nada. O silêncio prolongou-se por alguns minutos, só quebrado por um sutil ranger de dentes. Mas não havia constrangimento. O maxilar do menino foi-se aquietando até ficar imóvel. Artur sentia-se tranquilo naquele ambiente, com aquela mulher bonita, que apesar de estranha lhe inspirava confiança. Arriscou uma mirada direta e ficou fascinado com os olhos azuis da médica. Mas desviou os seus antes que ela quisesse dizer qualquer coisa. Baixou a cabeça, fingindo-se de morto novamente. Depois ergueu-a e ajeitou-se no divã. Virou-se, desvirou-se, à espera de uma reação. A mulher bonita continuava firme, sem fazer o sinal da cruz, sem rezar como as loucas, sem pressioná-lo. Era curioso aquilo. Chegou a esquecer que ela existia, atraído por um quadro na parede. Fixou-se na pintura, salpicada febrilmente de tinta, em cores vibrantes, que retratava um campo de trigo sobrevoado por corvos negros contra um céu repleto de nuvens conturbadas. Coisa de doido.

— É do Van Gogh, pintor holandês.

Artur ouviu-a sem piscar os olhos.

— Foi um dos últimos quadros que ele fez, antes de morrer.

A explicação tinha interesse.

— Morreu na França, pobre e com problemas mentais.

Artur sentiu um arrepio:

— Que pena! — Disse sem jeito. — É um quadro tão bonito...

— Concordo. Por isso eu pus na parede. Você gosta de desenhar?

— Quando tem lápis e papel, gosto.

A doutora Nádia Pereira Lima foi à gaveta da escrivaninha, tirou de lá uma caneta e ofereceu-a com o bloco de receitas:

— Faça um desenho para mim.

Artur pegou as coisas da mão dela e pôs-se a rabiscar. Fez tantos riscos que a folha ficou parecendo um mata-borrão. Depois deu-lhe a obra de arte e permaneceu outra vez imóvel, à espera de um comentário. A doutora examinou o desenho. Já tinha consultório há muitos anos, era respeitada pelos seus pares, chegara a exercer a presidência da Sociedade Psicanalítica de São Paulo. Percebeu que estava diante de um paciente especial e um caso, no mínimo, singular. Os borrões de tinta no receituário reproduziam o rosto de Cristo. Ela perguntou:

— De quem é esse rosto, Artur?

— De Jesus.

— E por que você escolheu retratar Jesus?

— Não fui eu, foi a minha mãe.

— Ah... Você gostava muito dela, não é verdade?

— Eu ainda gosto.

A médica fez uma anotação qualquer e continuou:

— Dói muito conversar sobre ela?

— ...

— Você fala com os seus amigos sobre ela?

— Não.

— Com os seus tios?

— Às vezes.

— E do que mais você conversa com eles?

O menino pensou antes de responder, aliviado porque a mãe deixara de ser o mote das perguntas:

— De muitas coisas. Dos presentes, por exemplo.

— Que presentes?

— As pessoas vão lá em casa, e eu ganho brinquedos, roupa, bolas. Só não ganho dinheiro porque o meu tio Luís não deixa. Já ganhei até tênis Nike…

— É o que você está usando?

— Não. Este é Reebock. O Nike estava grande e eu dei para o Deco, que é meu vizinho. Ele calça trinta e sete.

— Você costuma dar os seus presentes para os outros?

— Para o Ademir eu dei uma calça Levi's e para o Fernando uma bola Adidas.

— Muito bem.

— Eu tinha uma calça igual, e bola é a terceira que eu ganho. Se a senhora quiser uma...

— Não, Artur, obrigada. Eu não jogo futebol.

— Tem uma de vôlei, bem levinha. Dá para mulher jogar.

— O meu esporte favorito é a natação.

— Ah...

A médica prosseguiu a conversa, tomando nota das respostas que lhe pareciam significativas, em busca de pistas para compreender o menino. Tinha conseguido estabelecer um bom nível de empatia com ele, o que não era fácil, dada a desconfiança natural de uma criança que acabara de perder a mãe, ainda por cima em circunstâncias trágicas. Pelo que já soubera, o menino estava sob pressão em casa, onde aparecia todo tipo de doente à espera de uma cura milagrosa, alguns certamente histéricos, que teriam maior proveito em fazer psicanálise. A médica não podia estar menos contente com aquele quadro, conturbado como o seu Van Gogh. Era um contexto capaz de desequilibrar um adulto saudável, que dirá um garoto de nove anos, órfão recente. E Nádia tinha de decidir, após essa entrevista, se aceitava ou não tratar do paciente.

Artur apareceu na sala de espera e foi ao encontro do tio:

— A doutora Nádia quer falar com o senhor. Sozinho.

Luís deixou o menino com a Carla e entrou no consultório, onde a médica relia suas anotações. Ela demorou-se naquilo antes de falar:

— O menino precisa de tratamento médico.

"Descobriu a pólvora!", pensou Luís. Depois de o garoto ter visto o assassinato da mãe, o que ela esperava? Mas a médica não tinha terminado:

— Estou disposta a aceitá-lo não porque viveu uma tragédia, que pode causar um desequilíbrio emocional passageiro, para o qual mais vale apoio psiquiátrico, com remédios e acompanhamento a médio prazo. Vou aceitar o menino porque ele omitiu o seu sobrenome. Disse-me apenas que se chamava Artur. E isto, não ter mencionado o nome paterno, é sintomático, pode indicar a formação de uma personalidade neurótica, onde a tragédia recente surge como um fator complicador.

— É grave? — Luís franziu a testa.

— Eu não diria isso. Neuróticos, em maior ou menor grau, somos todos. O problema é que a neurose faz sofrer. O menino já deve andar tenso há muito tempo, como pude sentir, e de fato vê-se o desgaste nos dentes que você mencionou. Mas é uma criança esperta, afetiva, com potencial para tirar proveito do tratamento psicanalítico. Posso incluí-lo entre os meus pacientes e, se me permite, recomendo que a família também procure apoio. Mas não disponho de outros horários. O máximo que posso fazer é indicar nomes da minha confiança, caso esteja interessado.

— Estou sim. E agradeço por tudo.

— A sessão vai custar duzentos reais. Serão quatro por semana.

26

— Três mil e duzentos por mês! — Nenê fez as contas.

— O Artur gostou da mulher. — Esclareceu Luís, que tinha ficado com uma boa impressão da doutora Nádia. — Dizem que ir com a cara do médico é meio caminho andado para o sucesso do tratamento.

Agora o rapaz defendia a psicanálise, e o velho questionava, sem que se dessem conta da inversão de papéis:

— Por esse preço, nem vendendo as oferendas! — Protestou Nenê, referindo-se às roupas, tênis e brinquedos que o menino recebia dos crentes, o gênero de coisas autorizado pelo Luís. — Se você não aprovar a entrada de grana, não vejo como a gente vai pagar.

— Eu disse que dava a resposta depois da entrevista e vou cumprir a palavra. Mas não agora.

Carla olhava para os dois, tentando seguir a conversa. Nenê viu que ela os observava e encerrou o assunto, para evitar ondas.

— Está bem. Fale com a sua amiga, se é nisso que está pensando. Mas três mil e duzentos reais nós não temos. É preciso decidir se você quer ou não tratar do Artur.

— Tudo bem, Nenê. Sem dúvida.

O velho retirou-se para outro cômodo, e Luís puxou a Carla para um canto, disposto a conversar. Mas se a casa já era pequena, que dirá um canto da casa. O menor suspiro ecoava por tudo. Acabaram indo buscar privacidade na via pública:

— Eu me sinto entre dois fogos, Carla.

— O que está te incomodando? Essa conversa de vender milagres?

— Não sei que decisão tomar.

— É óbvio que estão tentando manipular você, Luís! Não entre na deles, por favor. Só falta você ajudar esses boêmios a esvaziarem o bolso dos coitados...

Foi um mau começo:

— Até você, Carla! — Ele chateou-se. — Eu não quero esvaziar o bolso de ninguém. Até agora só permiti o acesso de vizinhos e conhecidos que podem ajudar o Artur a superar esta fase.

— Vizinhos que vêm de Jundiaí? De Araçatuba?

— Vem um ou outro de fora, mas a maioria é do bairro, sim senhora.

— Pode ser. Mas os vizinhos trazem parentes, amigos, parentes dos amigos, todos de presente na mão.

— Não vejo mal em aceitar uma camiseta, um caderno ou um pacote de bolachas para o menino.

— Muito diferente de dinheiro, não é, Luís?

Ele engoliu em seco, sem saber o que dizer. Depois tentou trazer à baila os argumentos do Jorge, que o tinham balançado. Lembrou que Artur precisava de apoio médico, psicanálise. Disse que tinha de decidir se voltava ou não para a Itália, porque a hipótese de ficar no Brasil, mais provável – e aqui, Carla pareceu sorrir –, implicava noutro tio desempregado. Falou até na Lisa, com pouca felicidade, que devia estar vendo lá do céu como tratavam o filho dela.

Carla não se deixou levar:

— A sua irmã não pode servir de desculpa para esse abuso de menores, é uma injustiça com ela. Pense no que a Lisa diria se estivesse viva. Além de se preocupar com o bem-estar do menino, ela era muito católica. Não ia gostar de ver o filho ser usado para iludir as pessoas, para desrespeitar a sua fé.

Luís deu um suspiro, os seus ombros descaíram. Sobre um deles pesava um anjo, personificado pela Carla, e, no outro, um diabo, com a cara do Nenê. Ambos enchiam os seus ouvidos de argumentos contrários, que iam bater de frente no meio do cérebro, com estrondo. Impossível pensar com um barulho desses. Mas uma coisa era evidente, e Luís já tinha pensado nela: é fácil falar quando se está de fora. Como no caso de Carla. Ela tinha ido ao aeroporto com um jornal na mão e uma opinião formada sobre o assunto, mas não tinha nada a ver com o peixe. Luís gostava dela. Podia até ser amor, mas "chi lo sa?". Na primeira vez em que ficaram juntos, estavam bêbados. No dia seguinte, de ressaca. Nas semanas seguintes, com sentimento de culpa. Um mês depois, a dez mil quilômetros um do outro. E agora, passados dois anos, bem, agora ele tinha de arranjar dinheiro, cuidar do órfão, fazer milagres. Resolveu dar um basta na discussão:

— Não quero iludir as pessoas nem desrespeitar a fé de ninguém. Dispenso esse tipo de comentário. Sei que envolvi você nisso e aceitei ir para o seu apartamento. Mas nós não somos marido e mulher. A decisão tem de ser minha e, se você é minha amiga, pare de me apontar o dedo como se fosse a Minerva do pedaço...

Ela primeiro ficou vermelha. Depois pálida. Nos dois momentos, sem fala. Só conseguia pensar que ele tinha razão. Que não eram marido e mulher. Que ela não devia julgá-lo nem se intrometer dessa forma na vida dele. Que era melhor parar de dar palpite. Em resumo, que era uma estúpida apaixonada pelo homem certo na hora errada. Não conseguiu conter um choro magoado, a que misturou pedidos de desculpas num fio de voz, em meio a soluços, como se tivesse sido ela a assassinar Lisa, como se fosse ela a usar o menino. Luís ficou surpreso com as súbitas lágrimas da amiga. Viu-se refletido nelas como o monstro que era, com olhos injetados de sangue, pele esverdeada, caninos protuberantes. Caiu em si. Pediu perdão. Esteve prestes a ficar de joelhos.

Em matéria de sentimento de culpa, eram dois mestres.

27

Em frente à Favela do Gato, na marginal do Tietê, um carro com o pneu furado saiu bruscamente da faixa, desenhando uma trajetória perigosa até conseguir parar no acostamento. Dois homens desceram. O motorista examinou o estrago, balançou a cabeça e foi pegar o estepe. Com a ajuda do colega, fez a troca, quase sem sujar as mãos. Mas antes de seguirem caminho, foram surpreendidos por um ladrão armado, que os obrigou a sair do veículo. Pela cara, devia estar doidão.

O bandido era jovem, branco e empunhava um revólver preto. Ao revistar os homens, descobriu que um deles trazia uma arma na cintura. Avaliou o tipo físico das vítimas, o cabelo escovinha, os corpos musculados, e sacou que cometera uma gafe imperdoável: estava assaltando dois policiais à paisana. Tentou disparar, mas era tarde. Com bons reflexos, um dos PMs deu uma porrada na mão dele, desviando o tiro, que acertou no vidro do carro. Em segundos, o assaltante já tinha levado um balaço no peito, à queima-roupa. Da favela, um cúmplice começou a atirar, escondido nalgum buraco. Os homens da lei protegeram-se atrás do carro e responderam ao fogo. As balas perdidas atravessavam a Marginal, assobiando na orelha dos motoristas. Um dos policiais foi atingido e caiu sobre o corpo do bandido que jazia no asfalto. O bangue-bangue prosseguiu como um espetáculo pirotécnico, até silenciar de repente, quando também o cúmplice foi atingido. Fez-se um silêncio, como dizem, mortal. Depois, o tira sobrevivente foi até o carro, ligou o rádio-transmissor e pediu que mandassem uma ambulância urgente.

Balanço dos balaços: dois mortos e um ferido. Uma baixa para cada lado, ao menos enquanto estivesse vivo o bandido doidão, que tinha sido levado para o Hospital das Clínicas e ligado a um tubo de oxigênio na Unidade de Terapia Intensiva. Não foram necessárias mais do que 24 horas para que o ligassem também à tragédia da Consolata. Um passageiro do ônibus reconheceu a foto de Tonho nos jornais e informou a polícia, que passou a bola para o Ernesto, que pagava bem. Por isso, o *Crime Diário* saiu com mais uma edição quentíssima, explorando a descoberta. A pedido do repórter, o editor colocou na primeira página três fotografias de ponta a ponta: uma de cada assaltante e, no meio, a do Artur. Ernesto já tinha na manga um título apelativo que mereceu os aplausos da redação:

O MENINO JESUS ENTRE OS DOIS LADRÕES.

Ao que tudo indica, a sacada foi de agrado também do grande público, porque a edição se esgotou em poucas horas.

Ricardo, o marido bonachão, estava entre os leitores. Ele entrou em casa exultante, com o seu exemplar na mão, e anunciou aos gritos, como um arauto:

— Arlete, pegaram os assassinos da santa!

— Ah é? — A voz veio da cozinha. — Já era hora...

O maridão espichou-se no sofá da sala, com os pés na almofada, sem tirar os sapatos. A mulher, condicionada, apareceu com uma lata de Brahma na mão. Ela deu-lhe a cerveja, ele deu-lhe um beijinho. Depois de beber um gole, Ricardo prosseguiu animado:

— Um dos caras foi morto, o outro está na UTI com uma bala no peito. Olha só o focinho dos dois, Arlete! Um pior que o outro, assassinos natos!

A mulher olhou para as fotos sem grande interesse, depois para os pés do marido na almofada limpa. Descalçou-lhe os sapatos com ar de nojo:

— Põe o chinelo, pelo amor de Deus! Senão fica cheiro de cocô de cachorro no sofá! Já que você não ajuda a limpar a casa, pelo menos não traz porcaria da rua.

— Quer que eu leia a notícia ou não quer?

— Isso também é porcaria. Espere um pouco.

Ela saiu num pé e voltou no outro, trazendo-lhe os chinelos:

— Põe primeiro e lê depois.

Ricardo calçou-os com ar de enfado, como se fizesse um favor. Depois leu:

— "Na noite de Terça-feira, quando tentavam assaltar os ocupantes de um Gol parado na marginal do Tietê, dois bandidos foram surpreendidos ao descobrir que as vítimas eram policiais à paisana. Um assaltante foi ferido e o outro morto, após ter tirado a vida do PM Antenor Cândido, de 35 anos, que deixa mulher e três filhos. O seu colega, tenente Claudomiro Silva, nada sofreu, enquanto o bandido sobrevivente foi levado em estado grave para a UTI do Hospital das Clínicas, com um tiro no peito. A fotografia dos assaltantes permitiu estabelecer, com o auxílio de testemunhas, que eles seriam os supostos responsáveis pelo assalto ao ônibus onde foi morta a mãe do menino Artur, Lisa Fiore, a 'Nossa Senhora da Consolata'. O assassino da mulher, ao que tudo indica, seria um deles"...

— Supostos responsáveis pelo assalto ao ônibus? O assassino seria um deles? — Interrompeu Arlete. — Por que os jornalistas falam sempre no condicional, "poderia, seria", em vez de dizer como uma pessoa normal que "eram eles, foram eles"?

Ricardo, que não gostava de ser interrompido, nem se dignou a olhar para a mulher, como se a questão fosse menor. Retomou a leitura sem comentários:

— "É provável que o bandido sobrevivente também seja indiciado pela morte de um pedestre, atingido por uma bala perdida"...

— Você não respondeu, Ricardo. Em vez desse papo de "é provável", "seria um deles", em cima do muro, por que os repórteres não dizem logo "sem dúvida", "foram eles, sim senhor"? Afinal sabem ou não sabem do que estão falando?

— Se você lesse os jornais, ia ver que todos escrevem assim, Arlete. Nenhum jornalista pode dar o fato como certo, se não existir uma comprovação.

— Acho errado. Jornalismo é feito de fatos. Se é fato, aconteceu. E se não aconteceu, não é fato. Ou foi ou não foi. Não tem essa de "supostos", "seriam"...

— Orra, meu! Claro que eles não podem dizer que "foi", "com certeza", sem a culpa estar provada. Senão o sujeito processa o jornal e dá o maior prejuízo, sacou?

— Ah! Era só o que faltava. Onde é que você já viu bandido processar jornal? Onde é que vagabundo processa alguma coisa? Só se for em filme americano.

Ricardo ficou sem reação. A mulher, às vezes, manifestava inexplicáveis sinais de inteligência. Como ele não sabia lidar com esse fato, fechou a boca e continuou a ler para si mesmo, amuado. Vai discutir com a mãe! O que a Arlete podia saber de jornalismo, se não lia jornal, só via programas religiosos na TV? Mulher às vezes é um bicho chato para cacete.

28

No bar do Imirim, Nenê tomou uma 51 enquanto esperava pelos sócios. Uma TV presa à parede requentava as notícias do mês, lembrando a bomba que explodira em Congonhas. O banheiro do aeroporto ficara destruído, com uma vítima mortal de que só havia restos carbonizados, tornando impossível a sua identificação. Ninguém sabia se os estragos eram obra do crime organizado ou de terroristas internacionais. A referência a uma suposta célula da Al-Qaeda no país, que a qualquer momento podia reivindicar o atentado, deixou Nenê perplexo:

— Estou maluco ou a TV disse Al-Qaeda? — Ele perguntou ao garçom, que também acompanhava o noticiário.

O empregado respondeu dentro dos limites da sua profissão:

— Só se os filhos do Bin Laden abriram algum restaurante árabe por aí...

Nenê não se conformava:

— Não sei, não. Depois que os Estados Unidos acusaram o Brasil de sonegar informações sobre o seu programa nuclear aos inspetores da ONU, tudo é possível. Os soldados americanos na Colômbia, com o pretexto de combater o narcotráfico, estão lá há tanto tempo que até já falam castelhano. Não demora muito, são capazes de invadir a Amazônia brasileira em busca de armas de destruição em massa, como fizeram no Iraque. Se não encontrarem, já viu, né? Vão ter de se contentar com os minérios e as madeiras de lei... Me dá outra pinga aí, companheiro.

O garçom foi buscar, Nenê bebeu, mas nada dos sócios, que tinham convocado a reunião sem explicar o motivo. Não que o velho achasse estranho. Os três encontravam-se com regularidade para dividir o botim dos crentes-clientes que procuravam o menino Jesus-Artur. Os pagantes tinham de manter o acerto em sigilo, o que a maioria aceitava sem perguntas. Desse modo, Luís ficou por fora da mutreta, apenas tolerando a oferta de mantimentos e roupas em vista de uma excelente contrapartida: Jorge tinha conseguido que a TV do deputado, num contrato de exclusividade, patrocinasse a psicanálise do sobrinho. Quanto às despesas da casa, o próprio Luís fazia questão de pagar com trabalhos que arranjava aqui e ali, ajudado por esporádicas contribuições do Nenê, que fingia atender alguns pedidos de antigos clientes. Esse *modus operandi*, já sacramentado, fazia bem a todos, incluindo a Carla, ultimamente mais pacífica.

O marqueteiro e o jornalista finalmente apareceram:

— Fala, Nenê! Tudo joia?

— Tudo. Mas podem ir direto ao assunto que já cansei de esperar.

— Ok. — o Jorge tomou a iniciativa —, o papo é sobre o nosso esquema. Chegamos à conclusão que você deve pegar a guarda do Artur e assumir a responsabilidade pelo garoto.

— Pegar a guarda do Artur? Assim, sem mais nem menos?

— Não é complicado. Já falamos com uma advogada.

— Ah, sei. E o que a mulher disse?

— Disse que convém ter a guarda para evitar disputas com familiares, viajar com o menino sem problemas, tomar qualquer decisão que tenha a ver com ele. Imagine, por hipótese, que o Luís quisesse levar o Artur para a casa da Carla. Se você tiver a guarda, ele não pode fazer isso.

— E daí?

— Daí que precisa ir ao Fórum fazer o Pedido de Guarda e Responsabilidade da Criança: é só levar RG, prova de sanidade física e mental, atestado de idoneidade moral e outros dados, além de responder a um questionário. Como o seu irmão não pensou nisso, cabe a você a iniciativa. A papelada a gente manda um despachante tirar. Mas você é que tem de ir lá responder às perguntas.

— Digamos que eu fosse. Que perguntas são essas?

— Uma psicóloga faz uma longa entrevista com você, pede detalhes sobre a vida do menino, quer saber onde você pretende criá-lo, em que condições, qual é a escola onde vai matricular o garoto, essas coisas. Convém ir bem preparado, senão dá zebra.

— E o Luís?

— Que tem o Luís?

— Vai reagir. Ou vocês acham que ele vai ficar quieto se perceber a manobra?

O Ernesto, que até ali só abrira a boca para beber, entrou na conversa:

— Ele percebeu que está entrando grana? Não. Mesmo com todo o dinheiro que passa por baixo do nariz dele, não viu nada, não sabe de nada. Portanto, das duas uma: ou está se fazendo de otário, ou é otário mesmo. Se querem a minha opinião, acho que ele não vai sacar. E, se sacar, não acredito que se oponha.

O estômago do velho começou a arder. Desde a morte da irmã, a queimação era frequente, acompanhada por uns arrotos ácidos. Mas não era culpa da pinga.

— Eu me sinto mal com essa história. — Gemeu. — Sou o Judas do meu irmão. Não sei se o dinheiro vale a pena e começo a achar que não. Se vocês dois valem a pena? Muito menos. Acho que já fomos longe demais.

Ernesto e Jorge esperaram em silêncio, escolados. Sabiam que os remorsos do Nenê costumavam passar logo. O tempo de o garçom encher o seu copo e o velho esvaziá-lo, como agora. Mais uma vez, foi pontual:

— Devo estar preparado em que sentido?

— Não se preocupe. Eu e o Ernesto vamos fazer uma apostila com tudo o que tem de dizer no Fórum. Quando estiver pronta, você decora o texto e treina as respostas com a gente. Depois, é a prova dos nove: faz de conta que a psicóloga é examinadora e que você vai prestar o vestibular da faculdade.

Nenê olhou para o copo, consciente da sua fraqueza:

— Só se for da Massachusetts University Esbodegation...

29

A sessão já estava no meio quando o Artur lembrou de dizer:

— Tem uma visita que vem sempre.

— Quem é?

— Um senhor paralítico. Mas ele não usa cadeira de rodas, é de madeira, que a irmã dele traz no carro. Depois ela põe um banquinho com uma lata em cima, que o senhor usa para cuspir e fazer xixi.

— ...

— Ele pede licença para fazer xixi mas para cuspir não. Cospe na minha frente mesmo. O nome dele é Garcia, e depois que a irmã sai ele fica comigo. A gente fica conversando.

— Certo. E do que vocês falam?

— De tudo. Ele não acredita em Deus. A irmã dele é que obriga o Garcia a ir lá em casa. Ele traz sempre um monte de livros para a gente ler. Ontem trouxe as *Dores do Mundo,* do "Choperraumer".

— Schopenhauer? — Fez a médica, surpresa. — Ele não traz livros para crianças?

— Traz, claro. Eu já li as *Caçadas de Pedrinho,* do Monteiro Lobato, e *A Ilha do Tesouro,* do "Roberto Luís Estívensão"...

— Vejo que você está aprendendo muitas coisas.

— O Garcia também gosta de música antiga. A irmã traz os CDs e ele pede para eu colocar no aparelho. Do Skank não tem nenhum. Nem do Gabriel, o Pensador, que eu gosto. Só da

Carmem Miranda, Braguinha...

— Parabéns, Artur! Que boa memória!

— Ele disse para eu guardar os nomes, porque no Brasil ninguém sabe nada do Brasil. Assim fico sabendo mais que os outros.

— Mais do que eu, inclusive! — Ela admitiu, sorrindo.

O menino sentia-se cada vez melhor com a doutora Nádia, que por sua vez andava encantada com o paciente, distanciamento freudiano à parte. O caso já tivera vários desdobramentos, o bruxismo regredira, o menino falava cada vez mais. Se a princípio o julgara esperto, agora estava certa de que era mais inteligente que a média, além de maduro para a pouca idade que tinha. Mas isso, infelizmente, não era vantagem, ao contrário: indicava uma perda precoce da infância, com tudo o que ela tem de bom.

— Fale mais do seu novo amigo.

— O Garcia é legal. Ele fica comigo de tarde, depois que eu chego da escola. Quando entram as pessoas lá em casa, ele conversa com elas também. Diz que não vai deixar ninguém...

O menino corou. A doutora Nádia notou o seu embaraço e encorajou-o:

— Não vai deixar ninguém fazer o quê?

Artur tomou coragem e disse sem jeito:

— Foder a minha cabeça.

— Ah...

— Ele disse que as pessoas que vão lá em casa são ignorantes.

— Entendi. E você, o que pensa delas?

— Eu? Sei lá... acho que são tristes.

— Por que tristes?

— Porque elas ficam chorando, ao contrário do Garcia, que não chora nunca. Ele falou que já tentou se matar. Mas é difícil.

Ele disse que tudo é difícil para quem depende dos outros para tomar banho, fazer cocô, até para se matar.

— Ele disse isso? E você compreende o que ele diz?

— Se eu não entender alguma coisa, ele falou para perguntar, que ele explica.

— Muito bem. E você gosta dele?

— Se eu pudesse fazer milagres, curava o Garcia, para ele andar de novo. Mas ele sabe que eu não sou o menino Jesus.

— Bem, Artur, o nosso tempo acabou. Continuamos amanhã...

O garoto não se levantou imediatamente. Era sempre difícil para ele enfrentar o fim da sessão. Como se as coisas que ainda tinha para dizer estivessem escritas numa folha de papel, e ela cortasse com uma tesoura. Suspirou e levantou-se, indo ao encontro de Carla, que lia revistas na sala de espera. Ela deu-lhe a mão e foram embora, dizendo "tchau" para a doutora Nádia, que acenava da porta do consultório.

Às sextas-feiras, Artur era o último paciente do dia. A médica aproveitava o término das sessões para despachar os seus trabalhos acadêmicos. Mas, naquele dia, sentiu necessidade de fazer anotações sobre o tratamento do menino. O paralítico vinha complicar as coisas. Artur, no entender da psicanalista, era um condenado à neurose que teimava em escapar, por todos os meios, sem ter cumprido a pena. Uma espécie de Papillon do isolamento psicológico. Em casos assim, de crianças interiorizadas, um amigo é sempre bem-vindo, lança o olhar para fora, promove uma abertura, ensina a lidar com o Outro. Mas um amiguinho, certo? Não um adulto, materialista dialético, suicida, leitor de Schopenhauer.

Pensou durante algum tempo com a Montblanc na mão. Depois, olhou para a folha onde, sem se dar conta, tinha feito um desenho canhoto da Torre Eiffel. Símbolo fálico? Não estava inspirada. Chamou a assistente para que lhe arrumasse o consultório e foi para casa preparar-se para a ópera. Há meses tinha comprado um camarote cativo, que ocupava com o marido e os filhos na temporada do Municipal. Naquela noite, a soprano romena Tatiana Nicolescu iria interpretar a Aida de Verdi. Nádia conhecia todas as árias de cor.

30

— Pode ser maligno.

A notícia desconcertou Ricardo. O machista Ricardo, o maridão. De repente, ele viu a própria fragilidade refletida no tumor da mulher. Ficou estático, como quem tivesse acabado de levar uma bofetada. Não sabia o que dizer. Não sabia o que fazer. Foi preciso que Arlete pusesse os braços dele à volta dela e dissesse:

— Me abraça. Me abraça forte...

Fez isso. A princípio, como uma tábua. Depois, à medida que aspirava o perfume dos cabelos da mulher, sentia o calor do seu corpo e encaixava-se nos seus contornos macios, uma onda de amor cresceu dentro dele, amor e desespero, amolecendo-o, abrindo trilhas insuspeitadas na sua alma, avolumando-se até não restar outra saída senão desaguar pelos olhos, num pranto formidável. Ele já não era mais o Ricardo da Brahma em lata. Deixara de ser o Ricardão da fiel torcida corintiana. Não era nem vestígio do Ricardo machista e machão. Era um cara frágil, efeminado, complexo, diante de uma ameaça estúpida, desproporcional. Confrontava-se com a possibilidade de perder o ser amado, Arlete, que ele passara anos agredindo. Uma criatura doce, que não se cansava de destilar mel:

— Não chora, meu bem. Deixa eu ver o seu rosto.

Voltou-se para ela, que lhe enxugou as lágrimas, como faria a um filho, o filho que não tinham tido. No meio da infelicidade, que a ideia da doença tinha provocado, Arlete estava feliz com a reação dele, essa súbita reaparição de uma ternura há muito tempo perdida. Viu a dor escorrer pelos olhos do marido. Sentiu uma espécie de alívio, como se ele dividisse o sofrimento dela em dois e ficasse com uma das metades. Por que a vida era tão cachorra? Por que lhe trouxera uma ameaça de morte em troca dessa declaração de amor?

— Merda de vida! — Gemeu Ricardo, como se lesse o pensamento da mulher. — O que o médico disse? É grave? Ele tem de fazer alguma coisa logo, pelo amor de Deus! O que ele falou para você?

— Pode não ser grave, não se sabe. O tumor é pequeno. Ainda não dá para saber se é maligno ou se tem ramificações. Só se vê operando. Vou ter de fazer isso esta semana mesmo. Ele vai marcar o dia no hospital.

— Uma operação? Já? — Ricardo assustou-se ainda mais.

— Não é bem operação, é biópsia. Quanto antes, melhor. Foi o que ele disse.

O marido olhava-a com ar aparvalhado, perdido, impotente. Mas fez um esforço para ser homem e, em vista da celeridade das providências médicas, sentiu um súbito alento. Como diria Dante, que Ricardo não tinha lido, só na porta do inferno é que se abandona a esperança. Até lá, os viventes têm o direito de acreditar em milagres:

— O médico está certo, Arlete. É preciso cortar o mal pela raiz.

Ele só teve forças para dizer isso e caiu outra vez no choro, desabando no sofá, arrastando a mulher com ele, sem afrouxar o abraço. Ficaram longo tempo encolhidos em posição fetal, como gêmeos siameses no útero materno, até a noite entrar na sala. Uma brisa levantava a cortina de tule da janela. Perto da porta, era visível um vulto negro, que os místicos diriam ser a presença imaterial da morte e os céticos um casaco velho pendurado no cabideiro. Um pesado silêncio alternava-se com súbitos soluços e grossas lágrimas, impossíveis de reprimir e represar. Perto do drama deles, as tragédias gregas eram fábulas infantis com figuras para colorir. A vida era mais trágica que a ficção. Até porque, como é natural, foi a vida que ensinou Ésquilo e Sófocles a imaginarem desgraças para os seres humanos. Bem mais tarde Ricardo conseguiu acalmar-se e encontrar uma tábua de salvação, o único meio capaz de confortar a mulher. Rezou. Desfiou com ela um longo rosário de orações, de forma sentida, sem o artificialismo que marcara a sua infância, quando a religião era uma coisa imposta pelos pais, longe de um contato sincero com o divino. Mais tarde, em paz, sussurrou no ouvido dela:

— Pensei numa coisa, Arlete, vê o que você acha...

— O que é, amor? Pode falar.

— Independe da operação. É uma coisa diferente, para fazer já. Nós temos de pedir a ajuda mais valiosa que existe, que é a compaixão de Deus. Só a graça divina pode devolver a sua saúde e a minha alegria. É a fé que livra as pessoas do mal, Arlete.

— Você quer que a gente vá ao templo?

As feições do Ricardo tinham mudado. Todo aquele choro crispara o seu rosto, dando-lhe uma expressão grave, que se iluminara com as preces, a fé renovada, a esperança de um milagre pelas mãos do Salvador:

— É outra coisa. Eu quero que a gente vá ver o menino Jesus.

31

— Tonho?

O assassino da santa respirava com uma máscara de oxigênio e tinha soro e sangue entubados nas veias. Abriu os olhos com dificuldade. Era ela:

— Sei que você não consegue falar, Tonho. Levou um tiro como eu. Está vendo só? Deus castiga. Quem mandou você ser malvado com os outros?

Era verdade, Lisa tinha razão. Ele nunca tinha sido um bom menino. Se a vida do jovem bandido estivesse prestes a terminar naquele leito de hospital, e passasse em segundos diante dos seus olhos, seria qualquer coisa como ver o Drácula com diarreia. Tonho tivera o seu batismo de sangue aos quinze anos, participando do linchamento de um travesti: enquanto os amigos desferiam pauladas na vítima, ele agredia a bicha com uma garrafa quebrada, ferindo-a com cortes fundos no pescoço. Nada que lhe provocasse remorsos. O seu comportamento era socialmente aceito, ao menos na favela, onde o preconceito faz com que bandos de menores matem homossexuais a torto e a direito. Depois de matar em grupo, torna-se mais fácil agir como lobo solitário. Tonho em breve atacou uma jovem estudante sem dinheiro e, irritado com os mirrados trocos que a menina trazia na bolsa, deu com a cabeça dela num poste, até transformá-la em papa. Já estava pegando gosto pela coisa quando conheceu o Negrão, que queria vender uma pistola roubada.

Para testar a arma, os dois ficaram de tocaia num cruzamento ermo, esperando o sinal vermelho, e dominaram o dono de um Pálio, que acabou por morrer no porta-malas, pedindo pelo amor de Deus para que não o matassem. Enquanto implorava, o homem levou um tiro no rosto, que fez os seus dentes saírem pela parte de trás do crânio. A polícia não conseguiu desvendar nenhum desses crimes, e o fato de não ser apanhado aumentou no jovem bandido a sensação de impunidade. Some-se a isso o envolvimento com drogas, e fica explicada a escalada de violência que ele viveu até completar dezoito anos, culminando com a morte da santa, sua última vítima fatal. Mas esta, ao contrário das outras, não tinha aceitado a coisa bem. Era uma morta revoltada. Voltava quase diariamente para se vingar:

— Tonho, seu menino levado, está fingindo que não me vê, é?

Ele sentia o peito doer, uma dor vasta, esmagadora. Mas o pior era a dor de cabeça, as pontadas a cada batida do coração. Provocadas não pela bala mas pela mala, a pentelha que não lhe dava um minuto de folga. Até no leito de uma UTI a mulher aparecia. Nem fodido no hospital ele conseguia se livrar da puta da Nossa Senhora.

— Puta é nome feio, Tonho! Acha que eu não consigo ler o seu pensamento? Quantas vezes já disse para você lavar essa boca com sabão?

Ele pensou: "O que a senhora quer agora, porra? Não está satisfeita? Já não basta me ver aqui meio morto com um tiro no peito? Dá um tempo, caralho!".

— Ai, meu Deus do céu! Essa língua não tem jeito, não é, Tonho? Só cortando, mesmo. Será que tem alguma coisa afiada por aqui?

A imagem luminosa de Lisa começou a circular pelo quarto à procura de um bisturi ou de uma tesoura de cortar gaze.

Tonho não conseguia vê-la, apenas percebia o seu movimento, feito de luz e sombra, como se alguém andasse por ali com uma vela na mão. Começou a suar frio. Será que a sacana tinha coragem de cortar a sua língua? Só faltava essa. Imobilizado e sem forças, ele nem ia poder reagir. Era um paciente em estado grave, na UTI, sem defesa contra aquela santa psicopata. Daí a pouco, sentiu que ela voltava para perto dele. Ouviu uma risota. Lisa surgiu no seu campo de visão com a tesoura, manobrando-a como um barbeiro, tique-tique-tique:

— Tooonhooo! Uu-úúú...

Ele começou a chorar, amedrontado. Estava a um passo de perder a vida e ainda podia perder a língua. Pôs-se a rezar: "Ave Maria, cheia de graça, rogai por nós os pecadores, agora e na hora da nossa morte, amém. Ave Maria, cheia de graça, rogai por nós os pecadores...".

A santa aproximou a tesoura da sua boca, tique-tique-tique, e com a mão livre preparou-se para lhe tirar a máscara de oxigênio:

— Desculpe, Tonho, mas vou ter de cortar a sua palavra.

Os olhos do bandido arregalaram-se. Ele perdeu o controle da bexiga, encharcando o lençol. A descarga de adrenalina exigiu um esforço maior do que podia aguentar, e o rapaz mergulhou na escuridão, em coma profundo.

Quando a enfermeira apareceu, na hora da ronda, já não encontrou a Nossa Senhora da Consolata. Só o Tonho, de olho vidrado. A mulher viu logo a gravidade da situação. Mediu-lhe o pulso, pegou o interfone e chamou o médico de plantão. Enquanto esperava, trocou o lençol molhado, que exalava um cheiro forte de amônia, empesteando tudo. Que fedor, Virgem!

32

Na volta do Municipal, Nádia ainda estava sob o efeito de uma das vozes mais perfeitas do moderno canto lírico, cujos floreios persistiam no seu ouvido médio, subindo pelo estribo e pulando da bigorna para o martelo. Em sinal de respeito, o Mercedes deslizava sem ruído. O marido dirigia com cuidado, evitando buracos e pedras. Os filhos dormiam como anjinhos no banco de trás. Mas a perfeição não existe. Ao menos em São Paulo. Sob o Minhocão, um grupo de mendigos, de porre, batucava nas latas de lixo, cantando em altos brados, fora de tom, para conspurcar os trinados da romena. Nádia olhou para aquilo e ainda pensou no coro dos escravos, da ópera Nabuco. Depois, perdeu a classe: "Que país de miseráveis, santo Deus! Será que é só isso que o Brasil consegue produzir?".

Desviou os olhos do viaduto, que albergava metade dos sem-teto de São Paulo, nas piores condições, dormindo em cima de papelão, no meio do lixo. Ao olhar para o lado da calçada, deu de cara com a Igreja Quadrangular de Jesus Cristo, cuja fachada ostentava letreiros coloridos para anunciar que "Jesus Salva", "Jesus Cura", "Jesus Ama", "Jesus Batiza no Espírito Santo". Não era a primeira vez que via uma igreja naquela noite. O difícil era não ver nenhuma. Já no caminho de casa até o teatro, Nádia tinha passado em frente à Pedra Viva, onde os fiéis assistem a filmes religiosos durante as reuniões; à Igreja Universal do Reino de Deus, famosa desde que o seu bispo chutara a imagem de Nossa Senhora de Aparecida; à Comunidade da Graça, com missas cantadas, que fazia chegar à rua o som dos hinos da sua banda; à Deus é Amor, que, tal como a Igreja Universal e a Igreja Católica, tinha um canal de televisão para pastorear as ovelhas; às Testemunhas de Jeová, que não podem receber transfusões de sangue e ficam, por isso mesmo, à espera do fim do mundo; à Tenda de Umbanda do Caboclo Sete Flechas, onde um atabaque marcava o ritmo enquanto o pai de santo girava com um ramo na mão, benzendo a roda; à Bola de Neve Church, frequentada por surfistas que pegam onda com Cristo; e à Igreja de Nossa Senhora da Saúde, católica apostólica romana, cujos Papas, na era da Aids, condenam o uso de camisinhas. Como diria o ectoplasma de Euclides da Cunha, psicografado por um espírita kardecista em transe mediúnico, o brasileiro é antes de tudo um místico.

Nádia lembrou-se de Artur, o pequeno paciente que aquela sociedade esquizofrênica tentava dividir em dois. Ele mal tinha formado a sua personalidade e já lhe impunham uma segunda, a de menino Jesus. A psicanalista era do ramo, profissional calejada. Nos anos de residência médica, antes de ter o consultório, estivera num instituto estatal onde havia malucos que se julgavam desde Buda a Maomé ou Deus em pessoa. Artur, certamente, estava longe disso. Ele era o que tinha consciência de ser. Uma criança quase normal.

No final da Francisco Matarazzo, o marido parou no vermelho, não sem algum nervosismo, porque os desocupados da noite paulistana tinham o hábito de assaltar nos sinais. Nádia olhou para um letreiro no altíssimo paredão da esquina: O Brasil Para Cristo. Claro, era mais uma igreja, só que parecia um trocadilho barato, como se alguém quisesse, no sentido figurado, pegar o Brasil para Cristo ou afirmar que o Brasil para Cristo. Um painel anunciava a Libertação, todas as segundas-feiras, às 19:30h; a Busca do Poder, às quartas, no culto da manhã; a Tarde da Bênção, às quintas-feiras; o Sábado Jovem, um dia inteiro de adoração; e a Grandiosa Santa Ceia, no segundo domingo de cada mês. Faltava só uma coisa para lembrar um programa turístico: o dia livre para compras.

Um táxi parou ao lado do carro da família. O motorista era um nordestino de Fazenda Nova, no agreste pernambucano, onde os camponeses tinham construído uma réplica da cidade de Jerusalém, em menor escala, para encenar a Paixão de Cristo. Era só abrir a janela automática do Mercedes e Nádia poderia perguntar ao homem: "O amigo já participou da Paixão de Nova Jerusalém?". Ele responderia: "Sim, senhora, vou sempre lá na Semana Santa. Participo da encenação há muitos anos e já fiz até o papel de Pilatos". Depois, para mostrar que era sincero, recitaria um poema de cordel feito sobre o lugar, com o título de "Evangelho Segundo Pernambuco". Começava assim:

No princípio era o Verbo,
Diz toda Bíblia que há,
Mas tem Evangelho ao vivo
Conforme vou lhe mostrar,
Fica no meio do agreste,
No interior do nordeste,
Você tem que visitar.

Pernambuco mostra ao mundo
O melhor que a gente tem:
Uma cidade-teatro

Onde todo mundo vem
Viver a Semana Santa
E ver a Paixão que encanta
Em Nova Jerusalém.

Aqui você encontra Cristo
Muito bem interpretado,
Entre muralhas de pedra,
Debaixo de céu estrelado,
Foi Deus quem fez o cenário,
Nem precisou do vigário,
Só pelo povo ajudado.

É uma grande encenação
Com quinhentos figurantes,
Está para nascer quem faça
Outra tão emocionante,
Haja lenço para as senhoras,
A peça dura três horas
E dá pra chorar bastante.

Este era só o início, de um total de dezoito estrofes, em redondilhas e com rima alternada, típicas da poesia popular. Mas Nádia ouvia óperas, cantoras líricas romenas, música clássica. Lia os libretos durante a encenação, em italiano, alemão ou francês. Levava uma vida sofisticada, de camarote. Jamais abriria a janela do carro, à noite, no centro de São Paulo, para perguntar o que quer que fosse a um motorista de táxi, muito menos para ouvir um nordestino recitar poemas de cordel. Era o que faltava. O sinal acendeu o Verdi, o Mercedes cantou o pneu, e a doutora foi dormir sem essa.

33

O magro com cara de mau pôs-se entre Ricardo e a porta:

— Tem consulta marcada?

O marido olhou para Arlete, confuso. Não esperava que o menino Jesus tivesse leão de chácara guardando a casa. A mulher perguntou:

— Tem de marcar?

— Tem, sim.

— E marca como?

— Precisa falar com o escritório do doutor Jorge, que organiza as visitas. Aqui está o cartão. É só ir lá ou então ligar e acertar com a secretária dele.

Ricardo estendeu ao magro uma nota de dez:

— A gente veio de longe. Não tem ninguém que possa resolver isso por aqui, para não perdermos a viagem?

O magro fez sinal para que esperassem e entrou na casa, guardando a nota. Voltou com o Nenê, que sorriu:

— Posso ajudá-los?

— Nós queríamos ver o menino Jesus.

A conversa foi a de sempre. O velho explicou que a família não tinha recursos e que as contribuições eram bem-vindas. "Da ordem de – e aqui Nenê avaliou o aspecto do casal antes de completar – cinquenta reais." Por razões educativas, o menino não era envolvido no lado material da coisa, que era tratado com ele, tio zeloso, e deveria ser mantido em sigilo. No momento do encontro, podiam dar um pequeno presente para o menino, não fazia mal, desde que fosse apenas um agrado, uma coisa simbólica.

Ricardo e Arlete compreediam. Achavam justo, em vista do que teriam em troca. O marido perguntou a Nenê se aceitavam cheque e se a visita podia ser feita naquele mesmo dia. Falou na doença da mulher. Disse que moravam longe e que não convinha repetir a viagem, por motivos óbvios, já que o estado da esposa era suspeito, e ela precisava manter repouso até a cirurgia, prevista para breve. Nenê explicou que havia uma longa fila de pessoas em condições piores, mas iria fazer o possível.

Ficou tudo acertado. Depois de uma vistoria na agenda, o velho abriu uma brecha para o casal. Como não havia sala de espera, sugeriu que fossem dar uma volta e aparecessem na hora prevista. Assim foi feito. Algum tempo depois, Ricardo e Arlete estavam de volta, já dentro da casa, sessenta e poucos reais mais pobres: os cinquenta do Nenê, os dez dados ao magro e mais os trocados que gastaram numa bola de futebol para o Artur. Diante do menino, porém, puderam sentir um grande conforto, porque era suave e meigo, com uma aura impressionante, e também porque, ao seu lado, havia um paralítico com ar de apóstolo:

— Bom dia! Façam o favor de sentar. — Garcia deixou-os à vontade, como se fosse recepcionista de consultório grã-fino. — O menino vai ouvir vocês.

Arlete quis beijar a mão de Artur; Ricardo ameaçou prostrar-se de joelhos. O paralítico não permitiu nem uma coisa nem outra:

— Nada de carolices. Ele é uma criança normal. Quem espalha essa balela de menino Jesus é a imprensa, para vender jornal, e as beatas, por ignorância. Se querem mesmo falar com ele, é bom que saibam disso desde já.

— O meu nome é Artur. — Disse o garoto, com candura.

Ricardo e Arlete entreolharam-se. A recepção não era a que o casal esperava. Já tinham trocado impressões sobre como seria o encontro e, tanto para um como para a outra, habituados ao imaginário enlatado da TV, a cena ia lembrar um filme bíblico. Só não viam o menino com chagas no corpo e buraco de prego nas mãos, porque seria exagero. Mas esperavam mais do cenário: crucifixos, pinturas sacras, estatuetas de santos em oratórios, pé-direito alto de igreja, tudo ao contrário do teto baixo, das paredes nuas e da mobília minimalista da sala. Além disso, a frontalidade do paralítico apanhou-os de surpresa. Ou Artur era Jesus, e valia o cheque dado, ou o menino Jesus era Artur, e que serventia poderia ter? Como quem lê o pensamento dos dois, Garcia pediu-lhes que se aproximassem da televisão, metida no canto mais escuro da sala, que passaria despercebida se ninguém chamasse atenção para ela. O casal levantou-se e foi ver. Nenê tinha transformado o aparelho numa espécie de altar, usando dois castiçais que tinham sido de Lisa para prender as mangas da camiseta sagrada, que ficava pendurada na frente da telinha, como se passasse sempre o mesmo programa, a face de Cristo. O paralítico explicou:

— Essa é a camisa do menino, que ele usava quando a mãe foi morta.

Arlete e Ricardo forçavam a vista diante da relíquia, que viam mal.

— Acendam as velas, por favor.

Eles obedeceram, e a pintura ganhou vida, com o rosto de Jesus tremeluzindo sob a chama da parafina. Os dois ficaram estáticos, com as pupilas dilatadas. Arrepiaram-se. Emudeceram. Até porque o sentimento religioso, em última análise, é igual aos outros, manifesta-se fisicamente como o amor ou a raiva. Libera adrenalina, excita a imaginação e pode provocar o choro. Pode deixar o cidadão incapaz de sentir ou pensar noutra coisa. Pode ser uma experiência interior tão forte a ponto de cegar o sujeito para a realidade exterior. E foi assim com os dois, em nada diferentes da maior parte das visitas. De repente, estavam ali e não estavam, tinham passado para outro plano, elevado, envolto em mistério. O rosto na camisa exercia poder e impunha respeito até no Garcia, um materialista ateu:

— Eu não sou religioso. — Confessou para o casal. — Mas admito que ninguém consegue dar uma explicação lógica para esse sangue em forma de rosto humano, a exata face do Cristo que nos ensinaram a conhecer. É o estereótipo clássico: a testa marcada pelos espinhos, uma barba de profeta, ossos proeminentes, olhos doces e a expressão sofrida. Cá entre nós, não faz sentido. Mas dizer que é coincidência seria, no mínimo, uma leviandade. O Artur é um amor de criança, esperto, e compreende perfeitamente o que se passa ao seu redor. Esse é um dos motivos pelos quais convivo com ele, estou ao seu lado sempre que possível. A outra razão é essa camisa, o Cristo perfeito que parece desenhado a sanguínea. Ainda não consegui compreender.

O casal também não; era um mistério puro. Sendo assim, Artur ou não Artur, o menino Jesus continuava a ser uma esperança de cura para o tumor de Arlete, cuja malignidade podia se manifestar de uma hora para outra. Por sinal, a palavra não podia ser mais terrível: maligno! Não era esse um outro nome do demônio? Aquela casa, o menino, o apóstolo paralítico e acima de tudo a camisa continuavam a ser uma luz no fim do túnel. Uma razão para ter fé, se não houvesse aqui uma contradição em termos. As visitas sentaram-se no sofá e abriram o coração para o Salvador.

34

— Tiramelo, San Juan, damelo Santa Juana! Pongalo sano como una manzana.

O curandeiro argentino repetiu a reza várias vezes, com uma voz de taquara rachada, a que falava através dele como se pertencesse a outra pessoa. Depois passou a mão sobre a testa do doente, num gesto destinado a espantar *el diablo* e acabar com as dores. Era a bênção centenária da Andaluzia, terra dos seus antepassados por parte de mãe, versos que ele tinha aprendido com ela, que os ouvira da avó, e assim por diante, na longa trilha da tradição oral, onde se invocavam São João e Santa Joana – a Joana D'Arc, canonizada pela mesma igreja que a queimara como bruxa. Depois da invocação, o bruxo pôs-se a recitar outra oração incompreensível para o paciente, trocando a língua espanhola pelo catalão, a língua dos seus avós paternos, espécie de torre de Babel das línguas latinas, porque lembra uma mistura de todas. Os clientes brasileiros não entendiam patavina do que ele dizia. Talvez por isso, devotavam ainda maior respeito ao xamã, assim como às suas rezas e ladainhas, que terminavam sempre do mesmo modo: ele beijava um crucifixo preso a um colar de contas e erguia os olhos para o céu, benzendo o paciente. A seguir, despedia-se com a sua voz habitual, recuperada após o transe, num forte acento castelhano:

— Vaia com Diôs mísero-e-cor-de-osso!

Era o sinal de que o desgraçado podia pagar e ir embora.

Pagar convinha. O caixa estava embaixo. Desde que a concorrência do menino Jesus fizera minguar a sua clientela, o curandeiro, conhecido como Don Pedrito, já tinha declarado a moratória e estava à beira da falência. "Hijo de mil putas, el niño Jesus!", o bruxo praguejava em voz alta. Por que Artur tinha aparecido logo no mesmo bairro? Por que não do outro lado da cidade? O velho ardia de ressentimento. Estava infeliz com a invasão do território e, tendo em vista o seu passado, com antecedentes criminais em Buenos Aires, o charlatão não ia deixar barato. "Mierda! Carajo!".

A primeira tentativa de retaliação não dera em nada. Tinha sido apenas uma advertência. Para assustar a família de Artur, Don Pedrito tinha feito uma macumba na porta do menino. Entre outras coisas, o argentino era ligado ao baixo espiritismo, e resolvera deixar o caso nas mãos de Exu, que era melhor do que um advogado do diabo, era o próprio diabo. Mas, fora o susto do Luís, que encontrara o despacho, o resultado tinha sido inócuo, e a família do menino ia bem, obrigado.

O velho ruminava uma ação mais drástica contra a concorrência, como incendiar a casa dos Fiore. Mas desistiu porque daria na vista, e o desafeto podia escapar vivo. Depois pensou em instalar uma bomba sob a perua que conduzia Artur à escola, seguindo a tradição dos seus antepassados, anarquistas catalães e bandidos andaluzes, responsáveis por um rio de sangue que unia a Espanha de alto a baixo. Mas desistiu de novo, porque os artefatos explosivos exigiam domínio técnico, envolvendo gente com quem ele preferia não ter de lidar. Uma após a outra, as ações que imaginava tinham um quê de dramáticas, como se estivesse a compor um tango, e até lhe passou pela cabeça resolver a parada à brasileira, com um três-oitão, o método mais próximo da tradição cristã: à falta de uma coroa de espinhos, enfiava uma azeitona na testa do "niño Jesus". Mas a hipótese também foi descartada, porque não fazia o estilo do bruxo. "Qué hacer, carajo?" Dar ao garoto uma cesta de maçãs envenenadas? Além de perder dinheiro, Don Pedrito estava ficando sem ideias.

Longe iam os seus dias de glória portenha, filas na porta, clientes prontos para sacar as pesetas da algibeira. Já tinha sido quase Deus na Argentina natal. Ou, no mínimo, o Seu revendedor autorizado, com acesso privilegiado aos desígnios do Senhor. Além de uma formação católica, Don Pedrito tinha herdado um conhecimento invejável de medicina popular e dominava a arte do curandeirismo, construída desde tempos remotos pela magia alienígena, de origem celta, bem como pela herança árabe, cabalística, que se tinham enraizado na península ibérica. Na juventude, interessara-se pelas práticas e conjuros dos adivinhos, encantadores, necromantes, pítons, tendo viajado para a Espanha e conhecido muitos remanescentes dos antigos magos, absorvendo conhecimentos que não constam dos livros, revelando-se o mais perfeito aprendiz de feiticeiro da sua geração. Possuía também uma pequena estante com raros alfarrábios de alquimia, magia negra e até um volume com processos do tribunal da Santa Inquisição roubado aos arquivos da cidade de Toledo, talvez o mais importante centro da Idade Média. Tinha sido a leitura desses processos que o levara a adotar o seu apelido, Don Pedrito, em homenagem a Pedro Durbán Vellutero, condenado no ano de 1604 por seduzir donzelas menores de idade, as quais untava com azeite, fazendo-as entrar em transe e selar pactos com o diabo. O feitiço só ficava completo com o auxílio de uma oração:

"Yo te mando Don Brian, de parte de la Santísima Trinidad y por el Sacramento del Altar y por los ángeles del Cielo y por San Pedro y San Pablo, San Polo y los ángeles del Coro, y por la Virgen Santa Pola, que salgas aquí e declares lo que te preguntaren".

Dessa forma, o bruxo sedutor adquiria do demônio o conhecimento do presente e do futuro, o mesmo saber que Don Pedrito, mal chegado ao Brasil, divulgara ter, criando fama de curandeiro e atraindo a sua freguesia no bairro paulista da Nossa Senhora da Consolata. Era um imigrante particular, com cara de asceta e sotaque bizarro, a quem os crentes logo atribuíram grande poder. Fosse noutra época, e vivessem essas pessoas na Catalunha, podiam ser presas, julgadas e condenadas à fogueira só por falar com ele. Desde 1413, vigorava o *Manual de Concells*, que ditava a dura lei da Santa Inquisição:

"Los honorables Justicies, Jurats, prohomens e Consell han stablit e ordenat e manan publicar e esser observat que alguna persona de qualsevolo ley, estament e condico sai no gos o presumesca recorrer e anar a devins o a devines, encantadors, sortilers o conjuradors o a altres de mal saber o art reservada per saber e demanar consell e ajuda de coses perdudes o amagades ni per altra rao o specie de divinacions o encantacions, encara que fos per recaptar sadlud o medesina a qualque persona o per qualsevol altra cobrada causa o rao, no ser alguna manera gos e presumesca invocar dimonis de fer rotles o altres sortilegis e devinacions, encantacions o conjuracions o altra cosa que toque ar de nigromancia o invocacions de dimonis".

Tradução não literal da língua antiga: quem mexe com fogo acaba queimado.

Esse tempo obscuro tinha ficado para trás e o presente parecia mais liberal. São Paulo não era a terra de Durbán Vellutero.

Don Pedrito podia agir livremente no Brasil do terceiro milênio, onde tudo era permitido, com os pobres matando bode nos terreiros de macumba, a classe média fazendo mapa astral pelo computador, os políticos buscando respostas no *I-Ching*, os artistas indo à India visitar o guru da moda, e os católicos mais fervorosos seguindo as recomendações pouco saudáveis de Roma na vida íntima. No país de adoção, o curandeiro tinha feito uma vasta clientela, que se manteve fiel por alguns anos, exatamente até a morte da Nossa Senhora da Consolata e a reencarnação do seu Filho. A partir daí, o bruxo começou a perder a freguesia, vencido pelos milagres frescos da concorrência. De nada lhe valeram os estudos na Espanha, a experiência na Argentina, a travessia da fronteira, vindo montar loja na maior nação católica, para não dizer mística, do mundo. No Mercosul das almas, Don Pedrito sofria agora as consequências do livre comércio e da globalização da economia.

Maçãs envenenadas, não. Essa ideia não funcionara nem com a Branca de Neve. Mas que alguma coisa tinha de ser feita para anular o menino Jesus – “hijo de mil putas!” –, isso tinha!

35

Aos oito anos, Garcia tinha tido um reumatismo infeccioso que transformara e transtornara a sua vida. De criança saudável e ativa tinha passado a bloco monolítico, incapaz de correr, chutar a bola, empurrar o carrinho de rolimã, pedalar a bicicleta ou brincar de pega-pega. Tinha perdido cedo as alegrias da infância e um futuro em paridade com outros seres humanos. Entre as suas tristezas, contava-se a de continuar virgem aos trinta anos, sem mulher à vista, nem mesmo uma prostituta. Não havia profissional do sexo, por mais bem paga que fosse, capaz de vencer a repugnância pelo seu aspecto disforme. Sendo assim, o paralítico tornara-se durão também por dentro, cético até o osso, e raras vezes tinha pena da desgraça alheia. Ouvia os desesperados que vinham atrás de milagres e mal conseguia acreditar que fossem tão ingênuos, incapazes de enxergar a realidade. Que fazer por esses alienados? Como mostrar-lhes que nada caía do céu, que era preciso ir à luta? Garcia queria abrir os olhos deles, conscientizá-los. E tanto fez que, num momento de inspiração, tirou da cartola o teatro didático de Bertold Brecht, o dramaturgo agitador das massas, decidindo fazer com Artur uma pequena encenação, onde a sala seria o palco, e os crentes serviriam de público (ou de cobaias). Já tinha até ensaiado um esquete com o menino, e não via a hora de pôr a ideia em prática. Eis a razão pela qual se mantinha imperturbável enquanto Arlete desfiava o seu rosário:

— Tenho um tumor no seio. — Ela revelou.

— O médico quer operar já. — Juntou-se o marido, aflito.

— É a praxe nesses casos. — A mulher confirmou, mecanicamente. — Quanto mais cedo for feita a biópsia, mais chances eu tenho de evitar a metástase.

O menino franziu a testa, não tinha entendido nada. O paralítico esclareceu:

— Biópsia é uma operação para ver se o tumor é maligno. Metástase é quando o tumor se espalha pelo corpo, na fase terminal do câncer.

Ah, câncer! Isso até Artur sabia o que era. Uma doença terrível e incurável. Perto dela, bruxismo é pinto, só desgasta os dentes, enquanto o câncer mata a pessoa. O menino sacou sem mais esforço que Arlete corria risco de vida. Devia ser difícil estar na pele dela:

— A senhora vai operar o câncer?

— Daqui a três dias. Falta pouco. Ainda não sei se é...

Ricardo explicou:

— Por isso a gente tinha urgência em vir aqui. Para ver a camisa sagrada, receber a sua benção e rezar pela sua santa mãe, que está no céu.

— Deus a tenha. — Arlete fez o sinal da cruz.

O marido prosseguiu:

— Nós assistimos ao milagre do aleijado na televisão. Nunca vimos nada igual. Foi uma emoção tão grande que nos abraçamos e choramos. Tenho certeza que foi Deus que guiou as suas mãos. Bastou você tocar no coitado para fazer o homem andar de novo. Se pudesse agora tocar no seio da Arlete... Pode fazer isso por nós?

Artur olhou para o Garcia, que olhou para o Artur. O garoto já tinha recebido muitos pedidos estranhos, mas aquele estava acima da média. Pôr a mão nos peitos da mulher? Assim, sem mais nem menos, a pedido do marido? Já era constrangedor ver adultos implorando milagres, como mendigos, ou ajoelhando-se diante dele, mas passar a mão nos peitinhos da dona era demais, isso ele não tinha coragem. Cabia ao paralítico, seu defensor, restaurar ali a noção do ridículo:

— Pelo amor de Deus! — Interveio Garcia, percebendo a aflição do menino e vendo ali uma oportunidade para iniciar a sua experiência conscientizadora. — Não acreditem em tudo o que aparece na televisão! Aquele aleijado sumiu do mapa, ninguém mais viu o homem depois que ele andou. É para desconfiar. Mas se querem um paralítico de verdade, aqui estou eu. Vou pedir para o Artur fazer um milagre comigo agora mesmo...

Piscou para o garoto e cantarolou:

— Menino Jesus, menino Jesus, faça uma graça e o sinal da cruz!

Artur ouviu a deixa combinada e reproduziu o modo solene com que o padre Raul fazia a persignação. Depois, tocou na testa do paralítico, ergueu os olhos e disse a frase decorada, como Jesus para Lázaro:

— Levanta-te e anda!

Nada aconteceu. O menino deu alguns segundos e repetiu a frase teatral, que, sob a direção do Garcia, tinha sido ensaiada até cansar:

— Levanta-te e anda!

O casal observava a cena sem entender. Que maluquice era aquela?

— Levanta-te e anda! — Artur repetiu pela terceira vez, no mesmo tom.

Como o Garcia não se levantasse nem andasse, com a sua ossada imóvel e mais rija do que nunca, o menino abriu os braços, contrariado, queixando-se para as visitas:

— Vocês viram? Os milagres não me obedecem.

Ricardo e Arlete abriram a boca. Estavam perplexos. Não conseguiam aceitar o bizarro da situação. Estariam sendo ridicularizados? O paralítico era um tipo estranho, tudo bem. Mas seria possível que um menino tão novo já fosse capaz de cinismo? Garcia apanhou as questões no ar:

— Nem imaginam como eu gostaria de ver esse milagre — confessou —, mas continuo duro como um pau. A minha irmã trouxe-me aqui cheia de esperança, acreditando no poder da camisa e do menino Jesus. Saiu desiludida, como devem imaginar. Eu, não. Como é que um garoto de nove anos podia me devolver os movimentos? O Artur é uma criança normalíssima, igual às outras.

Agora era a vez de Ricardo olhar para Arlete, que olhava para Ricardo. Garcia insistiu:

— A cena do aleijado na TV é para esquecer, não acreditem naquela palhaçada. Na melhor das hipóteses, foi a atuação inconsciente de um histérico, se não foi uma empulhação. Vocês estão vendo que o menino tentou ser Jesus comigo, mas eu continuo paralítico. Milagres não acontecem, como queríamos demonstrar.

O casal perdera a língua. Tanto o marido como a mulher tinham a impressão que alguém fazia pouco caso deles e ainda provava um prazer sádico com o seu sofrimento. É certo que não podiam culpar o paralítico, também ele uma vítima. Nem responsabilizar uma criança que tinha visto o assassinato da própria mãe. Mas tinham o direito de ir ao tio do menino mostrar a sua indignação, exigir o cheque de volta. Só que essa alternativa não os reconfortava. No fundo, sentiam que o autor da brincadeira de mau gosto era o próprio Deus onipotente, a quem tinham vindo recorrer. Chegaram cheios de fé em busca da proteção divina e Ele os recebera com a realidade terrena, revelada por dois estranhos personagens, numa tosca encenação. Em vez de curar o tumor da mulher, o Senhor fizera crescer outro no seio do casal, apunhalando qualquer esperança que ainda pudessem ter. Arlete tremia. Ricardo olhava-a apreensivo. Afinal, o que significava aquela camisa manchada de sangue? Que circo era aquele, onde dois palhaços entravam no picadeiro para transformar em comédia a sua tragédia grega? Se não era obra de Deus, era do Maligno.

Garcia olhava-os como se tivesse uma missão:

— Não queremos que vocês saiam daqui infelizes, sentindo que foram traídos. Até porque não foram. Não somos Judas nem seremos comprados por trinta moedas, não é, Artur?

O menino estava fazendo que sim.

— Só deveriam se sentir traídos — prosseguiu o paralítico — se nós tivéssemos mentido para vocês, o que não aconteceu. Só deviam se sentir infelizes se não houvesse esperança para a Arlete, coisa que ninguém sabe, nem o médico dela. Antes da biópsia, quem pode afirmar que o tumor não é benigno? E se for maligno, quem garante que não possa ser extirpado a tempo, como vocês mesmos já disseram?

Ao casal decepcionado não restava outra alternativa senão ouvir o sermão do apóstolo Garcia, versículo um, parágrafo primeiro, Novíssimo Testamento:

— Em verdade, em verdade vos digo: esqueçam essa balela de menino Jesus, invenção de jornal sensacionalista, e acreditem na vida. Você, mulher, lute pela sua, com todas as forças, sem perder a esperança. O Artur vai ler alguns versos.

O menino, escolado pelo amigo materialista, pegou um livro de uma pequena pilha que havia na sala, abriu numa página previamente marcada e leu:

— “Não chores, que a vida
É luta renhida:
Viver é lutar.
A vida é combate,
Que os fracos abate,
Que os fortes, os bravos
Só pode exaltar.”

Fez uma pausa e olhou para o paralítico, que esclareceu:

— Gonçalves Dias, poeta brasileiro.

36

Luís acordou com o sol que entrava pela persiana. Tinha o rosto listrado de luz e sombra, lembrando um quadro do Lucian Freud, o neto do pai da psicanálise. No quarto com aroma de incenso, tudo era novidade. Mudara-se finalmente para o apartamento de Carla, onde acabara de viver a sua noite de estreia. Admirou a Bela Adormecida, enrolada nos lençóis, com cara de cônjuge. Tinham sido bons amigos, apaixonaram-se, separaram-se e, num dos muitos milagres produzidos pela morte de Lisa, estavam de volta para os braços um do outro. Bonito isso. Como a luz do sol em persiana.

Deixara o menino com Nenê, na casa de Lisa, sem saber que liberava o irmão mais velho da ingrata missão de obter a guarda do sobrinho na justiça, traindo a sua confiança. Luís tinha um bom motivo para fazer isso: a saúde mental de Artur. Tirá-lo do lar materno poderia provocar indesejáveis efeitos secundários, e tinha sido desaconselhado pela doutora Nádia, que tentava evitar mais revoluções na vida do pequeno paciente. No dizer da médica, com pendor poético, seria difícil mantê-lo estável num rio de corredeiras. Por outro lado, o jovem tio percebeu que estava sobrando. Desde que chegara da Itália, tinha criado caos e desconforto na casa da família, e já estava pensando em sair antes mesmo do convite da namorada. Só não tinha ido para um hotel por uma questão de economia. Mas, como hóspede de Carla, a situação ficava resolvida, e Luís não podia se queixar, a julgar pela bela com quem dividia a cama. Todos lucravam com a mudança: o casal juntava-se, o menino mantinha a estabilidade e Nenê tornava-se, senão o responsável legal, ao menos o responsável moral pelo sobrinho. Até a doutora Nádia saía ganhando, não em espécie, mas em consciência do dever cumprido, e ia poder ouvir "La Traviata" mais tranquila.

A solução também vinha esfriar a cabeça do rapaz, que ultimamente chafurdava em problemas de consciência. Ainda não tinha digerido a morte da irmã. Vivia dividido entre assumir a relação com a Carla ou voltar para a Europa. Não sabia o que era melhor para o sobrinho milagroso: se a ética da namorada, com quem comungava, ou a peroração pragmática de Nenê, com a sua dose de razão. E tinha de lidar com um lado místico cujo despertar, aguçado pelo mistério da face de Cristo, era inquietante. Precisava de paz, um mínimo de estabilidade, para assentar as ideias.

A Itália estava lá, não ia sair do lugar. Caso decidisse voltar para Roma, era só pegar um avião e passar dez horas sobre o Atlântico, do lado da janelinha, tentando distinguir o azul-celeste do azul-marinho. Enquanto isso, podia fazer uns bicos em São Paulo, onde iniciara a carreira e tinha bons conhecimentos no mercado. Já tinha até arranjado alguns trabalhos como free-lancer para uma produtora de comerciais, graças à influência de um amigo. E os novos patrões, mesmo chorando, pagavam direito, o que lhe permitia arcar com uma parte das despesas.

Na cama, a Bela Adormecida virou-se para o lado e deu um longo suspiro, quase um gemido, como se estivesse de namoro com alguém. Luís pensou que devia estar sonhando. Não ela: ele é quem sonhava. Era amado de forma incondicional, o que é vital para um homem fraco, com deslizes éticos, que defende uma coisa e faz outra. Mas o rapaz merecia um refresco. Até então, tivera uma vida atribulada no capítulo amoroso, com vários romances e poucos finais felizes. A namorada anterior a Carla era inteligente e frígida. A anterior a essa, fogosa e burra. A primeira, uma filhinha de papai estragada por mimos. Todas tinham, em comum, algum defeito de fabricação. Mas esta, que suspirava tão bonito, até aqui se mantinha impecável.

A mulher apaixonada, a luz da manhã, a lembrança da corrida no Parco del Pineto, o quarto novo e a velha catacumba, ele e o Orante. Fazia tempo que Luís não agradecia ao todo-poderoso Presunto. Levantou-se, puxou o cordão que fazia subir a persiana e olhou para cima, direto para o sol. Só um instante. Com cuidado para não esturricar a retina. O suficiente para que Deus entrasse pela janela da sua alma.

37

Uma família de nordestinos, respeitosa e temente a Deus, rodeava a camisa sagrada. Eram seis pessoas na sala estreita, número só possível porque o sertanejo, ao contrário do que se diz, é antes de tudo um fraco: magro, fino e pouco espaçoso. A mãe era um exemplar típico da raça, chupada e ossuda, segurando uma criança de colo que parecia um caniço de bambu. A mulher olhava a camisa sagrada tão de perto que o bebê, atraído pela cor dos coágulos no pano, quase tocou com a mãozinha no rosto de Cristo.

Garcia dirigiu-se ao pai de família:

— O senhor veja como esse sangue, derramado pela Nossa Senhora da Consolata, forma o rosto de Jesus Cristo. Não sei explicar isso nem ninguém. Se tem fé em Deus, pode fazer o seu pedido ao Artur.

O homem pigarreou e não se fez de rogado:

— A gente queria uma terrinha, menino Jesus.

Artur não disse nada, só ficou ouvindo com atenção e respeito.

— Não precisa de ser muita. — Continuou o homem. — Uma roça para poder plantar, ter criação, fazer a casinha. Nós viemos do sertão de Pernambuco. Quando chegamos, fomos morar na favela do Buraco Quente, onde falta água todo dia, que nem na caatinga. Depois eu trabalhei como servente de pedreiro, lixeiro, guarda noturno, mas nunca dava para o gasto. A família cresceu. Os meninos estão sem comer há não sei quanto tempo. A mulher não tem leite para a criança. Em São Paulo não dá para ficar mais. Se a gente tivesse uma terrinha...

Garcia interrompeu-o:

— Meu amigo, já pediram muita coisa para o menino Jesus. Mas terra?

O menino fez eco:

— Terra?

Enquanto o nordestino olhava para os dois como um cliente de banco que espera a aprovação do empréstimo, o paralítico foi explícito:

— Num país onde dois gatos pingados são donos de oitenta por cento da terra, não sobra nada para ninguém, e a reforma agrária do governo é conversa para boi dormir. A propriedade privada é protegida por lei, garantida por magistrados, mantida pela PM e guardada por jagunços. O que o senhor pede é um milagre.

"Milagre" era a deixa para o Artur, que tinha o papel decorado, depois de horas repetindo as frases que o Garcia inventava:

— Posso fazer um cego andar, um paralítico ver. Mas milagre não faço não.

Era a nova variante dos esquetes brechtianos da casa. O menino foi em frente:

— Posso fazer um mudo ouvir, um surdo falar. Mas milagre não faço não.

O paralítico tinha de conter o riso ao ver o efeito do seu teatro nos crentes, invariavelmente surpresos, sem saber o que pensar. A família de camponeses não fugia à regra. Artur voltou à carga uma terceira vez:

— Posso multiplicar um casal de peixes, unir as águas, ressuscitar os vivos e enterrar os mortos. Mas milagre não faço não. Milagres não acontecem.

O nordestino coçou a cabeça, avaliou o ar de galhofa do Garcia, abriu um olho grande e falou devagar:

— Já entendi, menino Jesus. Milagres não acontecem. Mas na Bíblia está escrito que Deus criou a terra e depois criou o homem à sua imagem e semelhança. Macho e fêmea Ele os criou e disse: "Sede fecundos e multiplicai-vos, enchei e subjugai a terra!". Depois o Senhor disse também: "Eis que vos dou toda erva de semente, que existe sobre toda a face da terra, a todas as aves do céu e a todos os seres vivos que rastejam sobre a terra, eu lhes dou todos os vegetais para alimento". Minha família eu multipliquei, sim senhor, como Deus manda. Eu e a mulher seguimos o preceito. Agora nós trouxemos os meninos para ver a camisa sagrada, o sangue de Nossa Senhora formando o rosto de Cristo. Não queremos ressuscitar o Lázaro. Só pedimos uma roça para plantar, uma terra para ter criação. Não é milagre, é a palavra da Bíblia. Se o menino Jesus é o filho de Deus, basta cumprir o que está no livro sagrado.

O paralítico não esperava por aquela oratória. As pessoas ditas simples revelavam-se complexas. Demorou até que se refizesse:

— Você não disse que é agricultor? — Perguntou ao homem.

— Sou, sim senhor.

— Mas falou bonito para quem só trabalha a terra. Sabe ler e escrever?

— Aprendi com a minha mãe, que me fazia ler a Bíblia quando eu era menino, todo dia um pouquinho. Ela era mulher de muita fé e me ensinou a ler, mas eu não escrevo nada não, sou mesmo cabra de pegar na enxada. O máximo é rabiscar o nome quando precisa assinar a certidão dos filhos.

— Então sabe ler e escrever.

O nordestino disse num tom de desprezo:

— Isso de ler e escrever, muita gente sabe que não vale nada.

A afirmação soou como um direto no queixo do Garcia. O paralítico normalmente não tinha contendores à altura. Mas o nordestino semianalfabeto demonstrava segurança, inteligência e, pelo jeito, também ironia. Sem elevar a voz, tinha acabado de nocautear o apóstolo de plantão, que fizera pouco dele minutos atrás. O menino ajeitou-se melhor na cadeira para apreciar a troca de golpes, que não aconteceu:

— Essa gente não vale nada mesmo. — Limitou-se a concordar o Garcia. — Até porque o ensino no Brasil é artigo de luxo, privilégio da elite dominante. A mesma responsável pela concentração de terra na mão de poucos, enquanto a maioria dos brasileiros, como a sua família, não tem onde plantar um pé de feijão. O senhor está certíssimo.

— Eu, não sei. Mas o livro sagrado está, porque traz as certezas de Deus.

Jeitoso com as palavras, o sertanejo. Garcia alinhou:

— Vamos supor que sim, que o livro esteja correto. Se o menino não tiver o poder de cumprir a palavra da Bíblia, o que o senhor pretende fazer? Vai esperar a sua terrinha cair do céu?

— O que o senhor faria no meu lugar?

— Se tivesse todos os movimentos, braços fortes e mãos calejadas pela enxada como as suas, pegava uma Bíblia grande, pesada, de capa dura, e ia dar com ela na cabeça dos latifundiários. Tomem, seus cabras safados! Catapimba! Devolvam a terra que roubaram de Deus! Arre, égua!

As crianças, até então quietas, caíram na risada. O pai e a mãe, que não esperavam por essa, acabaram rindo também, porque o Garcia conseguira imitar com perfeição o sotaque nordestino. Artur riu com o grupo. E todos viram que o riso era bom. Que os homens deviam rir mais, para selarem uns com os outros a mesma aliança que o Senhor fizera com Noé, oferecendo a terra para a geração dos justos. O camponês, teimoso, ainda insistiu:

— Está bem, seu Garcia. Se eu der com a Bíblia na cabeça desses cabras, o menino Jesus ajuda a gente a ter uma rocinha?

— Pergunte para ele. — Encorajou-o o apóstolo.

O homem olhou para Artur, que demonstrou ser quem era, uma criança:

— Se o senhor quiser tênis Nike, eu tenho sobrando. E bolas de futebol, um monte...

Diante do olhar desanimado do agricultor, o paralítico sugeriu:

— Já procurou os sem-terra? Se ficar aqui à espera de um milagre, vai ser difícil. Mas se estiver com os sem-terra, quem sabe? Deus ajuda quem se ajuda.

— A gente tem parentes no movimento. Mas ouço tanta coisa que não sei. Os sem-terra invadem as fazendas e depois, em vez de ficar na terra, vendem a parte deles.

— Besteira, seu Raimundo! — O Garcia, leitor de Kropotkin, para quem as leis só servem para defender o monopólio de certos indivíduos, partiu em defesa dos invasores. — Quem diz isso é a imprensa, que está na mão de gente rica ligada ao latifúndio. Eles chamam os sem-terra de bandidos e conseguiram que as invasões fossem consideradas um crime hediondo pela lei brasileira. Mais absurdo, impossível. E essa história de vender lote nos assentamentos não é bem assim: se uns vinte por cento fazem isso, não é justo culpar os outros oitenta por cento que ficam com a terra, constroem a sua casinha, plantam e abrem cooperativas.

— Justo não é — o camponês aceitou —, mas outro dia deu que os acampados de São Lourenço, lá no meu Pernambuco, saquearam um caminhão de biscoitos. Está errado. A Bíblia diz: "Não roubarás". Eu quero que os meus filhos cresçam sabendo o que a minha mãe me ensinou, que é respeitar os mandamentos de Deus. O que os sem-terra fizeram é pecado...

— Você diz que eles roubaram, eu digo que não.

— A televisão é que disse.

— Mais um motivo para não acreditar.

— Eles roubaram um caminhoneiro, trabalhador como nós.

— Essa notícia saiu em todo lugar. Dizia que os sem-terra protestavam contra a falta de comida nos acampamentos. Eles não agrediram o motorista, apenas levaram os biscoitos. E o caminhão não era do homem, pertencia a uma empresa de transportes.

— Que ficou no prejuízo...

— A carga estava no seguro. As seguradoras são dos bancos, as empresas que mais faturam no Brasil, sem produzir nada. Tem banco aí ganhando mais de três bilhões de reais por ano, o que dá para comprar não seis, mas seiscentas toneladas de biscoitos todos os dias até o dia do Juízo Final.

O nordestino abanava a cabeça:

— "Não roubarás"...

— Use essa cabeça chata, seu Raimundo. Os seus filhos estão há dias sem comer. Os filhos dos sem-terra acampados estavam na mesma situação. O Brasil tem uma lei para proteger os direitos das crianças, mas ninguém diz que é crime hediondo quando elas morrem de fome. Quem rouba quem? Os sem-terra que tiram biscoito dos caminhões para dar às crianças ou o banqueiro que protege o dono da transportadora que é cupincha do latifundiário?

A mulher abriu a boca pela primeira vez, descontente e alterada:

— Está vendo, Rai? Não falei? Quantas vezes nós já discutimos isso e não entra na tua cabeça? A gente devia era ter ido embora com a minha irmã, que está acampada lá...

— Lá onde? — Intrometeu-se o Garcia, atento à dissidência do casal.

— São Lourenço. — Respondeu o nordestino, com um suspiro. — São os parentes que eu falei. A minha cunhada e o marido voltaram com os filhos para Pernambuco e estão no acampamento que a televisão mostrou...

Artur e o Garcia não paravam de ser surpreendidos. O camponês já demonstrara a inteligência do homem do povo, que a classe alta despreza. Agora a mulher chupada e ossuda, carregando um caniço de bambu no colo, tomava as rédeas da conversa e reclamava a chefia da família. O marido não deu um pio enquanto a patroa estrilava:

— Ai, meu padim Cícero! Os filhos com fome e eu tenho de vir até aqui, gastar o último tostão da gente para ver uma camisa suja e perder tempo ouvindo o que já sabia: que a minha irmã estava certa. Ela sim vai conseguir uma terra porque foi lá lutar em vez de ficar pedindo para menino. Mas o Rai — está ouvindo, seu Garcia? —, esse jegue só chateava a coitada com a Bíblia, os dez mandamentos, o pecado, a besteirada que a carola da minha sogra meteu na cabeça dele. Ô cabeça dura, vige!

38

Nenê era um velho boêmio. O boêmio é um tipo que anda de bar em bar à espera que lhe paguem uma bebida. As pessoas sérias costumam associar essa disposição à ideia de vício; o vício, à corrupção; a corrupção, às más companhias. Mas, ao menos no caso do velho, as associações eram falsas. Ele andava metido com uns tipos duvidosos, sim, mas por uma questão de sobrevivência, não por malandragem. O velho achava perdoável que um desempregado praticasse atos ilícitos, se fosse para comer ou sustentar a família, mas não tinha simpatia por bandidos de má índole, fossem das favelas ou de colarinho-branco, responsáveis diretos e indiretos pelo assassínio da sua irmã. Desprezava todas as classes de criminosos, das pessoas físicas às jurídicas, dos que agem sozinhos até grupos organizados, e especialmente estes, como o Comando Vermelho, o Primeiro Comando da Capital ou certos comandos da Polícia Militar. Quando muito, Nenê aceitava os Amigos dos Amigos. Mas só por causa do nome.

O velho queria desabafar com alguém, pôr as tripas para fora. Já tinha um copo de pinga na mão e dois ou três na corrente sanguínea. Só que o bar estava vazio e o garçom de mau-humor, sem saco para conversa fiada. Portanto, ia ficar para outra. Como diria Freud: "O ser humano é essencialmente só". A menos que Nenê ficasse ouvindo a conversa dos seus botões, o que normalmente só acontecia depois do terceiro copo, como na presente situação:

— Olá, botão da direita!

— Fala, da esquerda...

Eram os botões do colarinho, os mais próximos dos ouvidos do velho:

— Explica aí: por que este velho sacana está explorando o sobrinho?

— Como é que é? — Nenê viu que o negócio era com ele. — Sacana, eu? Não quero me meter na conversa de vocês, mas posso explicar...

Os dois mediram-no de alto a baixo, à espera da justificativa. Nenê adotou uma postura ereta, erguendo o queixo, para resgatar alguma dignidade:

— Sou contra a exploração do homem pelo homem.

— Ah! — Exclamou o par de botões, em uníssono. — Prefere a exploração do menino pelo homem, das velhinhas pelo homem, dos ceguinhos pelo homem...

— Já disse que sou contra, mas, no momento, não vejo saída, porque o que eu ganho não dá para o gasto. Com o dinheiro dos crentes, acerto as contas da casa e ainda sobra algum, que eu posso guardar para o futuro da família.

— A família é a *celula mater* da sociedade. — Ironizaram os botões.

— Podem ficar na gozação, mas é isso mesmo. Estou preocupado com a cabeça do Artur...

Os botões pensaram com os botões deles: "E nós com a sua."

— Quero que o meu sobrinho tenha apoio, leve uma vida saudável, faça tudo o que faz uma criança normal.

— É normal passar o dia com um paralítico, cercado de fanáticos?

— Não é bem assim: de manhã, ele vai à escola; depois, almoça em casa; só à tarde é que chega o paralítico para que os dois recebam as visitas. No fim do dia o Artur vai à psicanálise e ainda sobra tempo para brincar, jantar, dormir cedo...

— E fazer lição?

— Fazer lição também, claro.

O velho bebeu outro gole de cachaça, sem saber no que aquilo ia dar. Até os botões de meia-tigela se achavam no direito de fazer cobranças. Insistiu:

— Vão por mim. Ainda vou surpreender todo mundo, a começar pelo meu irmão...

— Seu irmão? Mas ele está sendo enrolado, cara! Você juntou-se a dois vigaristas para fazer o Luís de otário. O rapaz acha que o Artur só ganha presentes, quando na verdade entra grana. Vai negar isso?

— Sou obrigado a reconhecer. Mas até eu eles levam no bico, porque já saquei que o Jorge embolsa uma porcentagem das receitas da televisão. Ele nega isso, mas eu não nasci ontem.

— E não é sacanagem enrolar o próprio irmão?

— Claro que é, porra! Eu posso ser sacana, mas não sou burro. O que me chateia é não poder abrir o jogo com ele. O Luís não quer dinheiro na parada. Com muito favor, aceita que eu revenda os presentes. Mas, cá entre nós, qual é a diferença?

— Já perguntou para ele?

— Já tentei. Só que a namorada está sempre na área e é mais radical do que o rei...

— Realista. — Corrigiram os botões.

— Se fosse pela Carla, nem presentes a gente podia aceitar. Ela vive dando lição de moral.

— E pelo jeito você não aprende. Por que você não vai trabalhar, vagabundo?

— Esperem aí! Qual é a de vocês? Vejam as minhas mãos!

Olhem aqui as cicatrizes de tanto cortar cartolina com faca olfa! Vão desculpar, mas vocês estão mais por fora que botão de colarinho.

O dono do bar e o garçom viam a cena com tristeza. O local parecia um teatro em baixa temporada, onde eles dois, espectadores solitários, assistiam ao espetáculo na última fila, enquanto o ator dava um show com interlocutores invisíveis:

— Fui ilustrador, letrista, o escambau! Tive um estúdio de desenho, era dono e empregado ao mesmo tempo. Eu fazia ilustrações para as revistas na hora do fechamento da edição. Pegava *briefing* urgente nas agências de publicidade e passava a noite em claro fazendo *story-boards* de trinta quadros. Acham que é mole? Vocês já cortaram o dedo em folha de papel A-4? Já passaram o dia com a mão suja de Ecoline? Já deram um duro fodido para tirar uma merreca no fim do mês? Eu já, camaradas, ao contrário de muito botão por aí.

Os botões calaram-se, com medo de matar o velho alcoólatra, que tinha as veias saltadas e espumava pela boca:

— Em vez de encher o saco, por que vocês não criticam os evangélicos que levam dólares para Miami? Ou o banqueiro que deu um calote de dois bilhões e fugiu para a Suíça? Ou os políticos corruptos com dinheiro na cueca?

O Nenê boêmio cedia a vez ao Nenê panfletário, para desânimo da plateia, que viu o velho subir na mesa, transformando-a em palanque. Estava literalmente alto e aproveitou para atacar os membros da oposição:

— Vão se foder, botões de merda! Tomar no cu com a Carla e o meu irmãozinho! Vão cagar regra na puta que...

O dono do bar abanou a cabeça, penalizado. Até o garçom de mau-humor sentiu pena do velho artista. Bêbado falando sozinho é sempre uma coisa patética.

39

Artur e o Garcia ficaram surpresos em ver o padre Raul entrar na sala. O menino, que costumava ir à igreja do Imirim com a Lisa, foi logo beijar a mão do pároco, como a mãe o ensinara a fazer:

— A benção, padre!

— Deus te abençoe, meu filho...

O Garcia mediu a batina do religioso de alto a baixo: sem máculas, bem passada, impecável. O hábito não faz o monge, mas, era preciso reconhecer, causava boa impressão. Como o paralítico tinha visto na TV o sermão que ele fizera na missa de Lisa, foi simpático:

— A que devemos a honra?

— Importam-se que eu me sente? — Disse o padre.

Artur pegou uma cadeira, ele agradeceu e se instalou. Mas, mal o tinha feito, foi atraído pela camisa no canto da sala, e levantou-se novamente, indo observá-la de perto.

— Se acender as velas, vê melhor... — Encorajou-o o paralítico.

De fato, era mais impressionante sob a luz. O padre Raul demorou-se diante da face de Cristo. Depois ajoelhou-se e rezou, enquanto os dois faziam silêncio. Por fim, voltando à cadeira, perguntou ao menino:

— Como é que você está, Artur?

— Estou bem, padre Raul.

— Bom! E precisa de alguma coisa, meu filho?

— Não. — Respondeu o menino, lembrando-se de acrescentar: — Não, obrigado!

O padre sorriu:

— Então, se é assim, fico contente por você. Saiba que rezo todos os dias pela sua querida mãe e peço a Deus que te guie e proteja na ausência dela. Mas, se precisar de alguma coisa, a igreja fica aqui pertinho, certo?

Foi o Garcia quem respondeu:

— Não se preocupe, padre, que ele tem a proteção da família. Assim como a minha...

O pároco virou-se para o paralítico com um olhar inquisidor:

— Não duvido, meu amigo. Mas em que consiste exatamente a sua ideia de proteção?

— E por que a pergunta?

— Porque chegam aos meus ouvidos histórias contraditórias, contadas pelos paroquianos, e achei que devia vir pessoalmente ver o que se passa. Ao que me consta, o senhor é ateu, não é verdade?

O Garcia sorriu. Adotou um tom fantasmagórico:

— Sooooouuuu....

— Pois não vejo mal nenhum — disse calmamente o padre —, desde que o senhor não interfira de modo negativo na vida do Artur. Digo-o sem qualquer animosidade. Uma criança não pode ser joguete nas mãos da família, da Igreja nem de ninguém. E o que as histórias dizem...

A placidez do pároco e o seu modo de falar desarmaram o paralítico. Estava diante de um homem sensato. Portanto, convinha abandonar o deboche:

— Imagino que digam coisas perturbadoras. — Concedeu. — Mas se quiser ouvir a minha versão...

— Foi para isso mesmo que eu vim.

A meia hora seguinte foi tomada pelo histórico dos acontecimentos recentes, de que o paralítico não escondeu nada. Contou como tinha sido "emprestado" para a família, confirmou que Nenê recebia dinheiro das visitas, e não poupou detalhes sobre o teatro em que envolvera Artur (fazendo questão, porém, de citar o dramaturgo Bertold Brecht e suas técnicas de conscientização das massas). Enquanto falou, o padre Raul não o interrompeu nem exteriorizou o que quer que fosse. Só no final se permitiu fazer uma pergunta:

— O senhor recebe uma parte do dinheiro?

Ultrajado com a suspeita, que punha em cheque as suas convicções revolucionárias, o apóstolo deu vazão à bílis:

— Eu? Claro! Recebo em dólares e depois gasto tudo em viagens de bicicleta pelo mundo. Na próxima, quero ir pedalando até o Vaticano, para beijar o anel desse Papa dos ricos...

O padre fez cara feia e deu o troco:

— Se o senhor não acredita em Deus, é com a sua consciência. Mas não tem o direito de desrespeitar o Papa...

— Respeito é para quem merece. Esse cara não é nenhum João XXIII.

O pároco do Imirim não esperava debater a Santa Igreja com um ateu:

— Duvido que o senhor saiba alguma coisa sobre o João XXIII.

— Li a *Encíclica Mater e Magistra*, que ele escreveu. Lá dizia que a igreja segue a orientação de Cristo. Que Jesus, vendo a multidão esfaimada, pronunciou as palavras: "Tenho compaixão dessa gente". Não só disse como fez, repartindo o pão e multiplicando os peixes. Portanto a igreja, para ser cristã, tinha de defender os direitos dos esfomeados. Mas, digo eu, isso é coisa que ela não faz. Os que tentam, como os seus colegas da ala progressista, acabam amordaçados pelo poder de Roma.

O padre Raul, ele próprio um progressista, não deu o braço a torcer. O debate já tinha virado um jogo entre o Corinthians e o Palmeiras, e ninguém queria levar gol:

— Se conhecesse tantos papas como faz crer — alfinetou —, não se esquecia do Leão XIII, que também falava da questão social, relacionando moral e economia. Não é preciso ser ateu marxista para ver que certos modelos econômicos são imorais. As sete pragas do Egito não se comparam a uma só do nosso tempo, o neoliberalismo, que gerou essa crise global devastadora, arruinando milhões de pessoas. Sou contra o comunismo. Mas não sou a favor do consumismo.

O padre era bom de bola. Garcia esboçou um contra-ataque:

— Falar é fácil. O senhor tem alguma proposta concreta para moralizar isso aí?

— Pedir a Deus que ilumine os poderosos e abra os olhos dos desfavorecidos. Mostrar a todos que é preferível um sistema de valores cristão, justo e solidário.

— Se pensa assim, não pode ser contra o teatro que nós fazemos.

— O senhor acha que consegue conscientizar alguém com as suas encenações?

O paralítico pensou numa resposta, sem sucesso. Os crentes saíam da sala e depois ele não fazia a mínima ideia do que se passava lá fora, se agiam com mais lucidez ou se tornavam a se acomodar, outra vez à espera de milagres. Foi honesto:

— Não sei dizer.

— Então, nesse caso, peço que me dê ouvidos...

O padre Raul não foi breve.

Primeiro, condenou o comércio do Cristo de sangue, mostrando-se preocupado com a situação do Artur, mesmo reconhecendo que não tinha – nem nunca tivera – qualquer ascendência sobre Nenê, que tal como o Luís tinha sido educado por um pai ateu, avesso aos padres e à Igreja. Dos irmãos, apenas Lisa herdara a fé materna. Mas ela agora descansava. Sendo assim, só restava ao pároco rezar para que as idas e vindas dos crentes tivessem fim, e o Artur pudesse levar uma vida sem atribulações.

Depois, o religioso sugeriu que ele e o ateu Garcia não eram tão diferentes como podia parecer. Como padre, costumava visitar os recantos mais pobres da paróquia, e não era insensível à injustiça social, flagrante naquelas redondezas. Estava cansado de cruzar ruelas estreitas, sentir o odor de excrementos ao ar livre, caminhar sobre detritos abandonados à porta de casebres miseráveis. Conhecia o interior dessas habitações, com colchões estragados no chão, sem um banquinho para sentar, sem geladeira, onde uma lata com brasas servia de fogão, requentando restos de comida encontrados no lixo. Nesses barracos, que o sol cozia e as chuvas alagavam, tinha visto famílias numerosas amontoadas num único cômodo, doentes terminais abandonados à própria sorte, mães ainda na idade de serem filhas, jovens que só tinham traficantes como exemplo, e velhos esquecidos de si mesmos, emoldurados por teias de aranha.

Que atitude tomar? Ajudar os pobres não lhe parecia o bastante. Era preciso fazer com que eles próprios se ajudassem, conscientizando-os – o velho método que Cristo usava dois mil anos antes de Brecht. O padre Raul, que também não fazia milagres, procurava levar a palavra de Deus às pessoas e a das pessoas às autoridades, para ser, mais que o pastor desse rebanho desgarrado, um porta-voz dos desfavorecidos.

Garcia, que o ouvia com prazer, repetiu a pergunta que o padre lhe tinha feito:

— O senhor acha que consegue comover as autoridades com os seus sermões?

Foi a vez do pároco se sentir inseguro sobre a resposta a dar:

— Em parte, sim. Para ser sincero, muito pouco. Enquanto as assistentes sociais se limitam a um papel burocrático, contentando-se em cadastrar famílias para programas do governo, os meus paroquianos mais humildes é que cedem colchonetes de espuma, geladeiras que ainda funcionam, fogões em bom estado. Os próprios habitantes dos barracos, quando podem, ajudam os vizinhos em piores condições: fazem companhia aos idosos, confortam os doentes e já vi uma família sem recursos adotar os dois filhos pequenos da vizinha que andava desaparecida. Tenho provas diárias de que a solidariedade é maior entre os pobres. Jesus sabia bem disso. Quando proclamou "bem-aventurados os pobres de espírito", ele se referia aos "pobres pelo espírito", os que abrem mão do que têm em favor dos que não têm, e põem os valores espirituais acima dos bens materiais, demonstrando um verdadeiro amor ao próximo.

Artur tinha caído no sono há muito tempo, embalado por aquela conversa para boi dormir, e parecia feliz, como se sonhasse com o paraíso, o mundo perfeito de Shangri-La ou o Brasil ideal do padre Raul e do Garcia. Os dois adultos, irmanados por um sentimento comum, olhavam enternecidos para a criança adormecida.

O paralítico quis saber:

— O senhor acredita que ele seja o menino Jesus?

— De certa forma...

— Isso é muito vago.

O pároco marcou o último gol da partida:

— Acredito que ele, como todos nós, também é filho de Deus.

E despediu-se, saindo nas pontas dos pés para não acordar o Artur.

40

A enfermeira gorducha saboreava a sobremesa árabe – massa folhada com nozes, mel e gergelim – que sucedia a infinidade de pratos do restaurante, no centro de São Paulo, onde não faltavam iguarias para se comer rezando. Estava ali a convite de Jorge, que pretendia enrolar a mulher com o velho truque do "almoço de negócios", em que a vítima, depois de comer, tem o metabolismo diminuído, e fica mais vulnerável, propensa a dizer sim. O marqueteiro esperou que o discernimento da mulher entrasse em perda antes de lhe fazer a pergunta:

— Aceita a minha oferta?

— Não sei o que dizer...

— Então me diga: quanto tempo pode durar o coma?

— Depende — ela respondeu de boca cheia: — o rapaz tanto pode acordar agora como nunca mais. A média de reavivamento em casos de coma é de três meses. Mas desde que está sob os meus cuidados, ele ainda não deu sinais de recuperação.

Jorge ouviu a resposta que já esperava, porque achara as mesmas informações na Internet. Tinha feito uma pergunta retórica, mero exercício de estilo. As palavras constituíam o fio invisível com que ele tecia a teia para enredar os incautos, como uma aranha papa-moscas leitora de Maquiavel:

— A minha proposta não lhe agrada?

Jorge queria saber se a enfermeira aceitava fazer um pacto, avisando-o antes de qualquer outra pessoa, até do próprio médico, caso o paciente – o bandido Tonho, em coma no hospital onde ela trabalhava – recuperasse a consciência. Em troca, a mulher receberia uma generosa recompensa, com um adiantamento imediato de mil reais.

Posso até aceitar. — Concordou por fim a profissional, abocanhando outro pedaço de doce sírio e embolsando as notas que o Jorge lhe estendia. — Deixe-me o número do seu celular que eu entro em contato, caso ele acorde.

— Ligue-me sem demora, antes de avisar os outros.

— Com certeza.

Jorge deu-lhe um cartão, pagou a conta e saiu do restaurante tão satisfeito como o apetite da gorda, deixando-a entretida com o café e um chocolatinho.

O homem-aranha ainda precisava tecer outros babados: o próximo passo era falar com o deputado Álcio Vinagre, seu mais importante cliente, para quem tinha feito o marketing da campanha eleitoral. O político era dono do canal que transmitira o enterro de Lisa, seguindo uma estratégia traçada pelo marqueteiro para promover a ascensão do menino Jesus aos céus do Ibope. Tinha dado certo. O alto índice de audiência atraíra novos patrocinadores para o canal, e, como o gênio prometera, a TV do deputado tinha começado a dar lucro, depois de meses no vermelho. O político já podia dizer ao Jorge o que o seu assessor mais queria ouvir:

— Foi bom para mim também.

A massagem no ego é o fator impulsionador da carreira dos homens de marketing. Outra condição essencial para o seu sucesso é a pró-atividade, termo da moda, que significa estarem sempre fazendo planos que os clientes não pediram. Os de Jorge estavam longe de se esgotar, como se verificou no encontro:

— Leu os papéis que lhe enviei, Álcio?

— Li por alto mas já vi onde você quer chegar. É um plano ousado, com a sua marca. O problema é que tem muitas variáveis sem controle, e tanto pode ter resultado como dar merda. Nós não podemos depender da sorte.

— O que você chama de sorte eu chamo de cálculo. Já falei com a enfermeira; está comprada. Ela disse que os pacientes costumam sair do coma num prazo de três meses, em média. Há uma boa chance de ele acordar em breve.

— Você acredita que vai funcionar?

A pergunta vinha mostrar que Jorge tinha atingido o seu principal objetivo: interessar o homem. Mas daí até obter o seu apoio, eram outros quinhentos. Como bom político, Álcio Vinagre ouviu a resposta com uma expressão amorfa, impenetrável, traído apenas por um esporádico brilho nos olhos, sutileza a que o marqueteiro estava atento. Entre outras coisas, o plano de Jorge incluía uma equipe de reportagem vinte e quatro horas à sua disposição. Como moeda de troca, prometia transformar o menino Jesus em cabo eleitoral do deputado, por meio de um acontecimento mediático único, mais potente que o milagre do aleijado, garantindo outra audiência recorde e, por tabela, notoriedade para o dono da emissora. Com a notoriedade, viriam os votos, palavra que mudou o diâmetro das pupilas do parlamentar. Em véspera de eleições, o argumento não podia ser mais convincente para um candidato.

Álcio tinha aprendido a confiar no instinto do marqueteiro desde que este lhe dera a primeira vitória nas urnas. Além disso, a ideia de ser associado ao menino Jesus parecia excelente. Se o misticismo, através dos séculos, nunca tinha saído de moda, agora era uma verdadeira doença no Brasil. Bastava ver as sondagens para reconhecer a força da religião na arena política. Os votos dados aos evangélicos eram proporcionais ao tempo da sua pregação nos canais religiosos. Alguns padres, além de pregar, ainda cantavam, o que dobrava as suas possibilidades: se não ganhassem uma cadeira no parlamento, concorriam a um disco de platina. O deputado tinha uma emissora de TV nas mãos. Convinha, no mínimo, tornar-se tão carismático como os seus concorrentes. E para coroar os sonhos de grandeza do político, o assessor também tinha proposto a associação do canal com o *Crime Diário*, que já estava sendo negociada. Jorge tinha crédito. O novo plano podia ser mirabolante, mas, se desse certo, uma equipe de reportagem seria pouco para o que Álcio tinha a ganhar.

41

— Boa tarde, Artur.

— Boa tarde.

— Vejo que você está elegante hoje.

— Ganhei uma camiseta nova. É Lacoste, olha o jacaré.

— Bonita. E que outras novidades você traz?

— Ah, nenhuma...

— Nada, nada?

— Fora a mulher do câncer, não.

— Que mulher do câncer?

— A dona Arlete, que tem um tumor.

— Hum... É uma daquelas visitas que vai ver você na sua casa?

— Ela foi com o marido, que pediu para eu pôr a mão no seio dela. A dona Arlete vai fazer uma "metátese" para ver se o tumor é maligno...

Promissor, o começo da sessão. Depois da última frase, Nádia notou que Artur mordia os dentes, ansioso. A psicanalista não se alterou, como certas ginastas que aprendem a manter o sorriso depois de torcer o tornozelo. Essa capacidade de manter a distância, fundamental na profissão dela, seria posta à prova algumas vezes na sessão, a começar pela dúvida que perturbava o menino:

— Como é que eu sei se eu tenho câncer?

— Por que você pergunta isso?

— Porque homem não tem seio.

Nádia não conseguiu conter o riso:

— Pois é, não tem mesmo. Mas não se preocupe. Você está vendendo saúde.

A expressão "vendendo saúde" era um ato falho da analista. Ela já tinha se dado conta que os tios do menino faturavam com os seus supostos milagres, coisa que a desgostava por vários motivos, uns mais conscientes do que outros. Como católica, perturbava-a ver o pecado da cobiça travestido de amor ao próximo. Como brasileira, chateava-a assistir ao convívio da corrupção material com os sinceros sentimentos de religiosidade do povo. Como pessoa bem formada, incomodava-a ver a falta de escrúpulos prevalecer sobre uma conduta moralmente correta, já que os próprios parentes manipulavam o menino, usando a inocência da criança e a ingenuidade de terceiros em proveito próprio. Finalmente, como médica, irritava-a a prática abusiva, o charlatanismo latente em tudo.

Quanto aos motivos inconscientes de Nádia, refletiam-se num mal disfarçado sentimento de culpa. Como o menino Jesus, ela também vendia saúde. Só que mais caro. Ao seu consultório vinham parar os piores cegos, porque não queriam ver; os que se faziam de surdos, porque era doloroso ouvir; os mudos de espanto, porque sofreram um trauma; os dependentes, incapazes de andar com as próprias pernas; e os sem-afeto, em conflito com a má distribuição do amor na terra. Todos eles, à sua maneira, crentes, que compareciam religiosamente às sessões – quatro vezes por semana, isto é sagrado –, cheios de fé na terapia. A cura para os seus males viria através da palavra, quase divina, do pai – Sigmund Freud, o pai da psicanálise –, transmitida pelos seus sacerdotes, os psicanalistas de plantão. É bem sabido, com o preço da sessão, que pobre não tem lugar no universo da psicanálise. Sai mais em conta a Igreja Universal. Se num dia remoto a doutora tinha sido idealista, estudante disposta a ir para os confins da Amazônia tratar dos índios ou entrar como voluntária para uma ONG, isto perdera-se algures, e já não se encontrava nem nas fotografias de formatura. Nos tempos de residência médica ela ainda tinha chegado a trabalhar no serviço público. Mas cedo, com a ajuda da família, pôde abrir o seu consultório nos Jardins para receber os neuróticos da elite, cheios de problemas e saldo bancário. Talvez por isso o filósofo Michel Foucault, um francês irônico, tenha dito que os psicanalistas são tipos que alugam as orelhas. Cabe a pergunta: quanto valerá um pavilhão auditivo?

O mundo não é simples. Ninguém é inteiramente bom ou mau. A preocupação de Nádia com o bem-estar de Artur era genuína, profissional e pessoalmente. Ela tinha filhos da mesma idade do seu pequeno paciente. Em última análise, sem trocadilho, podia ser mãe dele.

— Como a senhora sabe que eu não tenho um tumor? — Artur insistiu.

— Porque sou médica, e sei que são mais raros os casos de câncer em crianças. — Ela disse com segurança.

— Está bem. — O menino acabou cedendo, reconfortado com a firmeza da mulher, que o olhava de frente. Ele não se cansava dos olhos azuis da psicanalista.

— Fale um pouco da escola. O que você aprendeu lá hoje?

Artur pareceu satisfeito em mudar de assunto. Animou-se:

— Tive aula de trabalhos manuais. A gente usou serra tico-tico, lixa e cola-tudo para fazer uma casinha de madeira compensada. Deu um trabalhão, mas ficou bem legal. Depois, o professor ensinou a pôr os fios elétricos, lâmpadas de lanterna e ligar na pilha. Aí nós acendemos as luzes, como se fosse uma casa de verdade.

— Muito interessante, Artur! Você percebe o que acaba de dizer?

— O quê?

Ele sabia que ela ia dizer outras coisas que ele não tinha dito. Era a mania dela:

— A casa é um símbolo do nosso interior. Hoje você chegou aqui sem saber o que é o câncer, no escuro, como se diz, com medo de descobrir um tumor em você. Tivemos de conversar muito, deu um trabalhão, mas agora você já sabe que as crianças raramente têm essa doença, como a dona Arlete, que é adulta. Você serrou, lixou, colou e o seu trabalho foi compensado, porque conseguiu reconstruir a sua casa interior, fazer toda a instalação. Bem legal, não é verdade? Nada como acender a luz e ver tudo claro.

Que filha da mãe, a doutora Nádia!, pensou o menino, arrepiado, ele que às vezes – e esta era uma dessas vezes – sentia uma grande emoção com as revelações da médica. Ela tornava-o mais forte e inteligente de uma hora para a outra, como se o tocasse com uma varinha de condão. Se há bruxas nas lâmpadas, menos mal que existem também fadas boas, cheias de luz, como a doutora Nádia Pereira Lima.

— Já está na nossa hora, Artur.

Não, hoje ele não se importava com o final da sessão. Sentia-se bem legal.

42

No banheiro da empresa, Luís molhou o rosto, lavou os olhos vermelhos de sono e bebeu um gole de água para aliviar o ardor da língua, queimada por dois maços de cigarros. Tinha arranjado um bico numa produtora de comerciais e trabalhara a noite toda, editando imagens que seriam apresentadas ao cliente na manhã seguinte. Estava exausto, mas que remédio? O colaborador esporádico pertence a um extrato inferior que só é chamado quando o prazo estoura e não há mais ninguém para pegar o trabalho; fica acordado enquanto o resto do mundo dorme; e recebe uma paga mixuruca que demora de trinta a noventa dias para sair, fora o mês, isto se não levar um chapéu de patrões mal-intencionados. O único consolo é o nome bonito que os americanos criaram para essa casta de intocáveis: *freelancers*.

— Lanceiros livres! — Luís comentara uma vez com o Nenê, que também fazia bicos. — Somos como aqueles soldados ingleses que tinham de combater nos lugares mais inóspitos.

— Entendi. — Gozou o irmão. — Então, na minha idade, devo ser um lanceiro de bengala...

A amargura do velho era justificada, tendo em vista os termos politicamente corretos que branqueiam a realidade, onde a relação entre empregados avulsos, sem poder de barganha, e empresas que tudo exigem, ganha o nome de mercado informal, eufemismo para "exploração descarada", que muito agrada aos investidores do mundo globalizado. Informalmente, o patrão livra-se dos encargos e das obrigações legais, pondo de lado dois séculos e meio de conquistas trabalhistas desde a revolução industrial. Luís tinha consciência disso. Mas, como a maioria na sua situação, dava graças a Deus por ter encontrado o que fazer e estava contente em poder ganhar algum, ao mesmo tempo em que se socializava, conhecendo pessoas interessantes do seu meio profissional. Desta vez, por sinal, tinha conhecido o Ademir, um técnico de som com quem se identificou à primeira vista. A noitada de trabalho permitiu que os dois estabelecessem em poucas horas uma amizade antiga, baseada num interesse comum: o despertar de ambos para a vida espiritual. O colega não escondia a sua admiração: — Quer dizer que você é tio do menino Jesus?

— Sou tio do menino Artur — enfatizou Luís —, personagem de um mistério que não sei explicar, a camisa com o rosto de Cristo. Mas o meu sobrinho é uma criança igual às outras, sem santidade nem superpoderes.

— Não é o que parece, pelo que eu tenho lido.

— Ele é normal, os jornais é que não são.

— Acho que você o subestima. De normal, o seu sobrinho não tem nada. O menino foi escolhido. Entre milhões de crianças no mundo, foi na camisa dele que se produziu essa impregnação maravilhosa, como no Santo Sudário. Pode ser um mistério, como diz, mas não é explicável pelo cálculo de probabilidades. É um sinal inequívoco do divino. O garoto tem uma missão, e Deus quis deixar isso claro para todos. Acredite, você é tio do menino Jesus.

— Posso até aceitar que a camisa seja um sinal. Mas é absurdo acreditar que o Artur seja o Cristo reencarnado. Por que chamá-lo de menino Jesus?

— E por que não? Se o povo o batizou assim, "*vox popoli, vox dei*".

— Quem o batizou assim foi um repórter chamado Ernesto, por sinal pouco honesto, como diria o Oscar Wilde.

— Os caminhos do Senhor são infinitos e nós somos meros instrumentos da Sua vontade. Você, que andou pelas catacumbas romanas à procura de sinais, não devia ser tão incrédulo. Olhe para o seu coração e pergunte a Deus o que Ele tem a dizer dessa sua experiência mística. Resolva a questão diretamente com Ele.

Luís achou a proposta inviável, mas resolveu pensar no caso:

— Então diga, Ademir: como se faz uma pergunta direta a Deus?

O outro não se intimidou:

— Já ouviu falar do Santo Daime?

Luís tinha ouvido, como a maior parte das pessoas:

— Sei o que é, mas isto não responde à minha pergunta. É uma seita que usa um chá de efeito alucinógeno.

— De fato, bebe-se uma mistura feita com um cipó e uma folha da Amazônia. Mas o efeito alucinógeno fica por sua conta, porque não se trata de uma droga. O chá já foi analisado por laboratórios do governo e liberado pela Polícia Federal.

— E qual a relação?

— Para fazer uma pergunta a Deus você primeiro tem de se encontrar com Ele, indo ao encontro de si mesmo, porque o divino está em cada um de nós. O ritual do Daime é um caminho para se chegar lá. Você vai ter as respostas que procura numa experiência única, que eu não saberia descrever, porque não é algo que se possa transmitir.

— Até tenho vontade de experimentar. Mas o medo é maior que a vontade. Meu organismo é sensível às drogas, e ouvi dizer que as pessoas vomitam, passam mal. Se eu fumar maconha, por exemplo, minha pressão cai, tenho suores frios, o corpo treme e começo a achar que vou morrer.

— Já disse que o Daime não é uma droga, não se compara à maconha.

— E os vômitos, as diarreias?

— É uma limpeza que o cipó faz no seu corpo. Para chegar a Deus, é preciso estar liberto de impurezas, não faz sentido? A pessoa pode sofrer um pouco das primeiras vezes, mas nunca ninguém morreu disso.

— Você pelo jeito já participou de muitas reuniões. Que conselho tem para me dar?

— Participei de algumas. Se você quiser ir à próxima, não há problema. Terei prazer em falar com o padrinho Antônio, que é o xamã do grupo.

— Combinado. Você me apresenta ao padrinho, e ele me apresenta a Deus.

— Se eu fosse você levava isto a sério...

Luís viu que o colega, como a maior parte dos crentes, não achava graça quando se brincava com a sua fé. Mas não entendia o porquê de tanto siso. Afinal, não foi Deus a criar o riso? Mesmo um tipo simpático como o Ademir, na hora da verdade, tornava-se mais papista que o Papa. Luís não, era um místico liberal. Tinha até inventado Ra-Amon, o Deus Presunto, porque o nome sugeria uma divindade bem-humorada, como o sol que algumas culturas retratam com traços antropomórficos, de cara redonda, bochechas vermelhas e a boca aberta num sorriso. Foi diplomático:

— Tudo bem, Ademir. O meu Deus tem senso de humor, mas aprendi a respeitar os sentimentos religiosos dos outros. Não quis diminuir o Daime...

— Não precisa se desculpar.

— Então diga, quando vai ser a próxima reunião?

43

O celular de Jorge tocou, ele atendeu:

— Alô?

— O rapaz saiu do coma. Está meio grogue, mas começou a recuperar a consciência.

O marqueteiro reconheceu a voz da enfermeira gorda, que, de tão aflita em transmitir a informação, esqueceu de se identificar. Jorge exultou com a notícia:

— Maravilha! Não diga para ninguém. Segure a onda que eu estou chegando.

Desligou e a seguir ligou para a dupla da TV que o deputado tinha posto à sua disposição. O técnico de som e o *cameraman* estavam no bar da emissora, e Jorge não lhes deu tempo nem de terminar a cerveja, mandando-os buscar o equipamento e seguir direto para o hospital. Depois, sem perder o ritmo, ligou para Nenê, torcendo para o velho estar em casa. Estava:

— Quem fala?

— É o Jorge. Traz o menino!

— Agora? São onze da noite, o Artur está dormindo.

— Não fode, Nenê! Faz o que a gente combinou!

— Está bem. Vou acordá-lo e pegar um táxi.

O plano do Jorge tinha tudo para dar errado, mas começara bem, dando certo nas partes em que era mais falível: o paciente tinha saído do coma; só a enfermeira e o marqueteiro sabiam disso; o horário era perfeito, com poucos plantonistas no hospital; e o policial que guardava o bandido estava no bolso.

Quando o velho apareceu com o sobrinho, Artur coçava os olhos de sono. A dupla da TV, de prontidão na porta do hospital, começou a registrar as imagens. Sem perda de tempo, Jorge contatou a enfermeira, que veio buscá-los:

— O caminho está liberado, mas é melhor fazer silêncio.

Entraram o mais discretamente possível. Percorreram os corredores, subiram os elevadores e chegaram à Unidade de Terapia Intensiva, onde se aceita no máximo um visitante por vez, e isto no horário de visitas. Mas o dinheiro não tem hora marcada, manda e desmanda: o marqueteiro, o técnico de som, o *cameraman*, o tio e o menino Jesus invadiram a sala. Quase não coube a enfermeira gorda, que vinha atrás. O bandido ainda tinha os olhos fechados, e a mulher disse ao Jorge:

— Ele abriu e fechou os olhos várias vezes. Já murmurou qualquer coisa que não consegui entender. Só precisa de estímulo. Ou nem isso. Vai acordar sozinho de qualquer maneira.

A coisa tinha de ser rápida, o que não era problema para o Jorge, homem de marketing, acostumado a fazer tudo para ontem. Ordenou à dupla que deixasse o equipamento ligado e orientou o menino, com a bênção do tio:

— Artur, quero que você vá até o leito, suba naquele banquinho e toque na testa do moço que está dormindo ali. Tente acordá-lo, está bem? É só isso...

O menino olhou para Nenê. O velho, que não tinha dito nada ao sobrinho, fez que sim e sorriu para o encorajar, como se a tarefa fosse simples. Artur deu um bocejo e dirigiu-se para o paciente, que ele mal conseguia ver, dada a altura da cama. A câmera acompanhou a sua caminhada e o *zoom* foi-se fechando nele quando começou a subir no banco. O menino equilibrou-se, apoiando a mão esquerda na borda, e depois esticou a direita até tocar na testa do bandido. Só então reconheceu o homem que tinha matado a sua mãe, retirando a mão de chofre, sem conter um grito:

— Aaahh!!

Quase caiu para trás. Tonho acordou com o berro e arregalou os olhos, que se fixaram no menino. Por alguns segundos, Artur pareceu petrificado sobre o banco, diante daquele olhar de Medusa. Depois, deu um salto e correu apavorado para o tio, que o envolveu num abraço protetor, tentando aliviar a barra:

— Calma, Artur! Não precisa ter medo! Ninguém vai fazer mal a você.

Onde é que o garoto já tinha ouvido isso antes?

No leito, o bandido fez um esforço para erguer a cabeça e perceber o que se passava abaixo da sua linha de visão. A enfermeira ajudou-o, girando a manivela que erguia o encosto. Mais uma vez, Tonho pôde encarar o menino, que lhe parecia familiar, tentando aclarar as ideias. Já se passara muito tempo. No dia do crime estava drogado, e tudo tinha acontecido rapidamente. Mas a fotografia de Artur tinha saído várias vezes no *Crime Diário*, e o rosto do bandido enfim se iluminou. Tentou falar e descobriu que tinha a língua colada no céu da boca. Na segunda tentativa saiu-lhe:

— Meni... meni-no... Jesus...

O técnico de som aproximou o microfone o mais que pôde, evitando que o aparelho entrasse no enquadramento da imagem. Artur estava apavorado, mas voltou-se para olhar o bandido. A língua de Tonho soltou-se, e ele completou a frase:

— Eu falei com a sua mãe.

Artur cerrou os dentes e começou a chorar, perdido, sentindo ódio e horror diante do homem-jaguar. Afastou-se até do tio que o trouxera ali, com raiva dele também, estranhando tudo, revivendo a sua eterna tristeza pela morte da mãe. Com que direito o traziam para perto daquele animal? Com que direito o bicho-homem falava dela, da mãe que ele amava e que lhe fôra roubada? O cara tinha tirado a vida de Lisa. Devia morrer também, com a boca cheia de formigas.

— A Nossa Senhora da Consolata veio do céu e mandou eu rezar.

À sensação de pesar do menino correspondia, do outro lado da balança, uma enorme satisfação sentida pelo Jorge, que acompanhava a gravação com um sorriso malévolo. A performance do bandido tinha ido muito além do que ele esperava. Era gloriosa. Chegou ao apogeu quando Tonho começou a balbuciar as suas preces:

— Ave Maria, mãe de Deus, rogai por nós os pecadores...

O marqueteiro contou mentalmente até três. Para ele, o encontro do menino Jesus com o assassino de Nossa Senhora tinha chegado ao ápice, e dali para frente só iria perder força. Um artista sabe quando deve parar. Jorge olhou para o operador de som, depois para o *cameraman* e fez uma tesoura com os dedos:

— Corta!

44

A biópsia revelou que o tumor de Arlete era maligno. O médico tinha feito uma mastectomia, operação invasiva em que se extirpa o seio. O câncer não evoluíra até a metástase, mas, por via das dúvidas, o cirurgião tinha aproveitado para tirar alguns gânglios suspeitos. A partir de agora, a recuperação implicava uma longa série de sessões de quimioterapia, e seriam necessários exames periódicos, durante cerca de cinco anos, para analisar sequelas, rastrear tumores e reavaliar o quadro clínico antes que a paciente pudesse respirar tranquila. Isto, supondo que ela fosse respirar até lá.

Arlete já estava em casa, em repouso. Ricardo tinha levado a televisão para o quarto, porque sozinho não conseguia animar a mulher. Uma sombra pairava sobre a doente, que nunca tinha pensado tanto na morte como agora. O que costumava ser uma ideia vaga e esporádica, tornara-se uma ameaça sempre presente. De cada dez pessoas com câncer, sete acabam morrendo da doença. Quem podia garantir que ela não estava entre os condenados? Arlete, que nunca jogara na loteria, sentia agora uma raiva surda do cálculo de probabilidades. Via o seu tempo racionado, e isto tornava a existência um fardo mais pesado que o habitual. Ao contrário do Garcia, ela não tinha lido *O Mito de Sísifo*, ensaio de Camus sobre o absurdo, onde o autor procura um sentido para os atos humanos e compara-os ao esforço inútil de Sísifo, que levava uma pesada pedra para o alto da montanha, todos os dias, só para a ver rolar de volta. Mas… e daí? Quem precisa de um ensaio filosófico, em especial um doente com câncer, para sacar a falta de sentido da vida? Muitos dos ilustres nomes que debateram essa questão já estão mortos e enterrados, e deles só restam, como diria Shakespeare, "palavras, palavras, palavras". Nem os ensaios dos sábios nem as confortadoras arengas de um marido zeloso diminuiriam a angústia da mulher. Para anestesiar a sua dor, só a TV fazia efeito. Em especial, a morfina dos programas religiosos:

— Quer ver a Canção Nova, meu amor?

Ricardo esperou pela resposta, que não veio. Tomou o silêncio por um sim, ligou no canal da Igreja Católica Carismática e foi-se ajeitar ao lado da mulher, enquanto um padre maquiado circulava no palco, rezando a missa para uma plateia lotada. A fórmula da pregação era idêntica à dos programas conduzidos por pastores evangélicos, que, por sua vez, tinham importado o formato dos Estados Unidos, onde a moda começou. Há quem não perceba as diferenças que separam uma catequese da outra, um pastor de um padre, uma igreja de um templo. Se é que existem.

— Ó Senhor, derrama a tua unção de cura sobre nós! — Pedia o religioso, de tão viva voz que Ricardo teve de baixar o volume. — Derrama a tua unção sobre os nossos ossos, os nossos órgãos, o nosso corpo! Em nome de Jesus, cura os nossos entes queridos, aqueles que estão na cama sem poder se levantar. Faz o impossível, Senhor! Realiza a cura que não existe na Terra, que os próprios médicos desconhecem…

Era impossível para Arlete, no seu atual estado de fragilidade, não pensar na cura do câncer, nos tais impossíveis que só Deus realizava, como abrir em dois o Mar Vermelho. Mas ouvir o padre agora era diferente de ouvi-lo antes da visita ao menino

Jesus. Ela e o marido tinham perdido a virgindade. Após a tarde passada na casa de Artur, alguma coisa mudara no coração deles. Saíram decepcionados, é verdade. Mas se faltara o milagre, tinham sido ouvidos, compreendidos e reconfortados. Por pouco que fosse, dadas as expectativas, a franqueza do apóstolo paralítico não deixava de ser uma genuína manifestação de amor ao próximo, como manda a doutrina cristã. A visita proporcionara-lhes lucidez – e toda Luz vem de Deus –, pondo os dois de sobreaviso contra as sedutoras palavras do padre, que já não os levaria na conversa com a ideia de um milagre fácil. Antes de Cristo, talvez. Mas, depois do menino Jesus, o casal preferia conferir a realidade terrena.

— Jesus, Jeesuus! — Entoou o padre-sereia, tentando seduzi-los.

A plateia fez eco:

— Jesus, Jeesuus!

O programa repetia o nome de Cristo tantas vezes que mais parecia a história do elefante que incomoda muita gente. Arlete foi fazer xixi. Ricardo foi pegar uma Brahma. Quando voltaram, o padre tinha dado lugar a uma jovem mulata:

— É Hora da Misericórdia. — Ela disse. — Pedimos a você, Jesus, que cure a Márcia Ferreira, de Piracaia, a Regina Célia, do Embu, o Jorge Silva, de Bebedouro. Oramos pelo Leirinho, de Cordeirópolis, que neste momento está na mesa de cirurgia, operando o cérebro. Confiamos em Ti, Rei dos Reis, Médico dos Médicos!

Deu início a outra ladainha, do mesmo teor das outras:

— Pela vossa dolorosa paixão, tende piedade de nós!

E o público, como sempre, reverberou:

— Pela vossa dolorosa paixão, tende piedade de nós!

A apoteose repetitiva prosseguiu, sem piedade, com a participação de milhares de telespectadores, a generosa fatia de audiência da Canção Nova. Mas ainda que incluíssem o nome da Arlete na lista do programa, o que essa multidão podia fazer de concreto por uma mulher com câncer? A sua fé bastaria para reaver um seio perdido, impedir a proliferação de células doentes? E uma sociedade enferma, que proveito podia tirar daquilo? Será que uma oração papagueada mil vezes conseguiria abrir uma frente de empregos, acabar com a miséria, tornar o sistema de saúde acessível a todos? Não se tratava de fé mas de hipnose. A repetição das frases tinha o poder de adormecer a consciência das pessoas, em vez de chateá-las. O que prova, em última instância, que um elefante não incomoda muita gente, dois elefantes não incomodam muito mais.

Em casa, marido e mulher mantinham-se firmes. Não repetiam os versos da plateia, como não tinham entoado o canto do vigário. A doutrinação do ateu Garcia vacinara-os contra os milagres, alterando as convicções do casal. Por isso, a própria Arlete usou o controle remoto para mudar de canal, deixando os carismáticos sem fala. Mas Deus é onipresente. O canal seguinte, acionado na troca, era o do deputado Álcio Vinagre, e passava a reportagem do Artur, em que se via o menino realizar um milagre incontestável na UTI do Hospital das Clínicas. Com divino poder de cura e o toque da sua mão pequenina, o menino Jesus fizera acordar do sono da morte o assassino da mãe, o marginal Tonho, matador impiedoso da Nossa Senhora da Consolata.

O casal de telespectadores já não sabia mais o que pensar.

45

Na estrada da Cantareira, no alto da serra, Carla viu o muro branco sinalizado no mapa e alertou Luís:

— Acho que chegamos. Vai devagar...

Ele reduziu a marcha até encontrar a placa que dizia "Sítio do Alemão". Parou, esperou que Carla fosse abrir o portão e passou com o veículo, estacionando na área de entrada. Depois seguiram a pé por uma estradinha de terra, ladeada por chorões, cujos galhos delgados e pequenas folhas desciam até o chão. Como lágrimas verdes.

Era bonito o lugar, limpo e ordenado. Tinha cara de sítio de alemão. Após a primeira curva, viram a casa e algumas pessoas de branco que estavam de conversa na varanda, entre elas Ademir, que os saudou:

— Bem-vindos!

Luís abraçou o amigo e apresentou-o à Carla. Ditas as frases de cortesia, Ademir conduziu-os para o interior da habitação, onde o Padrinho António já fazia a sua preleção para mais de uma dezena de pessoas:

— Entrem e fiquem à vontade! — O xamã recebeu-os com simpatia. — Eu falava do Santo Daime. Mas antes de prosseguir, digam o seu nome e profissão, por favor...

O casal atendeu ao pedido, dando origem a uma rodada de apresentações. O padrinho retomou a conversa:

— Alguém sabe o que é o Daime?

— Um chá de plantas da Amazônia que altera a nossa percepção. — Respondeu um sujeito chamado Rui, que se apresentara como psicólogo.

— De fato, é um chá feito a partir de um cipó, o ayhuasca, usado pelos feiticeiros da floresta. — Confirmou o padrinho. — Mas o Santo Daime é também uma comunidade, cujos membros fazem uso dessa bebida, de forma ritual, para alcançar a iluminação. Ou miração, como dizemos nós. A história começou no século passado com um migrante nordestino que foi para a Amazônia durante o ciclo da borracha. Por meio dos índios, ele teve contato com o chá e iniciou um trabalho com as pessoas do lugar. Depois da sua morte, um discípulo assumiu a liderança. O ayhuasca foi rebatizado de Daime, como dai-me, do verbo dar, uma forma de invocação. Nós dizemos "dai-me", e o chá, na sua infinita generosidade, nos dá o que pedimos. Alguém tem alguma pergunta?

— E se eu passar mal? — Luís tomou a iniciativa. — Disseram que as pessoas podem ter vômitos ou diarreia.

— Não necessariamente. Só se estiverem precisando de uma limpeza, porque faz parte do poder do Daime expulsar o que é negativo em nós, fisica e espiritualmente.

Ademir olhou para o Luís, como quem diz "não falei?". O padrinho António continuou no mesmo tom:

— O ayhuasca é inofensivo à saúde e foi aprovado pelas autoridades, sendo por isso legal. Mas é para uso ritual, num contexto religioso, e não deve ser tomado de forma isolada. É muito poderoso. A energia que desperta precisa ser trabalhada em comunhão com os outros, como numa família. Está claro?

A resposta pareceu tranquilizar os presentes, que não levantaram mais questões. Em vista disso, o padrinho levou-os até um salão preparado para a cerimônia, onde dominava uma grande mesa de madeira, sobre a qual se viam vasos com flores, hinários fotocopiados e candelabros com longas velas, que foram acesas pelos assistentes de branco. À volta, cadeiras para dezesseis pessoas. Os homens foram convidados a sentar de um lado, e as mulheres, do outro. O xamã ainda fez uma última recomendação:

— Durante o trabalho, procurem não olhar para os outros, voltando o olhar para vocês mesmos. Se alguém passar mal, os assistentes estão aí para ajudar. Caso sintam que vão vomitar, dirijam-se ao banheiro. De resto, concentrem-se nos hinos. O hinário foi criado sob inspiração de Nossa Senhora, para nos conduzir no caminho que escolhermos, como se nos levasse pela mão...

Ele deu uma olhada encorajadora para os novos participantes. Depois, fixou-se nos retratos dos fundadores da seita, pendurados na parede para a sessão, e começou a rezar o Pai-Nosso, no que foi acompanhado pelo grupo. Terminada a oração, anunciou:

— Em nome do Padrinho Irineu, do Padrinho Sebastião, dos espíritos de luz e do Santo Daime, o meu pai Juramidan, dou início aos trabalhos de hoje.

Houve um momento de silêncio e calma. Luís aproveitou-o para observar a bandeja de metal pousada na mesinha à sua direita, onde havia uma dúzia e meia de pequenos copos e uma jarra cheia de Daime. Era um líquido marrom escuro e fê-lo pensar numa coisa esdrúxula: graxa de sapato diluída. Perguntou-se qual seria o sabor daquilo e quem garantia, apesar das garantias, que não ia fazer mal.

O padrinho preparou-se para servir o chá, e as pessoas se

levantaram, fazendo fila indiana. Luís foi um dos primeiros e receber a dose, servida com o sinal da cruz. O copo vinha quase cheio. O líquido era denso. O sabor era agridoce e forte. Para sua surpresa, o Daime desceu bem.

De volta à cadeira, ele viu Carla esperando a vez. Não devia olhar para ela, mas era difícil não observar os outros. Sabia que o chá ia começar a surtir efeito. Estava preocupado com uma queda de pressão ou uma reação alérgica, seguida de convulsões e morte por sufocamento. Luís não era paranóico mas, como muita gente boa, tinha a sua dose de hipocondria. "Ó Deus, tirai-me o Daime!", gemeu baixinho, sentindo as mãos frias. Ele morria de medo de morrer.

O Padrinho Antônio pediu a todos que apanhassem os hinários. Luís abriu o seu e viu-se diante de uma página onde havia algumas quadras escritas em mau português, com versos do pé quebrado e rimas pobres. Como se lesse os seus pensamentos, o xamã explicou que o fundador da seita era um trabalhador braçal, não um literato, e cometia erros, o que não invalidava a sua inspiração divina. Nossa Senhora é mãe, não faz distinção entre os seus filhos, sejam analfabetos ou com mestrado em Literatura.

Eram hinos bonitos, afinal de contas. Na sua simplicidade, diziam coisas profundas, que pareciam ter relação com o momento em que eram cantados, como se tivessem sido criados em progressão, à medida que o chá fazia efeito na mente do autor. Os versos anunciavam, de forma metafórica, as sensações que Luís já começava a experimentar. Eram alterações suaves, mas sensíveis, como uma ligeira embriaguez. À medida que cantava os hinos, a luminosidade da sala aumentava, o seu corpo ficava mais leve e um grande encanto tomava conta de tudo. Ele via-se sorrindo sem mostrar os dentes. Com os olhos, a alma, de outro modo. Elevado e enlevado.

Cantou com alegria um hino atrás do outro até que alguém começou a vomitar. Então perdeu a concentração e desceu da estratosfera mística em queda livre. De repente, a realidade – ou o que se pensa ser realidade – entrava e saía de foco, ora nítida, ora não. O medo do rapaz já não era vomitar, ter diarreia. Era pirar, fazer besteira. Ele sabia que estava alterado e não tinha como voltar atrás. O ahyuhasca corria nas suas veias, irrigava o seu cérebro, tinha o controle remoto na mão. Que fazer? Luís procurou apoio nos olhos do Padrinho Sebastião, o retrato pendurado no centro da sala. A fotografia parecia ter vida própria e retribuiu o seu olhar. Ele firmou-se na imagem como quem se apoia numa muleta, procurando esquecer o sujeito sujo de vômito, que tremia da cabeça aos pés. Depois cantou mais forte, para espantar os maus espíritos.

Veio outra rodada de chá. Sem coragem para recusar, Luís tomou mais um copo. Fez-se uma pausa na cantoria, e ele constatou que todos estavam ensimesmados, cada um na sua viagem. Deu uma olhada especial em Carla, do outro lado da mesa, que estava em êxtase transcedental. O que se passaria na cabeça da amiga?

A segunda dose foi excessiva para o seu organismo. Após uma pontada nos intestinos, o rapaz teve de pedir licença para ir ao banheiro, onde foi torturado por uma diarreia acompanhada de espasmos. O efeito do Daime prolongava-se. Para que tinha tomado outro copo? Tarde demais. Voltou para a sala e para os hinos, desta vez cantando mecanicamente, sem reparar na letra. A cabeça seguia por outros caminhos, pensava noutras palavras. Luís vivia uma enorme insegurança, desconfiado dos presentes, que exibiam um ar feroz, e do próprio Padrinho António, que de relações públicas de Deus se transformara num acólito do demônio. O psicólogo à sua frente sorriu mas parecia um jacaré arreganhando os dentes. O rapaz via sucuris onde havia engenheiros, caranguejeiras no lugar de professoras, bichos do mato em vez de pessoas, como se estivesse no Acre, na floresta tropical, perdido e indefeso. Ao Deus dar-me-á.

Quanto à pressão arterial, por onde iria? O medo de ter um infarto ou acidente vascular cerebral somou-se aos que já sentia. Tudo estava subvertido. À sua volta circulavam seres híbridos, meio animais, meio homens, como os do tríptico "A tentação de Santo Antão", do Hyeronimus Bosch, que tinha visto num livro do Nenê. O padrinho adotara a forma de um basilisco, ofídio mitológico com presas venenosas e olhar mortífero, empenhado em providenciar almas penadas para o incinerador do inferno. Luís teve certeza que o seu espírito iria abandonar o corpo em instantes, deixando só carne morta para pasto das hienas que o rodeavam. Desgraçada hora, gemeu, em que tinha bebido aquela porcaria.

Foi novamente ao banheiro. A diarreia assemelhava-se a outras que já tivera por intoxicação alimentar, só que pior. Tinha cãibras no abdomen. Imaginou que a sua alma estava saindo pelo quarto olho. Lembrou-se da sugestão do Ademir, o motivo pelo qual tinha ido à reunião do Daime, e falou diretamente com Deus:

— Salve-me, todo-poderoso Presunto! Se me tirar vivo dessa, nunca mais entro noutra...

46

O menino estava fechado para balanço, com aquele olhar que se fixava numa tela imaginária. Nádia sabia o motivo, mesmo que ele não dissesse nada, porque tinha visto na TV o milagre de Tonho e calculava o trauma que deveria ter sido para Artur reencontrar o assassino da mãe, vê-lo sair do coma, voltar ao mundo dos vivos à sua frente. Só não podia trazer o assunto à baila, por razões terapêuticas:

— Você não quer falar?

— Falar o quê?

— O que der vontade.

— Desculpe, doutora Nádia, mas eu não estou com vontade de falar nada.

Seguiu-se um minuto de silêncio. E outro. A psicanalista sabia que certos silêncios são mais eloquentes do que um discurso. Aquele, em particular, gritava em surdina, deixando claro o sofrimento do menino.

— Teve alguma visita interessante? — Ela perguntou, como quem não quer nada.

O menino mordeu a isca:

— Levaram um surdo lá em casa.

— Um surdo, é?

— Queriam um milagre para ele ouvir. — Artur soltou a língua. — Mas eu não sei fazer milagres, e ficou todo mundo triste. Menos o surdo. Ele falava meio engraçado porque desaprendeu. Ficou surdo depois de grande, quando deram uma injeção nele. Foi um médico que deu...

Nádia conhecia o histórico de pessoas que tinham perdido a audição por causa da estreptomicina, fármaco com devastadores efeitos secundários. Mas ficou na dela, sem entrar na provocação. O menino prosseguiu:

— O nome dele era Carlos. Ele falou que é pintor. Tinha a foto de um quadro dele parecido com esses urubus que a senhora tem na parede. O Carlos me ensinou a dizer o meu nome na língua dos surdos. É assim, ó...

O menino passou a fazer um A-R-T-U-R no alfabeto gestual. Nádia acompanhou os movimentos com interesse. Ela viu que os dedos reproduziam a forma das letras, a exemplo do "U", feito com o indicador e o dedo médio virados para cima. Decidiu fazer um comentário qualquer, mas o menino não tinha terminado:

— De repente, o Carlos falou que estava ouvindo. Tudo, até uma mosca voando. A mãe dele ficou louca de alegria, gritando "Milagre! Milagre!", chorando e rindo. Ela abraçou o Carlos e me abraçou e beijou o Garcia. Aí o Carlos deu risada e falou que estava ouvindo porque tinha ligado o aparelho...

Nádia por pouco não deu risada também, com o humor negro do surdo. Mas conteve-se e deixou o menino falar:

— A mãe dele ficou brava, só faltou bater nele. Aí ela levou o Carlos embora, e ele me disse "tchau" em surdês.

— Surdês?

— A língua dos surdos. Que nem português, inglês...

— Foi o Carlos que disse isso?

— Não. Isso eu inventei agora...

Para um garoto de nove anos, não estava mal. Artur demonstrava um domínio cada vez maior das palavras, certamente devido ao convívio com o paralítico bibliófilo. Mas nenhum ato falho até ali. Nádia ficou pensando na linguagem gestual: como seria se tivesse pacientes surdos? Talvez desse na mesma. Teria de identificar os atos falhos não em frases ditas mas desenhadas no ar. Trocar a audição pela visão. Por fim deu-se conta de que deixara Artur falando sozinho, e voltou a pôr o foco no menino:

— O Garcia nem isso pode fazer. Como ele vai falar a língua dos surdos se é paralítico? Não mexe as mãos, só consegue segurar livro. Se estiver dormindo, aí é que não mexe nada mesmo, parece morto. Nessas horas, eu nem gosto de olhar para ele...

"Ah!", Nádia exultou por dentro, "Um ato falho!". A psicanalista retesou-se na poltrona como um perdigueiro que descobre a caça:

— Você percebe o que acaba de dizer, Artur?

Ele virou-se para olhar os olhos azuis dela e franziu a testa:

— Lá vem a senhora!

— Eu, não. Lá vem o seu inconsciente.

Com alguma liberdade poética, ela estava autorizada a mexer na ferida:

— Você disse que não gosta de olhar para alguém que parece morto. Mas será que é o Garcia, mesmo? Ou será outra pessoa, que faz você pensar na morte? Alguém em estado de coma, por exemplo. De quem você acha que está falando, Artur? Do seu amigo paralítico ou de algum inimigo que se movimenta demais?

O menino ficou lívido. Rangeu os dentes e partiu para o contra-ataque:

— Por que a senhora está perguntando isso?

— Você sabe a resposta, não sabe?

Era fogo, a mulher. Metida para cacete. Às vezes Artur sentia raiva dela, porque a doutora dizia coisas sobre a vida dele que não tinham nada a ver. Ou será que tinham? Vai ver que tinham. Talvez fosse por isso que ele ficava com raiva, porque a médica lia os seus pensamentos:

— É outra pessoa, sim, doutora Nádia, o cara que matou a minha mãe. Toquei na testa dele lá no hospital, sem saber quem era, porque o tio Nenê mandou. Ele acordou e falou comigo.

— Falou o quê?

— Que viu a minha mãe.

O menino disse isso num fio de voz, emocionado, num turbilhão. Mas engoliu o choro e foi em frente:

— Eu tenho ódio dele! Dele e do tio Nenê, que sabia de tudo mas não me falou nada. Se o cara acordou porque eu fiz milagre, é pior, fico com raiva de mim mesmo. Ôrra, meu, ele deu um tiro na minha mãe! Tô com raiva de todo mundo, doutora Nádia, até da senhora!

O menino levantou-se transtornado e saiu chorando da sala. A médica assistiu a cena e deixou-o ir embora sem interferir. A sessão estava quase no fim, mas não tinha acabado. Ainda não viera ninguém buscar o Artur, que ficou sozinho, soluçando na sala de espera. Ela deu um tempo, abriu e fechou a agenda, rabiscou no bloco de receitas. Daí a pouco o menino voltou, ressabiado, sentando-se em silêncio.

— Não faz mal ter raiva. — Disse a médica, calmamente. — Faz até bem ter raiva, inveja, ciúme, o sentimento que for, e saber disso. As pessoas normais têm consciência do que sentem e são capazes de expressar as suas emoções como você fez, mesmo que sejam ruins, como um ódio mortal, uma raiva incontida. Todos nós, algum dia, já sentimos vontade de matar e esfolar alguém. Mas sentir vontade é uma coisa, matar e esfolar é outra. Entre o pensamento e a ação vai uma grande distância.

Podemos ter pensamentos terríveis mas eles não fazem mal a ninguém. O importante é saber controlar a raiva, viver com ela, transformá-la em algo positivo. Veja o Van Gogh: no fim da vida ele estava transtornado, mas pintou esse quadro, de que nós gostamos tanto. Ele transformou o sofrimento dele na nossa alegria. Você só tem de aprender a fazer o mesmo com a raiva. Transformá-la de modo positivo. Sublimar, como dizemos nós, os psicanalistas...

"Sublimar!", iluminou-se o menino, que não entendeu mas gostou da palavra. A doutora Nádia falou, estava falado. Artur já se acalmara, de repente, não mais que de repente. Sentia-se aliviado e sem bronca, embalado pelas palavras da médica. Claro, a explosão de há pouco também tinha servido para queimar o combustível da raiva. Agora, com a cabeça fria, pensou que a morte da sua mãe talvez não fosse culpa do seu bruxismo. Que ele não era Deus, responsável por tudo o que acontecia no mundo, como a doutora Nádia estava cansada de dizer. Que o Garcia tinha razão, milagres não acontecem, e o Tonho ia acordar de qualquer jeito, com ou sem empurrãozinho. Portanto, Artur podia tirar dos ombros a pesada baleia do sentimento de culpa.

— Já está na nossa hora. — Disse a psicanalista, olhando para o relógio.

O menino saiu quieto como entrara. Mas livre, leve e solto.

47

— Cala a boca, meu! Se repetir isso de novo eu te quebro a cara!

— Boa, Artur! — O Garcia ouvia a discussão que o menino tivera com um colega de escola. — E ele, o que fez?

— Continuou repetindo "Beata da Consolata!", "Beata da Consolata!" até que eu fechei a mão e dei um murro com toda força na boca dele...

— Sério? Você bateu nele? — O paralítico estava surpreso com o desfecho.

— Bati, ué, senão o cara não ficava quieto.

Garcia não sabia se devia aprovar a violência ou ser politicamente correto. Ficou no meio do caminho:

— Está certo, não pode dar moleza senão os colegas perdem o respeito. Mas da próxima, em vez de bater, mande para aquele lugar.

— Por mim, mandava todo mundo, até esses que vêm aqui encher o saco. Eles deviam era fazer psicanálise...

— É uma ideia. Desde quando você pensa assim?

O Garcia conversava com o menino com respeito pela sua inteligência, como se ele fosse um adulto. Já tinha notado que Artur andava irascível, contra Deus e o mundo, pouco disposto a dar a outra face. Se o garoto dizia que os crentes deviam fazer psicanálise, devia ter os seus motivos. Ouviu a resposta, dando peso a cada palavra:

— Desde a sessão de ontem. Eu não vou mais morder os dentes. Vou botar a raiva para fora, sublimar...

— Ah! — Sorriu o paralítico. — E eu que pensava que sublimar era transformar o ódio, em vez de dar porrada nos outros. Mas tudo bem, já é um começo.

Foram interrompidos por Nenê, que vinha anunciar a chegada de clientes: uma senhora baixinha de mãos dadas com um senhor magro. A mulher mal entrou na sala e já disparou:

— Não aguento mais, menino Jesus! Sofro de pressão alta e não posso me esforçar nem ficar nervosa. Mas como? Moro com o meu irmão num sobrado. Tenho de subir e descer as escadas, lavar, passar, cozinhar, fazer tudo sozinha. Se Deus não ajudar, vou acabar tendo um derrame!

Artur olhou para o Garcia, que franziu a testa. De que milagre a mulher estaria à espera? À parte o nervosismo evidente, a situação dela nem parecia tão grave, se comparada com casos mais cabeludos. Mas os dois ainda não tinham ouvido o que a trouxera ali:

— Você precisa salvar o meu irmão!

Afinal, a mulher não tinha vindo pedir por ela. Era pelo irmão de ossos finos e salientes, que continuava quieto e pacífico. A baixinha falava sem parar, emendando uma frase na outra:

— Ele sofre da cabeça. Não come a comida que eu faço porque diz que está envenenada. Não toma remédio pelo mesmo motivo. Ontem caiu no corredor. De pura fraqueza. Olhem só em que estado ficou! — A senhora agarrou o irmão pelo braço e levantou-o com tal ímpeto que o homem quase caiu novamente. — Está machucado, cheio de hematomas, não sei como não se quebrou em pedacinhos. Se isso continuar assim, eu vou ter um treco...

Garcia achou melhor intervir, antes que ela tivesse o treco:

— O seu irmão conversa normalmente?

— Só quando dá na telha. É muito inteligente mas nunca vi tanta teimosia numa pessoa. Se não sou eu a cuidar dele, obrigá-lo a comer, tomar remédio na marra, não sei o que seria. Está vivo de ruindade.

Artur tirou uma bala que tinha no bolso e estendeu-a para o senhor magro, que parecia estar faminto:

— O senhor quer uma bala?

— Não, obrigado. — Respondeu o homem, educadamente.

A reação não correspondia às expectativas, tendo em vista a excitação da irmã e o modo como ela o descrevera. O menino insistiu:

— O senhor não gosta de bala?

— Envenenada, não.

A irmã olhou para os anfitriões com superioridade:

— Estão vendo? Ele diz sempre essa besteira de veneno. Qualquer dia para de beber água e aí é que eu quero ver. Olhem só como está magro! — Ela voltou a fazer um gesto brusco, puxando o irmão, que se deixava agarrar como um boneco, fraco demais para reagir. — Se não comer, o que vocês acham que pode acontecer?

Não havia dúvidas de que o homem tinha um parafuso a menos. Diante da circunstância, e visto que seria mais louco quem quisesse conscientizar um doido, Garcia abriu mão do teatro costumeiro. Optou pela resposta direta:

— O que pode acontecer ao seu irmão é morrer de uma hora para outra. E se for a hora dele, não há nada a fazer. Ou a senhora quer enfiar-lhe a comida pela garganta, com um funil, como fazem com os gansos?

Ela ficou vermelha e metralhou:

— Se for preciso, sim! Arranjo um funil, vou à polícia, o diabo! O que vocês fariam se fosse o irmão de vocês?

O menino fez uma contra pergunta:

— Ele já fez psicanálise?

— Meu irmão já foi internado em tudo quanto é hospício de São Paulo! Fugiu duas vezes e quase foi atropelado no meio da rua. Tentei levá-lo para o Rio de Janeiro, no Instituto Pinel, mas ele não queria entrar no ônibus com medo dos deslizamentos na Dutra. Sugeri irmos de avião, para ver se o convencia, e sabem o que esse maluco disse?

A mulher sublinhou:

— Que não andava de avião, só de disco voador!

Artur e Garcia não puderam evitar o riso. A história era cômica. Ou as histórias, no plural, já que a mulher não se calava. A Sheherazade das mil e uma tardes olhou para os representantes de Alá na terra e desenrolou a narrativa:

— Perguntei o que ele tinha contra aviões, e ele disse que avião cai. Aí eu falei: "E disco voador, não cai?". Ele disse que não. Então eu perguntei como é que ele sabia disso, e o meu irmão respondeu: "Você já viu algum caído por aí?".

O menino e o Garcia riram às gargalhadas. Doido ou não, o homem tinha lógica, além de fina ironia. A baixinha continuou a contar as peripécias do irmão, exaltando-se, chorando, tendo ataques de fúria, emotiva como ninguém. Artur imaginava o que a doutora Nádia diria para a mulher. Garcia, que a ouvia com deleite, não pôde deixar de pensar no país bizarro que é o Brasil, onde o céu azul é mais azul, uma cruz de estrelas mostra o sul, e uma senhora com pressão alta levava o irmão esquizofrênico para ver um órfão cuja mãe foi morta a tiros, ao lado de um paralítico com ar de apóstolo que professava a sua fé no materialismo dialético.

Milagre, que é bom, ninguém fez.

48

— Cuando Jesucristo
por el mundo andaba,
una mujer encontró,
y dijo: ¿quién eres?
Soy la rosa venenosa,
ponzoñosa,
que me chupo la sangre,
y quebrantó los huesos.
Pues si eres la rosa venenosa,
ponzoñosa,
que chupas la sangre,
y quebrantas los huesos,
yo, con mi mano derecha,
haré tres cruces,
para que todo este mal se deshaga
como la sal en el agua.

Don Pedrito terminou a conjuração e jogou três punhados de sal grosso numa terrina de água. Depois passou a salmoura, fazendo cruzes no rosto da mulher grávida:

— Yo no quemo ni abraso, y con los cinco dedos de la mano llana, lo deshago como la sal en el agua.

Supostamente, aquilo deveria eliminar as manchas na pele da senhora. Nada de grave. Eram devidas às alterações hormonais da gravidez, como qualquer dermatologista lhe poderia dizer. Se tivesse paciência, sairiam com o tempo e o bebê. Mas ela, pessoa humilde, não tinha essa informação nem dinheiro para o médico. Tinha sido a vaidade ferida que a fizera levantar uma verba modesta, apenas suficiente para financiar a consulta ao feiticeiro espanhol, cujos préstimos estavam em liquidação. Só faltava ele pôr uma placa na porta: "Dão-se passes com 50% de desconto! Aceita-se pré-datado".

Depois que a cliente deixou a casa, Don Pedrito teve de contar as moedas para ver se totalizavam os vinte reais da tabela. Não conferira na frente da mulher por motivos óbvios. Mas, na intimidade, o orgulho do feiticeiro rendia-se às exigências do capital financeiro: dezessete, dezoito... "carajo!" Faltavam dois reais! Não é que a vadia da grávida o roubara nos trocados com a maior cara de pau? Sacanas, os que têm dinheiro, sempre passando a perna em todo mundo! "Hijos de mil putas", ela e o Citibank!

Chamou o velhote que fazia de seu secretário e disse-lhe para mandar entrar o próximo. Mas não havia próximo:

— Desculpe, Don Pedrito, não tem mais ninguém. Se não se importa, eu ia pedir para o senhor ver a minha dor nas costas, lembra-se?

O feiticeiro tivera o cuidado de anotar o pedido na agenda. Tinha tão pouco para fazer que a consulta do velhote, evidentemente gratuita, era a única da sexta-feira, marcada para as quinze horas, com os demais horários todos em branco. Ainda faltava um dia. Mas na ausência de pagantes, o xamã não teve alternativa: acabou dizendo ao velho que se deitasse na maca onde examinava os pacientes regulares. Apalpou as costas do secretário com tanta má vontade que o coitado começou a gritar, tentanto se esquivar das mãos do bruxo, que perguntava com ar sádico:

— Dói aqui? E aqui?

O outro nem conseguia responder, com a dor das pontadas. Só sentiu alívio quando o xamã interrompeu a tortura, deixando-o esticado na maca, e saiu da sala, em direção ao quintal. Don Pedrito foi num pé e voltou no outro, trazendo um galho de goiabeira, que cortou ao comprido e abriu em forma de "V", esfregando a forquilha nas costas do velho:

— Tómalo Juan
dámelo María,
quebrado te lo doy,
y sano lo quería,
un Padrenuestro
y un Avemaría.

Tentava a cura por transferência, segundo uma tradição milenar das culturas cristãs: a dor passa do paciente para o ramo, que depois tem de ser atado com uma corda, unindo-se as duas metades, para o recompor.

Don Pedrito era realmente uma enciclopédia no ramo, não o da goiabeira, mas do curandeirismo. No entanto, sabia que não ia receber um tostão do velho, outro descapitalizado como ele. Cada vez mais, achava a vida injusta. Julgava merecer a mesma sorte de Zé Arigó, famoso espírita brasileiro do passado, que fazia curas em transe mediúnico e, ao morrer, deixou mais de dois milhões de cruzeiros, uma fortuna na época. Além do dinheiro, o médium deixou um hotel em nome do irmão, uma farmácia no da irmã e outra com um terceiro parente. Arigó dizia-se pobre e não cobrava pelas consultas. Mas os pacientes, milhares ao longo de sua vida, hospedavam-se no hotel do irmão e gastavam uma média de cem dólares nas farmácias da família para aviar as receitas que ele passava.

O argentino pensou nisso tudo sem deixar de passar o ramo pelas costas do secretário. No final, perguntou:

— Ché, te sentes mejor?

O velhote tinha a cara crispada de dor:

— Acho que não, Don Pedrito.

O feiticeiro refletiu por um momento, tirou do bolso o dinheiro da grávida e estendeu-o para o homem:

— Bueno, entonces date una vuelta por la farmacia y pedí una cajita de Voltaren de 50 mg. Tomate una pastilla de seis en seis horas y se te pasa enseguida. El precio te lo descuento del sueldo. Y no te olvides de traer el cambio.

Enquanto o secretário saía para comprar o remédio, o xamã foi espreitar através da cortina que o separava da sala de espera. Só cadeiras vazias. Muita oferta e pouca procura. Sentiu a profundidade da crise internacional. Tinha de ser mais competitivo e observar com rigor os mandamentos neoliberais. Já cortara nas despesas e enxugara o quadro de funcionários da empresa, com uma toalha de rosto. Fizera ajustes heterodoxos. Obedecera os ditames do FMI e do Banco Mundial, atento ao índice Dow Jones, em luta aberta contra a concorrência, cagando para a questão social. Se não resolvesse logo o problema, o feiticeiro ia ter de sacrificar uma vítima no altar do mercado.

Chegara à conclusão do que fazer com Artur. A macumba não tinha dado certo e matar estava fora de questão. Não que o bruxo argentino fosse avesso a um ato dessa natureza; pelo contrário, era capaz do pior e já dera provas do seu mau caráter. Mas o que tinha em mente ia mais longe, podendo fechar a loja dos milagres na vizinhança. Don Pedrito tivera uma ideia para tirar o menino Jesus de circulação e embolsar o lucro que a família tinha acumulado até ali.

“Mucha plata, guita, dinero.”

49

As duas entraram na sala, e a matrona, bem vestida, expôs a situação da jovem, que parecia catatônica:

— O nome dessa moça é Mirtes. Ela trabalhava num supermercado, mas agora está desempregada. Tem uma filha pequena e vive com a criança na quitinete da mãe, que sofre de esclerose múltipla e não tem controle do intestino. A Mirtes cuida delas, troca a fralda, dá banho, passa o dia nisso. Na casa acabaram primeiro os remédios, depois a comida. Ontem fui visitá-las e ainda bem que levei um leite Ninho para a pequena, senão não sei o que ia ser. O condomínio está atrasado, e o síndico ameaçou despejá-las. Os parentes não ajudam. Tem um irmão que não dá um centavo e ainda queria vender o apartamento para ficar com uma parte do dinheiro. Pode? Sei lá o que essa gente pensa, se é que pensa. A coitada anda com depressão, não abre a boca nem para reclamar. Por isso eu paguei uma pessoa para ficar na casa dela hoje, e viemos aqui. Se o menino Jesus fizer um milagre na vida da Mirtes, aleluia! Deus vos proteja para sempre…

Artur estava impressionado com o tamanho do rosário. O paralítico quis saber:

— A senhora acredita que o menino Jesus possa fazer milagres?

— Se o filho da Nossa Senhora da Consolata não puder, quem pode?

— Está bem. Então vá com a moça até aquele canto e acendam as velas da TV.

A matrona, sem hesitar, foi com a jovem fazer o que lhes era pedido. Assim que a luz da parafina brilhou na camiseta, ficaram fascinadas com o rosto feito de sangue, tocando de leve no tecido, como se fosse uma pintura valiosa exposta num museu. De fato, o valor daquilo era incalculável. Mas um valor intrínseco, não pecuniário.

Garcia virou-se para Artur:

— Está pronto?

O garoto, que já tinha outra cena decorada, fez que sim e aproximou-se da mesinha de centro. O paralítico começou uma ladainha:

— Menino Jesus, Jesus Menino, faça um milagre e toque o sino!

Artur ergueu os olhos para o céu e badalou um sino minúsculo que trazia nas mãos. Depois, ordenou às entidades divinas e anjos celestiais:

— Como na multiplicação dos pães, que os alimentos surjam nesta mesa!

As mulheres olharam para a mesa. Nada aconteceu.

— Como no milagre dos peixes, que os alimentos surjam nesta mesa! — Insistiu Artur, com desenvoltura.

A matrona e a moça voltaram a olhar. Mas a mesinha continuava vazia.

— Que os alimentos surjam nesta mesa! — Repetiu o menino, mal contendo o riso, porque o teatro dos milagres já se tornara a sua brincadeira favorita.

É claro, a mesa permaneceu tão vazia como antes. Artur suspirou, abriu os braços e queixou-se:

— Vocês estão vendo: os milagres não me obedecem.

Podia ser divertido, mas as visitas não costumavam achar graça. Como as duas mulheres, que se sentiam ridicularizadas.

Ou pior: traídas. A senhora, que não era de meias palavras, fechou a cara e reagiu:

— Vocês estão fazendo pouco caso de nós? Olhem que dei o meu dinheiro na entrada, e a coisa não vai ficar assim. Se isso é uma brincadeira de mau gosto ou alguma vigarice, não tenham dúvida: eu chamo a polícia!

O Garcia, que já esperava uma reação qualquer, mas não essa, tentou acalmar a velha:

— É vigarice, minha senhora. Mas não olhe para mim nem para o garoto. Se quer um culpado, vá atrás do senhor Nenê, que embolsou o seu dinheiro, ou do Ernesto, o jornalista que a enganou com reportagens mentirosas. Só não vale a pena chamar a polícia, porque está devidamente subornada.

A verdade, dita assim, estalou na cara da velha. Quanto à jovem, que já tinha chegado ao fim da linha, pelo jeito ia sair dali pior do que antes. Mas o paralítico ainda não tinha terminado. Como o menino, ele também trazia o texto na ponta da língua:

— As pessoas entram nesta casa com fé, acreditando que o menino Jesus vai resolver os seus problemas. Como nunca dá certo, terminam desiludidas. Mas acabam descobrindo que é inútil pedir milagres para uma criança, em tudo igual às outras, salvo por ser manobrada por vigaristas. Milagres não acontecem, esse é o ensinamento que vocês levam hoje daqui. Só não sei se vale o que pagaram na porta...

— Dinheiro da minha aposentadoria! — A senhora choramingou. — Isso não vai ficar assim! Ah, não vai mesmo! Fiquem certos de que vou denunciar vocês.

A tarde estava chegando ao fim. Aquele era o dia da semana em que Artur não tinha psicanálise. Garcia teve uma ideia:

— Fique calma, minha senhora. Se quer um milagre é o

que vai ter, dou-lhe a minha palavra. Vá com a moça chamar o senhor Nenê e esperem lá fora, enquanto resolvo esse assunto com ele. Já voltamos a conversar.

— O dinheiro vai ser devolvido? Olhem que eu vou na televisão se for preciso! — A velha não se conformava.

— O seu dinheiro vai ser bem empregado, eu garanto.

A matrona continuava desconfiada, mas acabou fazendo o que ele pedia. Pouco depois, Nenê entrou na sala:

— O que aconteceu?

— A mulher quer o dinheiro de volta, senão vai criar caso. Disse que vai denunciar a gente na televisão.

— Como assim?

Até ali, a maioria dos crentes tinha reagido passivamente ao teatro do menino Jesus com o apóstolo Garcia. Só se revoltavam no primeiro momento, antes de o paralítico fazer o seu discurso de pragmatismo e bom senso. Depois acabavam aceitando a coisa sem queixas, ou por serem ignorantes ou porque engoliam, mesmo a contragosto, a doutrinação forçada. Quanto ao Nenê, estava por fora, longe do tratamento de choque que era ministrado às visitas. Há tempos que o velho não participava dos encontros, limitando-se a embolsar o dinheiro na entrada. Estava mais do que surpreso com a reação da matrona. Denúncia na TV? Hum! Algum canal concorrente podia muito bem se interessar pela história da velha e denunciar o comércio dos milagres, só para sacanear a emissora do deputado.

— Qual é a ideia? — Perguntou ao Garcia, com evidente preocupação.

— Veja aí as horas no seu relógio.

— Já passa das seis. — Respondeu Nenê.

— Daqui um pouco nós temos de jantar. — Disse o paralítico. — O que eu proponho é o seguinte...

O velho ouviu a sugestão e concordou logo. Depois, chamaram as mulheres para tentar chegar a um acordo com elas, a bem dizer com a senhora, porque a jovem não se manifestava. A matrona resistiu, disparando novas ameaças. Mas ou aceitava a proposta, ou não ia mais ver a cor do dinheiro.

50

O nome do restaurante era Torrão Mineiro. Um forno a lenha com panelões de ferro mantinha a comida quente, enquanto os pratos frios se acomodavam num carro de boi que era o ex-libris do local. Feita a reserva por telefone, o gerente já tinha providenciado uma mesa de canto para o Artur, o Garcia e as duas convidadas. Era boa publicidade para a casa receber o menino Jesus.

O sistema era de bufê. Os garçons limitavam-se a trazer as caipirinhas e cervejas, que tinham mais saída. Nem é preciso dizer que os fregueses do canto, isentos de pecado, só pediram refrigerantes. O paralítico dirigiu-se às mulheres:

— Não fiquem à espera de milagres. Os alimentos só vão surgir nesta mesa se vocês forem buscar. Recomendo que comecem por entradas leves e saladas, assim sobra mais espaço para o resto.

Artur levantou-se para ir buscar mandioca, linguicinha e pães de queijo. A senhora, que nunca tinha entrado ali, preferiu imitar o garoto. Quanto à jovem, que há meses não comia direito, fez um prato de trabalhador de obra, transbordando pelas bordas, como é de se esperar de um verbo desses.

Ela pôs-se a comer gulosamente. Punha na boca mais matéria do que cabia, demonstrando que vários corpos podem ocupar o mesmo lugar no espaço. Os bocados desapareciam junto com as leis da física, como num buraco negro, e Garcia ficou apreciando a súbita vivacidade da moça, que parecia outra. Fez-lhe uma pergunta retórica:

— Está bom?

A menina fez que sim, sem parar de mastigar. O gesto foi o primeiro com que estabeleceu alguma forma de comunicação com o mundo, desde que tinha aparecido na casa. A matrona percebeu a mudança e, apesar das contrariedades do dia, estreou um sorriso. O paralítico aproveitou a ocasião:

— Nós somos carne, diz a Bíblia. Por carne, entenda-se corpo e alma, inseparáveis um do outro. Mas a sua amiga está que é só osso, coitada, sem carne nenhuma, com o corpo maltratado e a alma ferida. Ela não precisava de um milagre, só de tutu com torresmo, couve e bisteca de porco.

A velha discordou:

— De que adianta ela comer hoje, se amanhã vai estar diante de uma mesa vazia, com os mesmos problemas?

— Nenhum deles se resolve por milagre. — Rebateu o Garcia. — A mãe doente precisa ser internada, o que só vai acontecer no dia em que toda a saúde for pública e gratuita. Quanto a arranjar emprego, nunca houve tanta gente no desvio e passando fome como agora, no apogeu da globalização, sem que os políticos movam um dedo para defender os seus eleitores. Como diz um padre que eu conheço, as sete pragas do Egito não se comparam a uma só do nosso tempo, o neoliberalismo, que põe o dinheiro em primeiro lugar e a questão social no fim da fila. A senhora concorda?

— Eu concordo. — Disse a moça, abandonando a mudez. — Até hoje não apareceu nenhum político para defender os meus direitos. E padre muito menos...

O paralítico, surpreso com a intervenção miraculosa, incentivou-a:

— De que direitos você está falando?

— Fui mandada embora do supermercado porque fiquei doente mas não tinha atestado médico. Não recebi um centavo. Depois me chamaram para fazer plantão, sem contrato, e pagaram metade do que eu ganhava antes, sem direito a nada. Aí pararam de me chamar, e eu fiquei com uma mão na frente, outra atrás. Um amigo português disse que na terra dele o governo dá dois anos de salário para quem está desempregado. No Brasil, dão uma banana para a gente...

Enquanto a moça desencantava, entraram no restaurante três executivos, redondos e de bem com a vida. O gerente levou-os até uma mesa grande e puxou uma cadeira para o mais velho. O homem fez um pedido em voz baixa e nem precisou se levantar, os garçons é que começaram a trazer pães de queijo, torresminho, polenta frita, tudo de bandeja.

Na mesa do Artur, a jovem estava de boca aberta:

— Falou no diabo, aparece o rabo!

— Quem falou no diabo? — Perguntou Artur.

— Aquele velho é o dono do supermercado onde eu trabalhei.

— Ah...

O paralítico, indiferente ao empresário, insistiu no debate econômico:

— No neoliberalismo, os preços são ditados não pelas necessidades da população mas pelas leis do mercado. Ou seja, se existe um Deus, é o tal do mercado. Mas ninguém explica que porra é essa...

— Por favor! — Reagiu a matrona. — Não use esses termos à mesa!

— Desculpem — o Garcia cedeu, — não fica bem falar em "mercado" enquanto vocês comem. É um palavrão. Mas está na moda, já repararam? É impossível ver um telejornal sem ouvir que o mercado reagiu, o mercado flutuou, o mercado está em crise...

— Acho uma confusão quando a TV fala de economia. — Disse a moça, que acabara de encher o prato outra vez. — É aquecimento para cá, reaquecimento para lá, parece anúncio de ar condicionado.

Todos riram, não só por acharem graça, mas por estarem satisfeitos, arrotando, com o pandulho abarrotado. Até a senhora mal-humorada mostrou os dentes. Garcia aproveitou para se esticar:

— No antigo Egito, o povo não entendia nada do que os sacerdotes diziam, umas rezas indecifráveis como o jornalismo econômico da TV. É um truque com mais de três mil anos, falar difícil para manter os povos na ignorância e preservar o poder dos impérios.

— O povo só entende notícia quando é assalto, sequestro ou assassinato. — Comentou a velha. Mas logo se lembrou de Lisa e pediu desculpas, embaraçada.

Ninguém ligou para a gafe, até porque o único que podia reclamar estava de boca cheia. Artur divertia-se em fazer ruído enquanto mastigava um torresmo. Depois, começou a dar comida para o Garcia, que teve de se calar. A Mirtes aproveitou para consultar o cardápio das sobremesas:

— Doce de leite com queijo de minas, goiabada Cascão, doce de abóbora...

— Todos caseiros, nenhum enlatado. — Observou o garçom, que passava pela mesa. — O doce de leite é feito por estudantes de agronomia, segundo a receita tradicional, com leite tirado das vacas da faculdade.

O paralítico não resistiu:

— A Faculdade de Agronomia não tem vagas, mas tem vacas.

Outra vez risos. Só o garçom, há muitas horas de pé, carregando peso e equilibrando copos, não achou graça no trocadilho, e deixou na mesa uma conta salgada. Garcia avaliou a quantia e perguntou à jovem:

— Sente-se melhor?

— Sim, obrigada. Estou ótima.

— Então vou pagar com o dinheiro que a sua amiga deu para a consulta.

A velha ia dizer qualquer coisa, mas não teve tempo. O dono do supermercado tinha surgido no seu campo de visão, aproximando-se da mesa na companhia de dois executivos:

— Desculpem interromper. — Ele dirigiu-se à senhora, que lhe pareceu a matriarca do grupo. — É que eu reconheci o menino Jesus e não queria perder esta oportunidade...

Garcia assumiu a conversa:

— Oportunidade para quê?

O homem voltou-se para o paralítico, tirando uma medalhinha do pescoço.

— Para pedir ao menino que abençoe esta medalha de Nossa Senhora, dada pela minha mãe. Ela era muito católica.

A moça observava o ex-patrão, que não fazia a menor ideia de quem ela era. Artur tomou a iniciativa:

— Abençoar eu abençoo — disse de primeira —, mas com uma condição...

— Pode dizer. — Aceitou o empresário.

— Só se o senhor chamar essa moça para trabalhar no seu supermercado.

O homem ficou estarrecido. Como é que o menino Jesus conhecia o seu ramo de negócios? Pareceu-lhe uma demonstração inegável de clarividência e a prova viva da propagada divindade daquela criança. Sendo assim, deu um cartão para a Mirtes, uma das dezenas de ex-empregadas em que ele nunca tinha reparado, e instruiu um dos executivos para cumprir o trato. Depois, estendeu a medalha para o garoto e ficou à espera da bênção.

Artur olhou para o Garcia, que ficou na dele, confiante em que o pupilo saberia o que fazer. O menino enfiou o dedo no copo de guaraná e aspergiu algumas gotas do refrigerante sobre a medalhinha, desenhando no ar o sinal da cruz. Em seguida, devolveu a efígie da Virgem para o patrão, que voltou com o seu séquito para a mesa grande, comovido e convertido.

O paralítico não podia estar mais contente. Encerrou o jantar com um cafezinho e a moral da história, dirigida à matrona:

— Como a senhora vê, não foi preciso chamar a polícia. O seu dinheiro fez milagres pela Mirtes, que matou a fome, recuperou o emprego e ainda tem uns trocados para deixar de gorjeta, porque os garçons também são filhos de Deus...

Foi um cala-boca para a velha, que calou a boca.

51

Tonho estava cada dia melhor, a caminho da recuperação total. Ainda precisava de ajuda, mas já tinha engordado três quilos, até porque a comida do hospital, comparada ao grude da favela, parecia um banquete. O bandido engolia tudo e, se pudesse, comeria também a enfermeira que lhe dava a papinha na boca. Não havia maconha no hospital, mas o rapaz ficava doidão quando a mulher dava banho nele, ensaboava, passava a mão. Como há pouco: a enfermeira tinha vindo lavar as suas pernas, agachada, com o decote aberto, e Tonho vira tudo, "pomba!", até o biquinho do peito, lembrando aqueles bombons chamados Teta de Nega. Já estava de pau duro quando o sabonete, gasto, escapou das mãos dela, grudando no ladrilho. O fino sebo de cachorro vagabundo já era e, enquanto a mulher ia buscar outro, Tonho começou a se masturbar, cheio de testosterona, ansioso para que ela voltasse. Mas quem veio com um sabão de soda foi a Nossa Senhora da Consolata:

— Tonho, Tonho! — Ralhou a santa. — Que coisa mais feia! Pode baixar a guarda, seu sem-vergonha! Agora quem vai dar banho em você sou eu...

— Mas... a senhora? — Assustou-se o rapaz.

— Olhe o respeito, seu maloqueiro! Senhora, não! Nossa Senhora, entendeu?

Sim, Tonho tinha entendido. Morria de medo da santa, a única pessoa por quem nutria algum tipo de respeito. Ele não tinha feito catecismo, mas estava sabendo, como todo católico brasileiro, que Nossa Senhora é uma mulher direita, de sagrada conceição, uma mãe que concebeu sem pecar. O bandido tinha por ela grande consideração e, pode-se dizer com pertinência, punha a santa num altar. Mal a mãe de Deus bateu os olhos nas suas partes pudentas, ele afundou-se até a cintura, dando a brochada mais rápida da sua vida. Ficou murcho, boiando pequenino na água turva.

— No que você estava pensando, hein, seu safado?

— Em nada, juro que eu não estava pensando em nada.

— Pegue já o sabão e lave essas mãos sujas de sexo!

Ele obedeceu na hora, enquanto ela continuou na bronca:

— Sabia que a sua enfermeira é uma mulher casada, mãe de família como eu?

— Ô, tia, eu tenho o meu consenso, entendeu? Eu não estava nem aí para a mulher.

— Não dá uma de Miguel comigo, Tonho! Você viu a aliança no dedo dela, não viu? Sabe muito bem que os laços do matrimônio são sagrados. O que Deus uniu o homem não separa, muito menos um pecador anormal como você. Portanto, trate de responder logo, antes que eu perca a paciência: você feriu o mandamento do Senhor?

— Como assim? Que mandamento?

— Só existem dez. Chuta um...

Tonho estava mais nervoso do que desempregado prestando concurso público. Respondeu sem pensar:

— Não matarás!

— Água! Agora é a minha vez: não cobiçarás a mulher do próximo. Pum! Afundei um submarino.

A santa era louca varrida. Tonho temia pelo pior:

— Se a senhora quiser eu rezo.

— Que rezar nada! Diga para mim: você vai continuar olhando para o decote da mulher com esse olho-gordo?

— Eu não, juro por Deus.

A Consolata encarou o marginal e franziu a sobrancelha, como se notasse algo estranho:

— O que é isso no seu olho?

— Isso o quê? — Fez o rapaz, levando instintivamente a mão aos olhos.

Com a mão ensaboada, a espuma entrou na vista, e Tonho sentiu uma forte queimação. Cerrou as pálpebras de dor, tentando lavar a cara com a água do próprio banho, o que só piorou a situação. Debateu-se inutilmente, sem enxergar nada, e logo o branco dos olhos estava irritado, num vermelhão só. Ardia como se tivesse malagueta. E por culpa de quem? Da santa, é óbvio. Outra vez a sacana da Nossa Senhora, a mulher mais vingativa que já tinha conhecido, que não lhe dava um minuto de folga desde o dia em que enfiara uma azeitona na testa dela. Ai, ai, maldita hora!

— Ai, ai! — Gritava o bandido, esticando os braços, na esperança de que Lisa lhe passasse a toalha ou fizesse alguma coisa. — Me ajuda, porra! Está queimando! É tudo culpa sua! Se a senhora não tivesse perguntado nada, eu não punha a mão ensaboada no olho. Mas que caralho tinha no meu olho, afinal de contas?

— Sabão, uai!

Nossa Senhora riu até ficar com dor de barriga. Era sádica, a santa, e com um senso de humor esquisito. Tonho começou a chorar. Como ela podia ser santa se era tão diabólica ao mesmo tempo? Mas, enfim, as mãos do rapaz em martírio ocular encontraram as dela, aparentemente regenerada, com a toalha salvadora.

Já sem forças, Tonho esfregou a toalha nos olhos e, quando os conseguiu abrir, deu de cara com a enfermeira, que o olhava penalizada, como quem olha para um maluco.

— Onde está a Nossa Senhora? — O bandido perguntou, atrapalhado.

A profissional tinha muitos anos de janela, habituada a lidar com paranoicos de todos os tipos, dos que têm visões lisérgicas aos que conversam com as paredes. Mas aquele era um assassino frio e amoral que se julgava uma espécie de pastorinho de Fátima, para quem a mãe de Deus fazia aparições privadas. Não convinha contrariar. Ajudou o paciente a sair da água do banho e respondeu com suavidade:

— Está no céu, meu filho! Reze uma Ave-Maria para ela...

52

— Meu espírito libertou-se e voou até o Altíssimo, que era feito de pura Luz. O tempo parou. Tudo resplandescia. Fui possuída por Deus e a Sua torrente de amor infinita, uma sensação indescritível. Sinto que Ele deixou uma semente dentro de mim e ainda estou comovida, arrebatada...

Carla tinha os olhos brilhantes. Falava da sua experiência com o Santo Daime.

Enquanto ela parecia ter encontrado o caminho das pedras para a Luz, Luís só se lembrava de uma selva escura, cheia de caimãs, corais vermelhas e outros bichos. Bem dizem que o efeito do chá varia conforme a pessoa. Mas vai variar assim lá no Sítio do Alemão: para a professora de ioga, o Nirvana; para o místico de primeira viagem, um inferno. A cena quase erótica descrita pela namorada, de desprendimento e entrega ao Absoluto, provocou no rapaz uma ponta de ciúme. Como as pontas dos icebergs.

Era natural que reagissem de modo diferente. Carla fazia ioga desde menina: tinha tirado o diploma no Brasil e feito pós-graduação num ashram em Trivandrum, sul da Índia. Frequentava todo tipo de curso alternativo ligado ao seu metiê e tinha dezenas de certificados pendurados nas paredes. Participara em inúmeras conferências sobre o assunto e, recentemente, até tinha levado o Luís a uma *master-class* de Ashtanga Ioga, modalidade dinâmica que vai de uma postura a outra em movimentos contínuos. A diferença dessa vertente em relação à ioga tradicional, de posturas estáticas, é um ininterrupto caudal que Luís explicaria de modo precário: a Ashtanga cansa mais. Já a namorada poderia discursar horas sobre o tema. Não era de estranhar que o Daime tivesse efeitos díspares nela e nele. Os dois eram água e azeite, com densidades diferentes. Homem e mulher. Yin, yang.

— Venha ver, Luís.

Carla tinha ligado o computador e verificava a sua correspondência na Net. Pediu que ele lesse um e-mail recém-chegado, sobre um novo portal, espécie de buraco que surge no espaço sob a influência dos planetas, conduzindo às altas esferas espirituais. Coisa de iniciados, como ela própria, que vivia recebendo e-mails dessa natureza, com ciências esotéricas ou pseudociências, segundo a opinião de cada um. Luís leu o texto:

"Mais um portal se abre nos próximos dias. Os xamãs maias da Guatemala convidam-no a entrar em sintonia com este evento de bênçãos para criar uma nova realidade para os seres humanos. Um vórtex de energia será criado no espaço. Logo que Marte se distanciar da Terra, haverá uma convergência entre as forças cósmicas e telúricas por um período de quatro dias. É uma oportunidade rara para se encontrar paz e equilíbrio. O momento é propício para acessar o coração dos céus, pedindo as dádivas da Consciência e da Síntese...".

— Tenho de ler inteiro? — Perguntou o rapaz.

— Não é obrigado.

Luís não conseguia se interessar pelo material, que lhe parecia vazio, uma estonteante conversa sobre nada ao quadrado, vezes zero, dividido em partes iguais de coisa nenhuma. Para o jovem, aquilo não tinha sido escrito mas cuspido, sem que o autor soubesse onde ia acertar. Mesmo assim, para agradar a Carla, tentou prosseguir:

"É hora de unir as forças dos Seres de Luz e despertar a espiritualidade dos que estão dormentes. Convém iniciar um jejum e fazer orações. A Humanidade irá escolher o Novo Caminho. A transcendência do momento visa a nossa bem-amada Mãe Terra, Pachamama. Preces diárias são vitais para a evolução, trazendo a energia de Nawal Tzikin, o Grande Intermediário, e do seu mensageiro alado, a Águia-Quetzal-Condor..."

— Quanta abobrinha! — A paciência do rapaz acabou. — Órbitas de planetas, terminologia esotérica e uma pretensa exatidão, mas é completamente aleatório. O cara que escreveu isto fumou um e bebeu todas...

Carla sorriu, sem argumentar. Mesmo que quisesse discutir o assunto, já estava atrasada. Tinha consulta marcada com a ginecologista, antes das aulas que dava ao longo do dia. Jogou-lhe um beijo de despedida e saiu correndo para a sua dura jornada de operária indiana. Dura, a vida de uma iogue? Pois é, academia de ioga dá trabalho.

A dela ficava no centro, numa das vilas de São Paulo que sobreviveram ao *boom* dos arranha-céus, com casinhas simpáticas que compunham um núcleo alternativo. Além da academia, havia um restaurante natural, um acupunturista, uma massagista de shiatsu, um especialista em florais da Amazônia e um salão para palestras regulares sobre assuntos místicos. Os sócios dessa pequena cooperativa recomendavam os trabalhos uns dos outros e enviavam seus próprios clientes para as práticas alheias. A primeira aula de ioga começava às sete da manhã. Carla chegava morta de sono e quase não valia a pena, porque havia só dois inscritos. Como prêmio de consolação, encontrava vaga para estacionar. A segunda aula ia das nove às dez, com seis alunos. Logo que terminava, ela voltava ao apartamento, onde desabava na cama. Dormitava uma hora, fazia o almoço, comia, lavava a louça e retornava ao centro para a aula das quatro, especial para gestantes. No fim do dia, das sete às oito e meia, dava a aula mais longa e concorrida, com cerca de dez alunos, a maioria saída dos escritórios das redondezas. Convém dizer que a professora também fazia ioga, de manhã, de tarde e à noite, para exemplificar as posturas e corrigir os alunos. Não descansava nos intervalos, porque alguém tinha de limpar o banheiro, aspirar o carpete, arrumar esteiras e almofadas, preencher fichas e recibos, fazer o chá, e esse alguém era ela, que não arrecadava o suficiente para pagar uma assistente. Carla também participava de reuniões com os associados, palestras e eventos no salão comum. Até que, lá pelas dez da noite, pegava o carro e voltava para casa em petição de miséria. Mas o folheto que ela distribuía na rua, dia sim, dia não, dizia que a ioga relaxa e evita o *stress*.

Em casa, Luís ainda se esforçava para terminar a leitura do e-mail xamânico, mais enrolado que novelo de lã. Ele coçou a cabeça. Aquilo não era esoterismo, não era ciência, não era nada. O texto punha no mesmo saco mitos da Guatemala, ETs de nomes bizarros, preocupações ambientais, conselhos inúteis e supostas influências planetárias de caráter astrológico. O rapaz achou que era muita areia para a sua nave espacial. Os planetas são numerosos, e a cada dia aparecem mais, como os recém-descobertos planetas-anões, para lá de Plutão e Bagdá. São bolinhas pouco maiores que a caca que Deus tira do nariz. Seria um caos se a vida humana dependesse dessas infinitas *rolling stones* perdidas no espaço, onde há asteroides de verniz mitológico como Palas, Juno, Vesta, Ceres ou Eros, fora um porrilhão de pedregulhos sem nome, que os astrólogos dizem ter influência sobre aspectos específicos da vida, como o nascimento e a morte, o casamento e o divórcio, a saúde e a doença, o sucesso profissional e a bancarrota. Carla acreditava em toda essa pregação alternativa que orbitava na Net, mas o namorado não ía na conversa, achava tudo uma grandessíssima embromação.

Sem essa de Nawal Tzikin, águia com dor e determinismo planetário. Para Luís bastava o bom, velho e honesto sol.

53

A ginecologista, depois de ver os exames, confirmou o que Carla já sabia mas não quisera dizer a Luís, ao menos não sem ter certeza:

— Você está grávida.

A jovem sentiu a emoção pela qual a maioria das mulheres espera desde a infância, quando ganha a primeira boneca e brinca com a ideia de ser mãe. Já tinha passado dos trinta, e há muito que desejava isto. Ficou com cara de boba olhando para a médica, que lhe sorriu, pôs a mão sobre a sua barriga e acrescentou, carinhosamente:

— Agora trate de se cuidar muito bem, por você e pelo bebê...

Um ser estava sendo gerado dentro dela, fruto do seu amor pelo Luís. Era lindo. Na terra dos milagres falsos, os de verdade também aconteciam: Deus ia moldar Adão no útero de Carla e soprar-lhe vida, oferecendo-lhe o paraíso da infância, o fruto proibido da juventude, o suor da maturidade. A Bíblia ia ser lida novamente, e o Verbo ia recomeçar do princípio. Um tempo sagrado estava em gestação.

Ou, visto sob outro prisma, mais um paulistano estava a caminho, condenado a se afundar nos buracos do metrô, pegar engarrafamento, respirar monóxido de carbono, suportar um alto nível de ruído, ter um salário baixo e ser feito de otário numa metrópole corrompida, onde os bandidos se multiplicam, os empresários passam notas frias, os deputados votam seus próprios aumentos, os juízes aposentam-se com dezenas de milhares de reais, os injustiçados recebem migalhas, a violência viola, as balas perdidas sempre acham alguém, os homens animalizam-se, o povo morre de Aids, Hepatite B, tuberculose, desidratação, facada e dengue.

Bem, a sorte de Carla era não poluir o cérebro com esse tipo de vibrações. Só tinha pensamentos positivos.

A futura mãe saiu do consultório pesando três gramas, menos que o feto. Fazia ioga desde criança mas só agora conseguia levitar, andando acima do solo como num desenho animado. Quem precisa de meditação transcedental depois de uma notícia dessas? Para que vórtex de energia, lua em Saturno, estrelas? E o que dizer do Santo Daime? A verdadeira infusão religiosa eram os seus hormônios em festa, dizendo para cada órgão do seu corpo que se modificava: Parabéns a todos! Congratulações, útero! Saúde, tetas! A Carlota vai ser mamãe! Vamos ter um bebê! Bilú-bilú...

Fazia calor. Ao passar em frente a uma sorveteria, ela sentiu uma enorme vontade de se premiar, de se refestelar com um banquete gelado. Sentou-se do lado de fora, onde havia guarda-sóis, e pediu ao garçom uma taça com três bolas de creme e cobertura de chocolate. Enquanto esperava, decretou feriado nacional e mandou uma série de mensagens pelo celular para avisar aos alunos que não haveria aulas. As bolas de sorvete chegaram. Atirou-se a elas com sofreguidão, lambendo-as gulosamente. Aquele desvio de comportamento era pouco típico de Carla, macrobiótica assumida, rainha do seitan e do tofu. Seria já um desejo de grávida? Era bem provável, tinha cara disso. Menos mal que ela não queria trufas italianas, caviar iraniano ou champanhe francês.

Enquanto curtia a taça de sorvete, Carla ia pensando no que dizer ao Luís, para quem tinha ficado de ligar. Escolhia as palavras com cuidado, decorava-as. Antegozava a reação dele e já conseguia imaginar os três juntos – ele, ela e o bebê – no sacrossanto recesso do lar. A sagrada família? Por que não? Tudo parecia sagrado naquele seu estado de exaltação. A vida ganhava uma dimensão fantástica, e o ato de pagar uma conta não tinha significado algum. Deu uma nota generosa na hora de sair e disse ao garçom para guardar o troco.

Como o celular tinha acabado de ficar sem bateria, parou no primeiro telefone público que viu no caminho, de onde ligou para o namorado, convidando-o para almoçar. O parceiro também estava feliz, pendurado no computador, no estado de espírito ideal para ouvir a novidade. Ela conteve-se, planejando contar-lhe durante o almoço. Ao aparelho, Luís tagarelava, falando de uma notícia que encontrara na Internet sobre um curso de animação on-line, mas o cartão telefônico não teve paciência de ouvir, com o crédito e a paciência esgotados. A ligação caiu.

Daí uma hora, o rapaz foi ao encontro da jovem na mesa do restaurante, deu-lhe um beijo e continuou a conversa ao vivo:

— Já me matriculei, Carla! Curso de After FX pela Internet. Um dos professores é um australiano que ganhou nomeação para o Emmy trabalhando para a DreamWorks, a produtora do Spielberg.

Pediram o cardápio, escolheram a pasta fresca com molho de tomate e manjericão, ele descreveu as cenas de animação 3-D desenvolvidas pelo tal australiano e dissertou sobre as técnicas mais modernas de computação gráfica. Carla deu corda, deixou-o falar à vontade, esperou que viesse o prato, saboreou-o com ele, bebericou um pouco de vinho e, como tinha planejado, guardou a novidade para o momento mais apropriado:

— Eu também tive uma boa notícia esta manhã. — Disse afinal, como quem não quer nada.

— Ah, é? O que foi?

— Vamos ser papais...

Luís parou o garfo que ia a caminho da boca. O espaguete tremeu, suspenso. O rapaz pousou o talher de volta, sem voz, pegou o copo de vinho tinto e emborcou-o inteiro. As palavras não saíam e Carla olhava-o enternecida, feliz da vida, à espera que o seu amado se manifestasse. Finalmente, ele conseguiu falar:

— Porra! E você chama isto de boa notícia?

54

Depois de consultas aos diretores financeiros, acertos entre os advogados e a bênção do Banco Credial, que tinha avalizado a operação, Álcio Vinagre e o dono do *Crime Diário*, Luciano Godinho, apertaram-se as mãos, concluindo o negócio. A publicação passava para as mãos do deputado, que já controlava um canal de TV e agora ia ter mais visibilidade com o jornal, podendo aumentar o seu eleitorado. O ídolo do político era o poderoso primeiro-ministro italiano Enzo Berlusconi, dono de metade da mídia em seu país, e Álcio estava no bom caminho para se tornar um Berlusca tupiniquim. Sua ambição era chegar rapidamente ao Palácio do Governo, no Morumbi, e ser o mandachuva do Estado mais rico do país. Mas antes tinha de preparar o terreno. Assim que assinou os papéis, seguiu de BMW para a sede do *Crime Diário*, onde já estava agendada a primeira reunião com os jornalistas recém-adquiridos. Com ele ia o Jorge, o mentor da negociação:

— Não disse que ia dar certo, Álcio?

— Pois é, correu bem.

— Primeiro, os meios de comunicação. Depois, a massa!

Jorge sabia do fraco do deputado pelo líder italiano. Sabia também que na Itália, como no Brasil, nenhuma lei impede que vários veículos da imprensa sejam controlados por poucas pessoas, quando não por uma só. Basta ter capital, molhar as mãos certas e obter as concessões do Estado. No "*Bel Paese*", a esquerda ainda tentou fazer passar leis para defender os interesses do "*popolo*" contra o crescente império de Berlusconi, com seus três canais de televisão e outros meios de comunicação. A tentativa falhou sempre. Mas os políticos de alto escalão como ele continuaram a merecer da imprensa local o tratamento de "*onorevole*", assim como os nossos corruptos são tratados por "Vossa Excelência". Se existe dignidade na corrupção de funcionários públicos e honra na manipulação da mídia, Jorge não teria trabalho em transformar Álcio Vinagre no segundo santo brasileiro, depois do Frei Galvão.

O tapete vermelho para o altar já estava desenrolado. Se o ídolo do deputado usava até o Papa como cabo eleitoral, exibindo-se ao lado de sua *Santità* Benedetto XVI no Vaticano, Álcio "Vinagroni" podia entrar no populoso bairro da Nossa Senhora da Consolata e registrar imagens com o menino Jesus em pessoa. Quem não o visse na televisão, agora podia ver a cara dele escancarada na primeira página do *Crime Diário*, à venda em todas as bancas.

— A viagem aos Estados Unidos está de pé, Álcio? — Indagou Jorge, que folheava a sua agenda.

— Com certeza. Podemos ir esta semana.

— Ótimo! Fiz contatos em Miami e garanto que vamos aprender muito. Os evangélicos americanos são mestres em articular religião com política. Já passam de oitenta milhões e foram os maiores responsáveis pela reeleição do Bush, lembra? Consegui marcar uma reunião com o pastor que venceu as primárias do Partido Republicano na época. Ele nem gastou muita grana na campanha, ganhou só no papo, com o seu desempenho nos debates televisivos...

— Sei quem é. O homem é bom.

Jorge e Álcio evitaram tocar no assunto do dinheiro. A viagem, além do encontro com o líder evangélico, ia servir para o deputado depositar em Miami milhares de dólares que tinha sobrando. Não eram produto de favores ilícitos a empreiteiras em obras públicas superfaturadas, o suborno de praxe entre os seus colegas. Nem vinham de algum mensalão da esquerda ou da direita. A meia-voz, dizia-se que eram filhos de pai desconhecido. Um tema delicado, sobre o qual não convinha falar em voz alta, ainda que as propinas façam parte da vida política brasileira. Álcio era um corrupto *light*, se comparado, por exemplo, ao prefeito brasileiro que pagou cinquenta mil reais por uma consultoria para o ajudar a contratar outra consultoria. Mas não convinha anunciar o fato no alto-falante do BMW. Em boca fechada não entra motorista.

— O que você pretende dizer aos jornalistas? — Jorge voltou ao assunto do dia, curioso sobre o discurso que Álcio tinha escrito de próprio punho.

— Aquilo que eles querem ouvir. — Respondeu o deputado, sem se alongar.

O chofer estacionou em frente à sede do jornal. O novo proprietário e seu assessor foram recebidos à entrada pelo editor-chefe, que os conduziu até a redação. Um velho tapete persa, três cadeiras e um microfone faziam de palanque diante da sala lotada. Álcio sentou-se com o editor à esquerda e Jorge à direita, bateu com o dedo no aparelho, fazendo trum-trum, e pediu silêncio aos jornalistas, que se perfilaram, curiosos como numa conferência de imprensa. O deputado estava prestes a sinalizar se deviam ver nele um futuro aliado ou um patrão retrógrado e controlador. Não perdeu tempo. Sem rodeios, atacou a questão que lhe parecia prioritária:

— Bom dia! Eu queria começar a nossa conversa por três palavras fundamentais: liberdade de imprensa. Esse é o tema que me traz aqui, um dos bens mais preciosos da sociedade moderna. A liberdade de imprensa é o *ex-libris* da democracia. Sem ela, não se constrói um país nem é possível governá-lo de forma legítima. Sem essa liberdade fundamental não se faz nada, a começar por um bom jornalismo, que é a nossa missão profissional. Como novo proprietário do *Crime Diário*, eu queria afirmar a minha convicção de que a boa imprensa é a imprensa livre, independente e capaz de divulgar a verdade dos fatos, doa a quem doer. A imprensa que faz o seu trabalho de forma correta e digna, sem qualquer tipo de interferência ou censura, externa ou interna.

Nesse ponto, Jorge puxou uma salva de palmas, que de fato se seguiu, mas sem entusiasmo. Apesar das animadoras palavras de Álcio, os jornalistas não queriam morder a isca, conhecedores da trajetória do deputado, que não era famoso por cumprir promessas. Esperavam pelo pior, que não demorou. Após as palmas, Álcio mostrou a face oculta do poder:

— A liberdade de imprensa vai pautar tudo o que fizermos, salvo três poréns, dos quais não abro mão. Em primeiro lugar, os artigos de conteúdo político terão de ser revistos por mim, que lhes darei o meu aval. Segundo, as matérias não poderão contrariar os interesses do jornal, porque uma empresa desta dimensão não pode dar tiros no pé. Por fim, não publicaremos nada que possa prejudicar, de forma direta ou indireta, o Banco Credial, nosso parceiro de negócios. Fora disso, não há restrições.

Então ele bebeu um gole de água e usou a pausa para avaliar o silêncio da sala, sinal de respeito ou de discordância. Tanto lhe fazia uma coisa como a outra. Se aqueles caras queriam preservar o emprego, era melhor que seguissem as novas regras. Álcio já tinha dado o seu recado e podia concluir o discurso de posse:

— Enquanto eu for dono deste jornal, as ideias terão livre circulação, a verdade será dita com imparcialidade, mostraremos firmeza e haverá respeito pelas opiniões. Haverá um norte e eu serei a bússola, para apontar o caminho e corrigir os desvios de trajetória. A liberdade de imprensa é o nosso fermento, com ela trabalharemos e seremos grandes. Sem ela, o *Crime Diário,* como aliás qualquer jornal, seria uma massa dura, seca e insossa, que nenhum leitor ia querer engolir. Não tenho mais nada a acrescentar. Agora, é com vocês. Ao trabalho!

Jorge puxou outra rodada de palmas, seguido por meia dúzia de puxa-sacos. A maioria dos jornalistas mal encostou a mão direita na esquerda, permanecendo na sala por mera questão de sobrevivência. O editor, em posição delicada, vivia um impasse: ou pedia demissão ou ia virar menino de recados. A hipocrisia tomara o poder. A redação acabara de ser empalada viva. O novo dono do *Crime Diário,* produtor e reprodutor da ideologia dominante, tinha a sutileza de um zebu.

Ernesto era o único que se mantinha indiferente. Passara a maior parte do tempo desenhando caralhos numa folha em branco. Não estava nem aí para o discurso, até porque concordava com tudo, sem problemas de consciência. Mas seria mentira dizer que não pensou no caso. À sua maneira, pensou, enquanto rabiscava pentelhos: "Liberdade de imprensa? Mas se ninguém toma tantas liberdades com a imprensa como o *Crime Diário*! Censura prévia? De qualquer modo, a política nunca tinha tido espaço no jornal, a menos que algum constituinte puxasse o revólver no Congresso. E quanto a criticar um banco que nos paga o salário, só se formos idiotas completos. Não, o novo proprietário não dizia nada de novo. Álcio podia falar à vontade, podia até gargarejar no microfone com água mineral de bolinha. Não ia mudar uma vírgula".

55

— Você quer matar o nosso filho?

— Eu não poria em termos tão drásticos, Carla. Não é um filho, é um feto.

— Ah, tá bom! Então você quer matar o feto?

Luís não conseguia trazer a conversa para o campo racional:

— Eu não quero matar ninguém. Estou tentando dizer que filho é para a vida inteira, não pode ser fruto de um acidente. Tem de ser planejado, vir no momento certo, ser bem recebido. Agora, sinceramente, eu não estou em condições de receber ninguém. Até porque a gente não combinou nada, certo? Simplesmente aconteceu...

— Nós nunca tomamos cuidado. O que você esperava que acontecesse?

— Pensei que você controlava isso.

— E eu pensei que você sabia o que estava fazendo.

Luís parecia calmo, mas o seu estômago dava voltas:

— Ponha-se no meu lugar, Carla. Não faz nem três meses que a minha irmã foi morta a tiros, e o sangue dela está esparramado com a cara de Cristo na camisa do meu sobrinho. Você acha que eu tenho cabeça para pensar em filho?

— Uma irmã ser morta é triste. Um filho ser morto não é?

— Ai, ai, lá vem você de novo com essa história de filho! Há quanto tempo você está grávida, seis semanas? Tem uma minhoca aí dentro.

Carla ficou chocada:

— É um ser humano!

— É um embrião.

— É o embrião de um ser humano. Eu não quero tirar, já vou avisando.

— Isso diz respeito a nós dois. Você não pode decidir sozinha.

Ela quase chorou, infeliz com aquela conversa. Sentia-se traída e abandonada. Estava ali tentando falar com o Luís que conhecia, mas quem respondia era um outro, que ela não queria conhecer. Onde tinha ido parar o primeiro, sensível, espiritualizado, apaixonado por ela? Quem era esse tipo prático e egoísta à sua frente? Desabafou:

— Estou muito triste com a sua reação, Luís. Eu esperava outra coisa de você.

O rapaz também esperava outra coisa de si mesmo. Sabia que não estava sendo inteiramente honesto com a namorada, porque o medo de ter um filho ia além dos motivos que lhe dera até ali. Na verdade, punha em dúvida o próprio amor que sentia por Carla. Será que ia querer continuar a viver com ela? Se não tivesse certeza disso, por que ter um filho? Seria uma grande irresponsabilidade com a criança, com ele mesmo e até com a parceira. Mas Luís não tinha coragem de confessar o que lhe ia na alma. Não compreendia o complexo sistema de fios que o movia, os medos infantis que faziam dele um títere inseguro e neurótico do seu inconsciente, prato cheio para as doutoras nádias da vida. Não tinha defesa. Por isso, como um bicho acuado, partiu para o ataque:

— Eu também esperava outra coisa de você, Carla. A gente não consegue nem conversar. Cada vez que eu digo alguma coisa você só falta tapar os ouvidos.

— É porque dói ouvir você falar dessa forma.

— Que forma? Só estou tentando usar a cabeça, ser racional.

— Racional demais. Eu achava que você ia dar pulos de alegria com a notícia do filho, ficar contente em ser pai e ter uma família comigo. Eu, pelo menos, fiquei louca com a ideia. Mas você não deu um sorriso, nada. Só consegue falar da falta de planejamento, do momento que não é próprio, do futuro incerto, toda essa conversa de quem não está interessado.

— Eu falo assim porque penso assim. Acho melhor você fazer um aborto.

Carla sentiu que estava sufocando. Pela primeira vez ele deixara as meias palavras e tivera coragem de ser direto. Aborto! Ela não conseguiu responder. Caiu num choro tão forte que as lágrimas saltaram longe. Era a última palavra que queria ouvir e, ao mesmo tempo, já estava de sobreaviso, sabia que ia soar a qualquer momento. Agora tinha entrado nos seus ouvidos como uma espátula, como se Luís tentasse fazê-la abortar o amor que ela sentia por ele.

O rapaz ficou firme. Amordaçou o sentimento de culpa, para que não se manifestasse. Trancou o coração. Deixou que Carla chorasse sem lhe dar um abraço, sem um gesto de, no mínimo, amizade. Era como se estivesse outra vez a dez mil quilômetros dela, distante da dor que a consumia, não na Itália, mas num país governado por máquinas de calcular e habitado por covardes. Estava tão apavorado com a ideia de ter um filho que não via mais nada. Tudo porque achava que ia perder a liberdade. Porque era uma coisa morar no apartamento dela "por uns tempos", como tinham combinado, e outra ser condenado à prisão perpétua do casamento. Sim, claro, casamento, Luís não via como um homem podia querer ter filhos sem estar casado, mesmo que não fosse no papel. A perspectiva de assumir a relação com a Carla, ter um compromisso sério, constituir família, fazer planos a longo prazo, encarar a responsabilidade de colocar um filho no mundo, tudo aquilo que faria dela uma mulher feliz e realizada deixava-o em pânico. Mais covarde, impossível.

O problema dos covardes é que, além de magoar os outros, acabam magoados também. Luís ia descobrir isso mais cedo ou mais tarde. Mas, por enquanto, Carla ainda não sabia que atitude tomar:

— Eu vou me deitar, Luís. Chega de conversa por hoje. Estou cansada...

A namorada tinha os olhos vermelhos, a cara lavada, uma expressão de desalento. Luís reconheceu nela o olhar da estátua que ele tantas vezes tinha ido visitar no Vaticano: a Pietà de Michelangelo. Não só pela dor avassaladora que se desprendia da mulher, mas porque o olhar era duro como o mármore. O rapaz sentiu um calafrio ao ser atravessado por aqueles olhos de Virgem Maria com o filho morto, que nunca tinha visto na amiga. Sem ódio. Mas vazios de amor.

56

Tonho pediu que lhe tirassem as algemas, mas os guardas não deram bola.

O marginal tinha sido liberado pelos médicos para ir de camburão até a delegacia, onde seria interrogado, e tentava ver a cidade pelas estreitas frestas da janela gradeada, balançando no veículo sem ter onde se segurar. Reconheceu o topo do Banco do Estado e depois o velho relógio da Estação da Luz, com ar de Big Ben, que marcava as dez da manhã. Ao desembarcar, franziu os olhos sob a claridade da rua, sentindo uma pontada na cabeça, que lhe pareceu um prenúncio da santa. No interior da delegacia, os policiais disseram-lhe que havia um advogado para cuidar da sua defesa, o Dr. Luiz Leme, um tipo de meia-idade que se pusera à disposição, trabalhando de graça. O bandido ainda esfregava os olhos e não perguntou por que o rábula decidira fazer isso. Mas devia. Entre tantos potenciais inocentes, para quem a defesa *pro bono* teria um sentido humanitário, o sujeito tinha escolhido logo um cliente que assaltara dois policiais, além de ser suspeito pelo assassinato da Nossa Senhora da Consolata. Que interesse o homem teria nele? O rapaz não tinha interesse em saber. Para Tonho, indiferente a tudo, com agulhadas nas têmporas, tanto lhe fazia ser defendido por um ilustre desconhecido como pelo Ministro da Justiça.

Na chegada, os guardas tiraram as suas algemas, e ele esfregou os pulsos, aliviado, pondo-se a coçar as costas, com comichão de liberdade. Enquanto o levavam para a sala de interrogatório, os repórteres fotográficos pelo caminho dispararam os *flashes* das câmaras digitais, como ele disparava projéteis de chumbo. O escrivão estava a postos, com um computador portátil. Ficaram todos à espera do delegado.

O titular estava às voltas com um problema de última hora trazido pelo Jorge, que tinha aparecido com o tal doutor Luiz Leme e uma carta de recomendação do deputado Álcio Vinagre. O advogado, que de *pro bono* não tinha nada, sugeria que o interrogatório fosse feito numa sala com espelho de dupla face. Esse equipamento, que o cinema americano não se cansa de mostrar, também está previsto na lei brasileira, e só não é utilizado por motivos óbvios: qual delegacia no Brasil tem sala com espelho falso? Mas, exista ou não, era o que homem, pago pelo Jorge, requeria:

— Não é uma exigência, delegado, é um pedido.

— Um pedido que eu não posso atender. — Rebateu o titular, sem disfarçar o seu desagrado. — Os órgãos públicos não têm meios, como o senhor sabe. Faltam verbas. Não existem nem delegacias em número suficiente, que dirá espelhos falsos. Simplesmente não tenho a sala que me pede.

O defensor estava algumas jogadas à frente:

— Se me permite, doutor, nós temos. Dispomos da sala adequada, em perfeitas condições, nas dependências de uma empresa de pesquisa. É só dar o seu aval e garantir a segurança do lugar.

"Puta que os pariu!", pensou o delegado, enquanto o doutor Luiz lhe entregava um cartão com o endereço da empresa, e Jorge exibia o seu ar impertinente, que não despertava simpatias. O titular queria distância desses tipos engomados, que circulam com cartas de recomendação e advogado a tiracolo. Se pudesse, metia o marqueteiro numa cela com vinte presos há seis meses sem ver mulher. Mas estava entalado. Jorge vinha da parte do deputado Álcio Vinagre, um político em ascensão, dono de um canal de TV que o próprio delegado costumava ver.

— Posso lhe dar uma palavrinha, doutor? — Pediu Jorge, num tom cúmplice.

O delegado franziu a sobrancelha, sem responder, mas deu a entender que sim. O marqueteiro foi em frente:

— A questão é que o deputado queria transmitir o interrogatório na emissora dele, que tem acompanhado o caso do menino Jesus. O senhor sabe que a televisão tem uma função pública. Seria uma oportunidade única para demonstrar a capacidade da polícia brasileira, porque o seu trabalho ia aparecer diante de milhoes de telespectadores. Se o rapaz estivesse na sala requisitada, nós poderíamos colocar uma câmera de TV atrás do espelho e registrar discretamente o interrogatório. Depois, o doutor examinava o vídeo e só ia para o ar com a sua aprovação.

O delegado coçou a cabeça. A coisa tinha mudado de figura: se atendesse o pedido, podia aparecer na mídia, passar de telespectador a notícia. A mulher dele ia ver a cara do marido no telejornal. Os amigos iam comentar. Ele ia se destacar entre os colegas e podia marcar pontos diante dos superiores. Assim azeitava a carreira às custas da TV, o que não faria mal nenhum. Caramba, pelo contrário, podia até fazer bem! Além disso, tratava-se de cumprir a Lei!

— Ok, mas é só eu e ele. O advogado fica de fora.

— Sem problema, doutor...

Os procedimentos burocráticos foram abreviados, o interrogatório foi transferido para a parte da tarde e Tonho teve de prosseguir a viagem de camburão através do tráfego paulista, dessa vez com batedores da polícia. O novo local ficava na zona dos Jardins, com arquitetura moderna, cores berrantes, decoração dispendiosa. As empresas de pesquisa e seus espelhos falsos servem para medir o pulso dos consumidores em várias situações. Estudam a reação das donas-de-casa a um sabão em pó que lava até o cérebro. Avaliam o desejo dos cinquentões pelo conversível de dois mil cavalos que os compensa da potência perdida na cama. Descobrem a modelo anoréxica capaz de atrair adolescentes à rede de *fast-food* que os põe obesos. Noutras palavras, são lugares ideais para interrogatórios e confissões. Quando o bandido chegou, levaram-no diretamente para a sala com espelho de dupla face, à moda de Hollywood. Logo depois entrou o delegado, com pó de arroz e gel no cabelo, pronto para o show televisivo:

— Bom dia, senhor Tonho. — Dirigiu-se ao rapaz, com autoridade.

O marginal ruminou qualquer coisa parecida com "bom dia". Do outro lado do espelho, um grupo compacto tinha os olhos postos nele, do escrivão com o seu portátil até o advogado, o marqueteiro e a dupla da TV, autorizada a gravar tudo.

— Diga-me o seu nome completo.

— Tonho.

— O senhor sabe o que quer dizer completo?

— Antônio Carlos da Silva.

— Qual é a sua idade?

— Acho que é dezoito anos.

O advogado, que deixara a sala escura a pedido de Jorge, surgiu subitamente na porta, interpelando o delegado:

— Desculpe, doutor, mas o meu cliente precisa ser avisado do seu direito de ficar em silêncio.

O titular irritou-se, aquilo não era o combinado:

— Eu conheço a legislação! Faça o favor de se retirar e não me interrompa mais.

— Sem dúvida, doutor. Desculpe.

O rábula tinha um ar assustado. O delegado esperou que ele saísse, recompôs-se e dirigiu-se outra vez ao bandido:

— Ouviu o que o seu advogado disse?

— Ouvi, sim senhor.

— Entendeu?

— Entendi.

— Então não precisa responder às perguntas se não quiser. Agora diga: o senhor já sabe que morreu um investigador durante o tiroteio, na noite em que foi preso?

— Não sei de nada, não. Levei chumbo e apaguei.

— Pois então fique sabendo: o seu cúmplice matou um elemento da polícia, com uma excelente folha de serviços, que tinha mulher e três filhos. Por que vocês atacaram os investigadores?

— A gente não sacou quem era. Os caras estavam trocando o pneu no escuro, e eu só me toquei quando vi o berro na cintura de um. Foi o maior vacilo.

— Pode crer, Tonho. E vocês já tinham feito besteira antes, quando assaltaram o ônibus. Quem atirou na mulher?

Tonho não esperava por essa. Estava ali por um crime, perguntavam por outro. Pensou no aviso do advogado enxerido e resolveu usar o seu direito de ficar quieto. Já estava mais incriminado do que gostaria.

O delegado insistiu:

— O que aconteceu no assalto ao ônibus da Nossa Senhora da Consolata? O senhor sabe do que estou falando, não sabe?

Temos testemunhas que reconheceram o senhor e o seu amigo. Melhor confessar logo, vai por mim...

Com uma forte pontada na cabeça, o rapaz deixou as precauções de lado:

— Foi mal.

— O que é que foi mal?

— O assalto do ônibus. A mulher reagiu...

— Ah! — O delegado olhou triunfante para o espelho e, com um discreto giro de corpo, procurou mostrar o seu melhor ângulo para a câmara. — Qual era o nome do seu cúmplice, Tonho?

— Negrão.

— Nome, não apelido.

— Claudiomiro. O sobrenome não sei não senhor.

— Quem atirou na mulher?

A pergunta era supérflua, as testemunhas já tinham reconhecido Tonho. O delegado só tentava agilizar as coisas obtendo uma confissão direta. Mas o bandido não respondeu. Em vez disso, examinou a postura pouco espontânea do titular, que o interrogava de perfil, e girou a cadeira no mesmo sentido do policial, fixando-se no espelho à sua frente. Além das imagens refletidas, o bandido viu vultos em movimento. Era óbvio demais. Por mais apertado que seja um barraco de favela, sempre cabe uma televisão, e o rapaz já tinha assistido dezenas de filmes de ação. Estava escolado na tal sala secreta. Firmou a vista para melhor descortinar as silhuetas e declarou com segurança, apontando para o espelho:

— Tem gente ali!

O delegado manteve-se frio. Fingiu espanto e olhou para o espelho, enquanto a câmara apanhava o seu *close up*:

— Não vejo ninguém.— Desconversou. — Só o nosso reflexo.

— Tem sim, delegado! Vai querer me enganar? Olha lá eles, olhando para nós!

— Eles quem? — O delegado já estava quase desistindo.

— A Nossa Senhora da Consolata e o Negrão! — Gritou Tonho, enquanto do espelho Lisa acenava para ele, ao lado do cúmplice morto, que lhe sorria com sangue nos beiços.

"Bingo!", pensou Jorge, na sala escura. O marqueteiro agradecia à sua boa estrela, que fazia tudo dar certo para ele. O seu *feeling* a respeito de Tonho confirmava-se mais uma vez: o bandido, com suas visões psicodélicas, era um artista performático, capaz de fazer o Ibope subir disparado, como já ficara provado na gravação do hospital. Nem os programas mais sensacionalistas tinham porcaria tão boa. Por isso, o gênio cutucou a dupla de TV, pedindo atenção redobrada para a discussão na outra sala. A ficha do delegado ainda não tinha caído:

— Quem está ali? — Perguntou ao Tonho, achando que ele tivesse descoberto Jorge e a equipe televisiva.

— A Nossa Senhora da Consolata e o Negrão! — O rapaz repetiu como se fosse óbvio. — Os dois estão atrás do espelho, de mutuca, olhando para a gente!

O doutor pensou rápido:

— Ah, sim, agora vejo! A Nossa Senhora está ali, sentada ao lado do seu amigo. Mas não faz sentido, faz, Tonho? O que eles viriam fazer no seu interrogatório?

— Sei lá, pô!

Do espelho, Lisa apontou-lhe o dedinho e entrou na conversa:

— Sabe sim, seu malandro! Nós viemos ouvir a sua confissão. Na primeira fila!

O Negrão ensanguentado, podre e meio decomposto, cumprimentou-o:

— E aí, meu, tudo joia? Tô morto de saudade.

— Porra, Negrão! — Fez Tonho, impressionado com a aparência do amigo, cujo corpo preto tinha adquirido uma cor de presunto. — O que você está fazendo aí com essa santa alucinada? Vaza, meu! Sai de fininho que a mulher é louca!

— Louca, eu? — Lisa se chateou. — Está chamando Nossa Senhora de louca?

Tonho sentiu uma pontada violenta:

— Ai!

Na sua infinita misericórdia, a mãe de Jesus compadeceu-se do ser que sofria:

— Dodói na cabeça, Tonho? Tadinho do nenê! Sei o que é isso. Também sinto umas pontadas aqui no furo de bala que você me fez.

— Perdoai-me, santa! Eu não devia ter atirado na senhora. A senhora é mãe de Deus. Me deixa em paz, por favor, rogai por nós os pecadores! Ai, minha cabeça!

Jorge regozijava-se, já tinha material sobrando. Era só pôr as imagens no jornal das oito e receber os aplausos. Nada como um psicopata delirante após o jantar para ajudar a digestão dos telespectadores e aumentar a audiência. O público presente também estava feliz: o delegado tinha obtido a sua primeira confissão diante das câmaras; o advogado contava com o sucesso de uma defesa por insanidade; a dupla televisiva tinha mais uma boa reportagem no currículo; e Jorge mantinha o seu ego ascendente. Tonho era o único fodido, com uma enxaqueca mística, à espera que fizesse efeito a aspirina da oração:

— Ave Maria, cheia de graça, bendita sois vós na Consolata e bendito o fruto do vosso ventre, o menino Jesus!

57

O despertador tocou. Luís abriu os olhos com dificuldade, cheio de sono, e viu que Carla já tinha se levantado. Lembrou-se da discussão que tinham tido à noite, levou a mão à cabeça e sentiu-a latejar. Doía-lhe terrivelmente, mas há coisas na vida que doem mais. Pegou o copo-d'água sobre o criado-mudo, tirou uma aspirina da gaveta e tomou o remédio. Viu a luz do banheiro acesa, ouviu o chuveiro e decidiu continuar deitado, à espera que a namorada terminasse o banho.

Vinte, trinta minutos, e ela lá. Luís teria dormido novamente, se alguém conseguisse dormir numa situação dessas. Tinha os olhos voltados para cima, na direção do céu, onde dizem ficar a morada de Deus. Mas tudo o que via era o lustre do quarto. Mudou de posição, esticando o braço, que foi pousar no travesseiro de Carla. Teve a sensação de frio. O travesseiro estava todo molhado, como se ela tivesse chorado muito.

O rapaz cagou para a dor de cabeça, levantou-se e foi vestir a roupa. Carla veio do banheiro já pronta para sair.

— Bom dia. — Ele disse, como se fosse possível.

Sem responder, ela apanhou a sacola e dirigiu-se para a porta da rua. O rapaz foi atrás.

Chovia muito mas Carla caminhou decididamente até a esquina, onde o carro estava estacionado, sem dar ouvidos aos protestos do parceiro, que queria voltar para pegar o guarda-chuva. Chegaram ensopados e alagaram o veículo, que virou um charco. Fizeram o caminho todo sem trocar uma palavra, não obstante um congestionamento que os atrasou quarenta minutos na marginal do Pinheiros.

Finalmente, chegaram à clínica.

Enquanto Carla fazia o aborto, Luís ficou na sala de espera, com uma revista feminina nas mãos. Abriu-a na página de culinária, onde havia uma receita de iscas de fígado. Sentiu que ia vomitar. Fechou outra vez a revista, sem estômago para aquilo, com a consciência pesada. Tinha pena do que se passava na sala ao lado, mas a sua decisão estava tomada, não havia nada a fazer. Não se sentia preparado para ser pai, ponto. Para se ter um filho é preciso estar seguro de que o desejamos, o que não era o caso. Uma criança ou é bem-vinda ou é melhor não vir. Com este argumento, repetido até a náusea, conseguira convencer Carla a abortar. Mas tinha sido a sua frieza que a convencera. Luís parecia uma página em alemão escrita pelo Immanuel Kant. Mostrara-se mais racional que a *Crítica da Razão Pura,* com uma lógica que a ex-futura mãe não quis rebater. Carla, depois da primeira e única reação indignada, tinha caído numa fossa profunda, sem ânimo para o confrontar. Cedera, anulara-se, deixando-o falar sozinho. Para ela, toda aquela baboseira soava a desamor. Já que era assim, por que ter filho de um pai que não a queria? Por que ter um filho que não era querido pelo pai? Mas não disse o que pensava. Trancou-se, guardou a mágoa para si. Ela era uma mulher arrasada. Ele era só cálculo, como se não tivesse nada a ver com aquilo. Quem o ouvisse ia julgar que ele estava num debate público sobre o aborto, defendendo a prática contra o parecer de católicos conservadores e outros grupos religiosos. Luís tinha dito que a própria palavra aborto, em muitos países, começava a ser abortada, sendo substituída por três letras de viés técnico, IVG – Interrupção Voluntária da Gravidez –, uma sigla moderna, esclarecida e antisséptica. Tinha afirmado que povos inteiros, especialmente os mais avançados, tanto na economia como nos costumes, disseram "sim" nos vários referendos para a aprovação da IVG ao redor do globo. Por que "sim"? Porque, com lei a favor ou contra, as mulheres não iam deixar de abortar, e era preciso evitar a clandestinidade, que acabava por matar, junto com o feto, também a mãe. Carla ouvira o namorado em silêncio. Ela não era uma dessas mulheres dispostas a abortar, o que tinha a ver com isso? Ela queria ter filhos, cuidar deles, realizar o sonho de ser mãe. Mas, depois que cedeu à oratória do parceiro, foi como se morresse um pouco. Foi como se morresse um muito.

Saíram da clínica sem que a jovem dissesse "ai", voltaram para casa, e Carla foi para a cama. Luís ainda tentou dizer alguma coisa, mas ela fechou os olhos e puxou o lençol sobre a cabeça.

O rapaz, deixado de lado, foi à cozinha fazer um café, que ficou forte e amargo. Cuspiu-o com raiva na pia, despejou o resto da xícara no ralo e queimou-se ao tentar fazer o mesmo com o conteúdo do bule. Meteu a mão sob a água da torneira e teve uma súbita crise de riso ao pensar em Carla dizendo "pense positivo!". Mas logo caiu em si, não tinha graça nenhuma. Enxugou-se com o pano de prato e ficou assoprando a mão queimada. Depois, com a outra, tirou do bolso a receita que lhe tinham dado na clínica e procurou decifrar a caligrafia do médico, que lembrava a escrita cuneiforme. Não identificou uma só letra, mas sabia do que se tratava, a enfermeira tinha dito: era o antibiótico que a namorada devia tomar, de uso preventivo, para evitar eventuais complicações do aborto. Luís pensou na palavra antibiótico, nascida a partir de dois cromossomos:

"anti", que é contra, e "bio", que significa vida. A conclusão pareceu-lhe óbvia: se induzira Carla a se livrar do filho, então ele também era um antibiótico, contrário a que se desse à luz uma vida. O que o Deus sol diria disto? O rapaz teve a súbita consciência de que era um Orante fajuto, indigno das alturas. Estava mais para anjo caído, flagelo de Deus, criatura rasteira coberta de escuridão e morte. Saiu de casa envergonhado, com medo que a Carla aparecesse na cozinha, certo de que ela surgiria com o manto, o escudo e a espada de Minerva. Mas nem no anonimato das ruas o infanticida escapou da Justiça. Na calçada, a caminho da farmácia, sentiu que os raios de Apolo se fixavam nele como olhos de fogo, exigindo reparação para a criança assassinada. Luís apressou o passo, sentindo a pele arder, a alma penar. Sem coragem de olhar para a luz, virou-se para a parede, onde havia uma sombra, o seu lado escuro, caminhando ao lado dele de cabeça baixa.

58

O marqueteiro estava em ascenção. Não só porque o seu moral com o deputado se elevava a olhos vistos, como por estar sentado ao lado dele num Airbus, com destino a Miami, a cinco mil metros do solo.

Aos onze mil, o avião fixou o horizonte e entrou em velocidade de cruzeiro. A aeromoça esperou que se apagassem os sinais de apertar os cintos e veio servir-lhes uma taça de champanhe francês com caviar da Pérsia – em potes individuais, claro, não vá alguém pensar que na First Class da American Airlines viajam comunistas ou cristãos primitivos, essa gente com a mania de dividir tudo. Nada como uma viagem aérea para separar o joio do trigo: Álcio e Jorge viajavam à frente de todos e pairavam acima de tudo; atrás, vinha a classe econômica; e, lá embaixo, formigava a plebe rasteira. Pela janelinha, os dois olhavam com superioridade para essa gente que arrasta a havaiana no chão, elege presidentes operários, faz greves, luta pela reforma agrária e entra em passeatas por tudo e por nada, disposta a instaurar o socialismo no Brasil. Militantes do bem-estar social? Inimigos da democracia, isto sim! Então os caras não enxergam o que aconteceu na União Soviética? Não vêem que a revolução cubana só trocou o Batista por outro ditador? Enquanto o champanhe fazia cócegas no nariz do deputado, o marqueteiro teceu um comentário de boca cheia sobre a política externa dos EUA, que estimulam a derrubada do regime na ilha e impõem a Cuba um desgastante bloqueio econômico:

— Ou os comunistas entregam a rapadura, ou vão ficar falando sozinhos, enquanto o povo vai de balsa para Miami...

Álcio não podia estar mais de acordo. Miami era o seu sonho de consumo. Liberdade, praias magníficas, lugar fantástico para se morar. Tinha amigos por lá, que viviam em belas mansões à beira-mar. Invejava-os e sonhava com o dia em que ia se estabelecer na capital da Flórida como cidadão americano. Para Miami ser perfeita, só faltava abrandar o rigor da sua alfândega, que não dava refresco para quem entrava com dólares ilegais no país, a exemplo dos líderes da igreja brasileira Renascer para Cristo, presos ao forçar a porta da América com dinheiro escondido na Bíblia. O deputado pôs a mão na barriga, com uma ligeira indisposição. Não era do espumante. Era da bolsa com dólares que levava na cintura. Desde que a aeromoça distribuíra os papéis da aduana, onde Álcio fez um xis no quadradinho "nada a declarar", a ideia de ser preso incomodava-o tanto que já rezara vários Pais-Nossos, pedindo a Deus que nenhuma daquelas policiais grandalhonas de cabelos ruivos e algemas na cintura resolvesse revistá-lo. Álcio gemeu só de pensar nisso, afundando-se na poltrona ergométrica de espuma ortopédica forrada com couro cromo. A sua indisposição tinha aumentado. Tomou um comprimido com o resto do champanhe e fechou os olhos, tentando dormir.

Na chegada, o Airbus pousou com sutileza. O desembarque foi rápido. Ao entrar na fila da alfândega, com o estômago do avesso, o deputado deixou escapar um arroto tão forte que chamou a atenção de todos. O ato involuntário só serviu para aumentar o seu nervosismo, e ele começou a suar. Trêmulo, tentou enxugar a testa, mas as gotas brotavam umas atrás das outras. Álcio arrotava, tremia e transpirava. O seu descontrole era tão notório que acabou atraindo o olhar de uma policial grandalhona, com ar de poucos amigos. Foi recebido por ela com um gesto de *stop* e submetido a uma revista rigorosa, de primeiro mundo. O dinheiro apareceu magicamente na cueca samba-canção. Álcio foi conduzido para uma pequena sala de paredes azuis e interrogado horas seguidas, sem recesso parlamentar. Por mais que tentasse justificar o dinheiro ilegal no seu mau inglês, acabou recebendo voz de prisão, sendo atado com um par de algemas. O deputado lembrou-se de uma fotografia no *Crime Diário* onde o líder da igreja Renascer aparecia algemado como ele, na mesma sala azul. Não era bem assim que Álcio tinha planejado, mas ia finalmente realizar um velho sonho: recém-chegado da terra da impunidade, estava prestes a se estabelecer na terra da liberdade.

O marqueteiro tinha ficado à espera no saguão do aeroporto. Temia pelo pior, preocupado com a repercussão do caso se o político fosse preso. Mas, a julgar pelos líderes da Renascer, de quem Jorge também se lembrava, a coisa talvez não fosse assim tão grave: apesar do escândalo que envolveu os pastores, e mesmo sabendo que eles tinham uma mansão em Miami avaliada em quinhentos mil dólares, as ovelhas organizaram uma manifestação de apoio ao casal, reunindo mais de três milhões de evangélicos em São Paulo. Jorge pensou na ingenuidade dos fiéis, que faziam o papel de otários e ainda louvavam os vigários. Será que no meio daquela multidão não havia uma criança, uma única que fosse, para dizer "o rei está nu"?

Cansado de esperar pelo cliente, o gênio do marketing foi até as Informações, pediu as "*Yellow Pages*" e procurou o número de uma firma de advogados, ligando para lá. Tentou explicar o caso ao telefone até que uma língua de fogo saiu pelo bocal do aparelho, como de um lança-chamas, e em meio às labaredas surgiu o demônio, com pés de bode, corpo peludo e dois cornos na testa torcidos em espiral. O diabo vestia terno e gravata e trazia uma maleta vermelha. Arrastou o marqueteiro com ele em direção à aduana e, quando a policial grandalhona fez o gesto de *stop*, passou reto, limitando-se a atirar para a mulher um cartão fumegante da sua empresa legal. A policial americana rendeu-se ao salvo-conduto que lhe queimava os dedos e mijou de medo na calcinha. Por fim, o demônio entrou na sala azul onde Álcio continuava algemado, parou diante dele e começou a cutucar o seu ombro com força, uma, duas, três vezes.

O deputado acordou no banco do avião, ao lado do Jorge, que o cutucava e gritava:

— Acorda, Álcio! Porra, meu, que sono pesado! Acabam de dar o aviso para colocar a poltrona na posição vertical. Você está tendo algum pesadelo? Já vamos pousar...

O político esfregou os olhos. "Um pesadelo? Ufa!" Deu um suspiro prolongado, olhou pela janelinha e viu Miami lá em baixo, cada vez mais perto. Ainda não tinha sido desta. Apertou o botão da poltrona, apertou o cinto e tratou de se recompor. Já que ia ter uma segunda chance, não pretendia desperdiçá-la.

O Airbus deu um tranco ao tocar no solo, ligou o reverso da turbina e demorou para assentar o rabo, sacudido pelo vento. Depois rodou sem percalços até a sanfona de desembarque, onde a saída foi lenta e demorada. Quando Álcio e Jorge entraram na fila da aduana, o político, escolado pelo sonho mau, exibiu todo o seu autocontrole, sorridente, pisando firme. Nenhuma policial americana o mandou parar nem reparou no volume exagerado da cueca do homem (ou, se reparou, fez uma avaliação equivocada). O deputado recebeu luz verde, respirando de alívio, e quando se viu fora do aeroporto deu um grito de "Yeeeess!", erguendo o braço como a Estátua da Liberdade.

Quem o visse assim, livre e pronto para outra, podia pensar que o problema do dinheiro público brasileiro não está nos poucos corruptos que são apanhados nas fronteiras, mas nos milhares que passam direto, se dando bem.

59

— Cadê o Artur? — Perguntou Luís, que viera sozinho visitar a pouca família que lhe restava.

— Foi brincar na rua. — Disse o irmão.

Os dois já tinham perdido o pai de ataque cardíaco e a mãe, com câncer. Não tinham notícias dos demais parentes, emigrantes italianos, que andavam dispersos pelo mundo, sem paradeiro conhecido. Só souberam, por vias transversas, de um tio que morrera chifrado por um touro no interior da Argentina. Quanto a primos da mesma geração, nunca tinham ouvido falar. Portanto, a família Fiore era mínima, diferente da *famiglia* do Don Corleone, o Poderoso Chefão do cinema americano, que tem uma mafiosa parentada com dezenas de figurantes saindo pelo ladrão. Os Fiore, casta pouco nobre da Toscana, estavam reduzidos ao Luís, ao Nenê e ao menino, acrescidos, com muito favor, da "tia" Carla e do "tio" Garcia.

O jovem foi procurar Artur na calçada onde os garotos da rua costumavam jogar bola no fim da tarde. A turma estava toda lá, menos o sobrinho. Perguntou por ele, e um pretinho sorridente disse que o menino Jesus estava dando voltas de bicicleta. O tio agradeceu e ficou fumando um cigarro, à espera de o ver surgir na esquina, o que não aconteceu. Meia hora depois, Luís olhou para o relógio de pulso e franziu a testa, com bons motivos para se preocupar. Os ponteiros dariam várias voltas no quarteirão antes que Artur completasse uma só.

Sem sinal do menino, retornou à casa, alarmado:

— Acho melhor chamar a polícia.

— Tem certeza? — Nenê ponderou. — Ele pode estar por aí esquecido da hora. Não seria a primeira vez...

O Garcia, com senso prático, fez a síntese:

— Damos mais quinze minutos. Se ele não aparecer, chamamos a polícia.

Foi um quarto de hora demorado. De olho na rua, pela janelinha da porta, Luís pressentiu que o sumiço do Artur podia ser fruto de uma ação criminosa, com consequências imprevisíveis. Não chegou a expor a sua tese nem era preciso: Nenê e Garcia já enveredavam pelo mesmo caminho. Se o menino não aparecesse logo, a explicação mais plausível só podia ser um rapto, já que São Paulo, além dos assaltos aos ônibus, também se notabilizara pela onda de sequestros. O menino Jesus era um alvo fácil, com o estatuto de vítima preferencial, um prato cheio para quem gosta de extorquir o dinheiro alheio, dada a sua notoriedade. O jovem tio mordeu os lábios: "Por que não pensei nisso antes?". Mas a resposta era simples. Porque não. Porque Luís era humano, falível, imperfeito. Porque só Deus é perfeito, sem margem de erro. A menos, como diz Nietzsche, que Deus seja uma invenção dos homens. Aí já era.

O Brasil não é a Colômbia, onde o narcotráfico fez dos sequestros uma rotina diária, mas também não é um convento de carmelitas. À memória do Luís, do Nenê e do Garcia, cuja aflição adquirira a forma de um silêncio pesado, vinham dúzias de histórias passadas em território nacional, todas indignas do gênero humano. O tio mais jovem, para não sofrer sozinho, soltou as bruxas:

— Eu tremo só de pensar em sequestro.

— Eu também estava pensando nisso. — Acrescentou Nenê.

— Lembra o caso do menino de Jundiaí?

— Aquele que foi engano? — Perguntou o velho.

— Esse mesmo...

— Como assim, engano? — Garcia não conhecia a história.

— Os bandidos vigiavam a casa de um empresário, mas, no dia do sequestro, levaram o filho da empregada, pensando que fosse o do patrão.

— E daí?

— Depois de um telefonema para o executivo, cujo filho estava em casa são e salvo, eles viram a mancada e deram um tiro na cabeça do garoto.

— Ui! — Fez o Garcia, sem que lhe ocorresse nada de jeito para dizer.

Nenê lembrou outro:

— Pior que esse caso, só o daquela seita no Pará...

— A da velha? — Fez o paralítico, que tinha lido a respeito, enquanto era a vez do Luís ouvir desanimado.

— Essa mesma. Uma velha maluca liderava um bando de fanáticos que sequestrou e torturou quinze meninos. Seis foram assassinados e os outros nove castrados. Mas os jornais diziam "emasculados", a merda de um eufemismo.

— Pelo amor de Deus! — Gemeu Luís, em desespero. — Melhor mudar de assunto. O Artur deve só ter ido mais longe com a bicicleta e vai voltar logo. A Carla é que tem razão, temos que pensar positivo.

Negativo, Luís. Pensamentos cor-de-rosa não iam mudar a realidade nem um mal que já estava feito. Apesar da sua vibração bem intencionada, mais cedo ou mais tarde o jovem tio ia ter uma péssima notícia.

Era assim...

No fim da tarde, terminada a sessão de milagres, o menino Jesus tinha voltado a ser o Artur e saído com a bicicleta. Como de costume, passou zunindo pelos amigos, saudou-os com as duas mãos no ar e foi dar uma volta no quarteirão antes da pelada começar. Mas o time ia entrar em campo sem o centro-avante. Na rua de trás, uns homens à beira de um furgão bloqueavam a calçada por onde Artur devia passar. O garoto viu-os, diminuiu a marcha e manobrou entre os estranhos, tentando não atropelar ninguém. Mas foi agarrado, taparam-lhe a boca e ele acabou, com bicicleta e tudo, na parte de trás do veículo. Alguém trancou as portas, e o motorista engatou a primeira, deixando o local do crime sem que a vizinhança desse pela coisa. O furgão caiu na estrada, em direção ao extremo da Zona Norte, com destino a Bragança Paulista. Rodou sem acelerar demais nem cometer infrações de trânsito, evitando chamar a atenção da polícia. Pegou a Fernão Dias e saiu por uma estradinha de terra, até estacionar num sítio arborizado onde havia um alambique desativado. O motorista já podia tirar os olhos do retrovisor. O plano tinha sido bem-sucedido. Enquanto dois sequestradores guardavam o menino, o terceiro seguiu no furgão até o centro de Bragança e procurou um telefone público, ligando para o mandante. Abriu a conversa com um assobio, espécie de código que significava "tudo bem", e só depois de ouvir outro igual é que deu o recado:

— Está feito o jogo, patrão.

Do outro lado do fio, o feiticeiro argentino sorriu com os poucos dentes que lhe restavam na boca, contorcendo-se como uma cascavel depois do bote: "Soy un genio, carajo!". Estava feliz com a sua jovem presa, imobilizada pelo veneno. Se tivesse um "bandoneón", cantaria um tango ao telefone. "El niño Jesus" dançara.

— Muy bien, Toro! Puedes hablar con la familia...

No sítio, preso num cubículo sem janelas, Artur mastigava os dentes por baixo da mordaça, amarrado com fitas adesivas. O menino estava cheio de dores, com hematomas nos braços, depois de ter sido arrastado à força para o furgão por um crioulo de mãos pesadas, o Touro, cuja ficha policial o identificava como Wanderley dos Santos. Era o mais forte do grupo e ganhara o apelido por ser um tipo cabeçudo, onde o branco dos olhos saltados contrastava com o rosto escuro. Os cúmplices não eram mais bonitos: Sapão, um carioca de boca grande com mau hálito, e Divino, um tarado completo que de divino não tinha nada. Os três estavam a soldo de Don Pedrito, o comerciante de almas argentino, competitivo, disposto a acabar com a concorrência dos milagres na freguesia de Nossa Senhora da Consolata. Não sem antes ganhar uma grana com o resgate do sequestrado famoso, o menino Jesus em pessoa, que podia não contar com o ouro, o incenso e a mirra dos Reis Magos, mas tinha um deputado rico como padrinho.

Don Pedrito desligou o telefone. Com ou sem "bandoneón", o feiticeiro argentino tinha uma vitória para comemorar, e a sua voz rouca e fanhosa fazia justiça à expressividade do tango:

— Corrieeentes, tres, cuatro, oocho, hiijo de puta y cabrón...

60

Sem sinal do Artur, a rua às escuras, Luís ligou para a delegacia do Imirim comunicando o sumiço do sobrinho. Os policiais perguntaram sobre as circunstâncias do desaparecimento e pediram que alguém da família fosse fazer o boletim de ocorrência, prometendo agir de imediato. Em menos de dez minutos, o telefone tocou:

— Alô? — O jovem atendeu, esperançoso. Mas não era da delegacia:

— A gente tem o menino. — Disse uma voz grave e pouco amistosa. — Por enquanto, ele está bem. Mas nada de chamar a polícia, está falado? Senão, fodeu. Depois a gente vai estar ligando outra vez...

Clique. A caras do Nenê e do Garcia eram dois pontos de interrogação. Quando Luís lhes passou a mensagem, a ansiedade tomou conta da casa, repetindo um padrão que já se tornara hábito desde a morte de Lisa. Os tios, inclusive o postiço, temiam pelo sobrinho, cuja vida tinha virado um calvário, e sentiam-se paralisados. No caso do Garcia, era literal. Sabiam que era preciso agir depressa. Mas fazer o quê?

— E agora? — Interrogou-se Luís. — Não querem que a gente fale com a polícia, mas o mal já está feito.

— Só nos resta rezar. — Disse Nenê, esquecido de que era ateu.

— Rezar o cacete! — Rebateu o paralítico, com uma veia saltando da testa. — Temos é que fazer alguma coisa.

— Fazer o quê? — Luís pôs a questão sabendo que o Garcia estava impossibilitado de tirar a bunda da cadeira.

— Ligue para o Ernesto, que é amigo do Jorge, que é assessor do deputado. Esses caras têm poder, conhecem gente, podem mexer os pauzinhos. Enquanto isso, o Nenê reza.

O velho engoliu o sapo, sem reagir. Mas esclareceu:

— Vamos ter de nos contentar com o Ernesto, porque o Jorge viajou com o deputado. Foram para Miami.

— Chamem o Ernesto, então. Melhor do que a gente ficar aqui olhando um para a cara do outro.

Fizeram a ligação e em menos de uma hora o repórter juntou-se à família. Escolado como era, já trazia com ele um quarentão de terno e gravata, musculoso e de boa aparência, que apresentou como delegado César Rastilho, titular da Divisão Anti-Sequestros do Departamento de Investigações Criminais. Tinham-se conhecido numa entrevista a propósito de outro sequestro e, agora, o homem atendera prontamente ao seu chamado. O delegado adiantou-se:

— Lamento as circunstâncias que vocês estão vivendo, mas vou ser objetivo: digam tudo o que sabem, sigam a minha orientação e confiem na capacidade da divisão. Não há outra força tão bem treinada para localizar o cativeiro do menino e prender os responsáveis pelo seu sequestro. Já foi pedido um resgate?

— Não. — Respondeu Luís.

— Mau sinal. Se não pediram logo, quer dizer que estão preparados para aguentar muito tempo. Vão fazer o jogo deles, sem pressa.

Viu que os tios pareciam uma esponja absorvendo o seu saber e foi didático:

— Preparem-se para uma longa batalha. Esses caras andam mais bem armados que a polícia. Têm grana para comprar armamento pesado e já fiz uma apreensão onde havia metralhadoras, rifles e espingardas calibre 12. Eles são os reis da intriga. Fazem jogo sujo, mentem para jogar o sequestrado contra a família, tentam de tudo para arrancar o dinheiro. Se forem profissionais, vai ser muito difícil pegar os caras. Eles aprendem com a TV, usam celular, puxam o resgate com corda de cima de ponte, têm as manhas todas.

— Mas por que o Artur? — Interrompeu Nenê. — A família não tem dinheiro.

— Com certeza, o bairro não é famoso por casos de sequestro, que acontecem mais na Zona Sul, onde está a classe alta. Mas a pergunta é boa e devolvo-a para vocês: alguém faz ideia do motivo por que sequestraram o menino?

Ninguém abriu a boca, até porque ninguém sabia a resposta. O delegado avaliou o silêncio da sala e prosseguiu:

— Em geral, sequestram gente da alta roda, em bairros como o Morumbi. Mas hoje em dia os milionários só andam de helicóptero, para evitar o pior. São Paulo é a cidade que tem mais aparelhos no mundo, sabiam disso? Até empresa para alugar já existe. Enquanto a classe média faz rodízio de carro, os ricos fazem de helicóptero, pagando aluguel por cota e utilizando o aparelho em horários alternados: um viaja primeiro, outro daqui meia hora e assim por diante. Quem não pode fazer isso, porque o custo é proibitivo, usa carro blindado, que também não sai barato. Blindar um Porsche, por exemplo, anda por volta dos setenta mil reais. Mas nem assim garante que o sujeito se safe contra uma gangue organizada, onde os mandantes costumam ter ligação com o narcotráfico, são a elite do crime, cobras criadas...

O delegado evitava tocar no nome de Artur. Falava de modo genérico, sentindo o pulso dos seus ouvintes:

— Os bandidos escolhem vítimas do alto escalão, que dão mais retorno, e sabem que o risco é alto. O sequestro está regulado pela Lei de Crimes Hediondos, onde a cana é pesada e priva os sequestradores de regalias que os presos comuns têm, como o regime semiaberto depois do sexto ano de pena. Mas estamos falando de criminosos que não estão nem aí...

Parou para respirar, o grupo ficou à espera. Menos o Garcia:

— No caso concreto do Artur, o que o senhor acha?

— E você? — Rebateu o delegado. O paralítico não se intimidou:

— O menino já saiu várias vezes no *Crime Diário*, que agora é propriedade do doutor Álcio Vinagre, e aparece sempre na TV do deputado. Como os pais do Artur já estão mortos e ninguém aqui tem dinheiro, devem visar o deputado...

— Bem pensado. — Reconheceu o doutor Rastilho. — Malandro não é otário, sabe que tem de ter alguém do outro lado com cacife para negociar o resgate. Para que arranjar sarna com a polícia a troco de nada?

Ernesto sugeriu:

— O deputado está em Miami com um assessor. Se o doutor achar que vale a pena, envio um e-mail para eles. Tenho certeza de que o doutor Álcio vai querer antecipar a sua volta ao Brasil.

— Não diga nada para ninguém nem publique nada no seu jornal. Quanto menos gente souber, melhor.

Ernesto fez uma careta. Não publicar? E se os outros jornais furassem o *Crime Diário*? Mas o doutor Rastilho era uma das suas fontes mais quentes, além de ser autoridade, e não convinha contrariar. Sentiu-se numa encruzilhada, enquanto o delegado continuava a sua dissertação:

— Pode ser que os sequestradores tenham outra motivação além do dinheiro. Alguém tem um palpite?

— Como assim? — Fez Luís. — Acha que não querem dinheiro?

— Querer eles sempre querem. Só digo que podem ter levado o menino por outro motivo, como vingança, por exemplo. Se for o caso, o suspeito passa a ser um eventual inimigo da família, alguém com uma pendência contra vocês ou até contra o próprio garoto. Inimizade é o que mais se arranja hoje em dia.

O Garcia, sólido por fora e por dentro, pela primeira vez deu um sinal de fraqueza, denunciado por súbita palidez. Pensou nos esquetes que tinha criado e induzido o Artur a encenar, bem como nos crentes que vinham pedir um milagre ao menino Jesus e voltavam para casa de mãos abanando, não sem antes terem passado pelo seu vexatório teatro. Será que algum deles resolvera se vingar? O paralítico tinha imitado o dramaturgo Bertold Brecht, que provocava uma quebra na emoção do público, em pleno espetáculo, para despertar as consciências e incitar os espectadores à ação, se necessário com violência, contra a burguesia inimiga do povo. Isso no século passado. E agora, Garcia? Será que o menino, por sua culpa, ia ser agredido e desprezado como um pequeno burguês fora de época?

Luís tinha outra preocupação, que expôs ao delegado:

— E se descobrirem que falamos com a polícia?

— Em princípio, os sequestradores não têm como saber isso. Mas se der zebra, vão ameaçar, dizer que fazem e acontecem, e há até casos em que mandam uma orelha ou dedo do sequestrado para a família.

Foi a vez de Nenê ficar branco, pensando na sua indústria de milagres:

— Que animais!

O doutor Rastilho procurou minimizar a coisa:

— Exemplo de humanidade é que não são. É preciso saber lidar com eles. Se os caras ligarem de novo, não atendam exigências descabidas. Não mostrem fraqueza, coisa que os sequestradores não respeitam. Pensem num jogo de xadrez, que leva tempo. Aqui também o nervosismo e a precipitação são os piores adversários de quem quer ganhar a parada. Insisto: não cedam em hipótese alguma, por mais que se sintam contra a parede.

— Tudo bem, delegado. Mas e se eles se irritarem, não podem matar o Artur? — Questionou Luís.

— É pouco provável que melem o jogo, porque precisam do menino em condições para negociarem o resgate. Mesmo em caso de vingança, podem querer dinheiro. E o fato é que ainda não receberam um centavo.

Fazia sentido. Um centavo naquela casa, apesar do que se arrecadava com os milagres, feitas as contas, noves fora, não estava longe do que a família podia pagar.

61

— Ô Divino, vai ver se o menino está bem. — Ordenou o Touro, de volta com o furgão. — Tire a mordaça dele.

Os bandidos estavam na casa do caseiro, onde já não morava ninguém. Ficava atrás do galpão do alambique. Era uma habitação de alvenaria, que não se via da estrada principal. Com menos de cinquenta metros quadrados a casinha conseguia ter seis divisões: um átrio mínimo com uma escadinha em espiral, a cozinha à direita, o banheiro à esquerda, uma sala em frente e um quarto ao fundo. A escada levava ao piso superior com teto inclinado, espécie de sótão, onde tinham atirado o Artur, ainda preso e amordaçado.

Divino estava no quarto, enrolando um cigarro de maconha, quando Touro lhe deu a ordem para ir cuidar do sequestrado. Continuou a tarefa a caminho do sótão, mas ao passar pela sala o Sapão cobrou pedágio:

— Deixa eu dar um trago nesse baseado, xará.

— Nem pensar, bafo de onça! Só se você escovar os dentes.

— Qual é a tua, meu? Tá cheio de sebo no pau e vai botar banca?

— Vou sim! Algum problema?

Antes que houvesse nova réplica, o Touro interveio com a sua autoridade moral, que consistia em cento e vinte quilos compactados num metro e oitenta, por um barril de diâmetro:

— Qual é? O sequestro nem começou e vocês já estão de bobeira? Podem maneirar, que tem uma grana federal nessa parada e não estou a fim de perder o meu por causa de dois bundas-moles. Está ligado, Divino? Não regula mixaria, libera aí o baseado para o Sapão.

O cafuso baixou a crista. Não queria vacilar com o Touro, porque o líder resolvia tudo na moral. Teve de engolir o Sapão dando uma tragada funda no baseado que queimou até a metade do tubo, depois pegou a guimba com um safanão e foi ver o menino.

Quando abriu o alçapão do sótão, Artur sufocava. A mordaça, que lhe tapava a boca e uma das narinas, impedia o menino de respirar direito, e isso desde que o puseram no furgão, duas horas antes. O seu rosto ganhara o tom azul arroxeado do afogado no Tietê. O peitinho estreito chiava como um fole. A narina livre assobiava como uma chaleira com a passagem do ar. Quanto mais Artur se debatia, mais medo tinha, o que só piorava a situação, porque o esforço para se libertar provocava um enorme desgaste físico, sem que ele conseguisse encher os pulmões de modo satisfatório. Estas eram as boas notícias. As más tinham acabado de chegar com o Divino, que vinha disposto a descontar em alguém a ensaboada que levara do Touro:

— Bonito rostinho! — Disse, com ar sacana. — É dessa cor mesmo ou você passou *rouge*?

O marginal ficou de cócoras apreciando o sofrimento do garoto, que se assustou ainda mais com aquela cara de poucos amigos. O bandido parecia achar especial graça no assobio da narina, ritmado.

— Tá nervoso, neném? O titio vai dar uma coisa para você relaxar.

Divino agachou-se até ficar cara a cara com Artur, deu uma tragada no baseado e soprou a fumaça na narina do garoto, provocando-lhe um forte acesso de tosse, que se esbateu na barreira da mordaça, abafando o som na garganta. A ausência de ruído só serviu para tornar a tosse mais engraçada aos olhos do sequestrador, que ria como uma hiena bêbada, incapaz de avaliar a situação crítica do menino, já sem resistência. O cafuso, sádico e perturbado, repetiu a maldade duas ou três vezes. Só não engatou a quarta porque, nesse processo, a narina do menino deixou subitamente de assobiar. Artur apagou.

Ao vê-lo inerte, o bandido tomou um susto que quase cortou o efeito da erva. Não esperava por essa. Podia cagar para a vida do Artur ou de quem quer que fosse, era da laia do Tonho, um predador de gente, mas o chefe lá em baixo era criador de caso. Se acontecesse qualquer coisa ao sequestrado, o Touro ia querer acabar com a raça do responsável, e o Divino já tinha visto o armário em ação: o homenzarrão partia os ossos sem pressa de torcer os pescoços. Não era um tipo que valesse a pena ter como inimigo. Preocupado mais com a própria saúde do que com a do menino, o bandido agiu rápido: arrancou a mordaça de Artur com um puxão, rasgando a fina pele dos seus lábios, e deu-lhe dois tapas na cara para ver se o reanimava. Não deu em nada. O cafuso perdeu a cabeça e pôs-se furiosamente a desferir bofetadas no garoto, até que as pequenas bochechas ficassem com a marca da sua mão. Tanto fez, que conseguiu: a boca de Artur, sangrando, abriu-se como um "O", e o menino inspirou, de uma só vez, os doze metros cúbicos de ar que havia no sótão.

O bandido enxugou o suor que escorria da sua testa, a dele, Divino, e suspirou aliviado. Deu um tempo para se certificar de que não ia ter de prestar contas ao chefe, observando Artur até que a sua respiração se regularizasse. Enquanto olhava, voltou a cair na mesma risada estúpida de chacal embriagado, em parte pelo efeito da maconha, em parte porque, aos seus olhos, o menino era um parque de diversões. Primeiro, Artur tinha tossido para dentro, contorcendo-se sem sair do lugar. Agora parecia um pequeno camaleão azul que ia branqueando, branqueando, como o Michael Jackson, até adquirir a cor oxigenada de quem continua vivo. Era mesmo cheio de graça, o menino Jesus! Ah, ah! He, he! Hi, hi! Oh, oh! Hu, hu...

Atraído pelo barulho, o Touro meteu os cornos no vão do sótão:

— Aí, Divino? Está rindo do quê? Tudo bem com o garoto?

O cafuso estava doidão, mas não era louco. Disse com naturalidade:

— Tudo joia, o menino está legal.

O negro estava desconfiado:

— Está tudo bem com você, garoto?

A indagação vibrou nos ouvidos de Artur. Parecia estar diante do policial que queria saber o mesmo na delegacia, meses antes, quando ele pediu para ir ao banheiro. E ali, será que tinha banheiro? Quanta vontade de fazer xixi! Que puta dor de barriga! Além de estar sem fôlego, a bexiga doía, o cocô de tão apertado estava quase saindo. Mas não perguntavam se ele queria ir ao banheiro, ah, isso não!, só queriam saber se estava bem. Essa porcaria de pergunta vinha sempre nas piores horas, quando matavam a mãe da gente ou nos tentavam sufocar. Médicos, polícias, bandidos, todos sacanas! Fingiam-se preocupados com o nosso bem-estar, mas não estavam nem aí. Vão todos para aquele lugar! Vão se catar! Artur não tinha a menor vontade de responder ao homem que o agarrara à força, deixando marcas nos seus braços, e depois o levara para longe da família, amordaçando-o, deixando-o à beira da asfixia nas mãos de um cúmplice hiena. Estava exausto. Virou-se para dentro, onde ia começar uma nova sessão na telinha da sua cabeça, uma superprodução com banheiros, privadas e penicos, estrelada por um herói-mirim inflado em luta contra gases tóxicos, que inspirava a ionosfera terrestre, mijava um rio e cagava uma montanha. Só Lisa e a doutora Nádia conheciam aquela sala de projeção, com filmes épicos em sessões corridas, onde o pequeno herói vencia sempre os maus da fita.

O Touro viu que Artur não respondia mas, aparentemente, não havia motivo de preocupação. Se o menino respirava, era bom sinal. O dinheiro do resgate estava a salvo.

62

Na manhã seguinte ao sequestro, Luís apareceu na sala dos milagres com os olhos vermelhos de sono. O rapaz tivera o cuidado de avisar a Carla que ia dormir com a família, mas não lhe contara nada sobre o Artur. Nenê já estava acordado e dava café ao Garcia, que também decidira ficar, dispensando a irmã sem maiores esclarecimentos. O *Crime Diário*, trazido pelo velho, não mencionava uma só palavra sobre o caso. A discrição de todos tinha um motivo de força maior: o pedido de sigilo do doutor Rastilho.

Ao ver o Nenê passar manteiga no pão, Luís bateu a mão na testa:

— Lembrei!

— Lembrou o quê? — Quis saber o irmão.

— O tal inimigo da família que o doutor Rastilho sugeriu. Acho que tenho uma pista!

— Quem é? — Foi a vez de o Garcia perguntar.

O rapaz não respondeu. Em vez disso, foi até o quarto da Lisa e enfiou-se no pequeno aposento com instinto de cão farejador, disposto a esquadrinhar tudo. Nenê foi atrás, vê-lo vasculhar a mobília, abrir gavetas, rasgar envelopes e remexer papéis. Em menos de quinze minutos, o jovem tio revirou o quarto inteiro, até encontrar um cartão que ergueu no ar, triunfante:

— "Um de voces será /levado." — Leu em voz alta.

Era a frase no postal de Exu, guardado meses antes. Luís resumiu a história, para aplacar a curiosidade do irmão, que não soubera de nada. O velho viu logo a importância do achado e concordou que era preciso chamar urgentemente o delegado. Foi ligar para o Ernesto, que se incumbiu de avisar o policial. Tudo foi feito num vapt-vupt. O doutor Rastilho deixou a sede da divisão, no Bom Retiro, e chegou à casa da família antes do repórter, dando mostras de que a DAS não brincava em serviço.

— Rapidez e segurança! — Exclamou Nenê.

O delegado foi conduzido para o quarto. Esticou a mão para pegar a pista que o Luís lhe estendia, segurou-a por uma ponta com rigor profissional e passou a analisar o cartão de todos os ângulos, enquanto lá da sala ouviam-se os gritos do paralítico, que se sentia abandonado:

— O que está acontecendo aí, caralho? Venham para cá!

Para apóstolo, o vocabulário podia ser melhor. Mas o tom de voz era convincente. Os três retornaram à sala e o próprio delegado, em sinal de respeito, mostrou-lhe o texto no postal. Nesse momento, entrou o Ernesto, e Luís aproveitou a sala cheia para dar a aguardada explicação:

— Esse postal estava numa macumba que encontrei na porta depois do enterro da minha irmã. Junto tinha pinga, charuto, velas vermelhas e terra de cemitério. O cartão é mal escrito, falta acento, tem uma barra separando o verbo do resto da frase. Tenho a impressão que quem fez o despacho pode ser a mesma pessoa que sequestrou o Artur. Não concorda, delegado?

— É possível. — Limitou-se a dizer o policial, entretido com a pista.

— Dá para tirar as impressões digitais? — Insistiu Luís.

— Não sei, o cartão foi muito manuseado, e é provável que só encontrem as suas. Mas não custa tentar, nós ainda podemos ter sorte.

— E pela caligrafia, dá para descobrir quem é?

— Ah, dá sim! — O delegado não pôde evitar a ironia. — No cinema chamam o Al Pacino e ele descobre o criminoso pela perna do "R". Mas aqui na real nós vamos ter de pegar o cara primeiro e depois ver se a letra é dele.

Luís corou. O doutor prosseguiu:

— De qualquer modo, esse texto traiu quem o escreveu, traz uma revelação.

O jovem tio, que tivera o postal nas mãos por longo tempo, não via nada de mais:

— Para mim, não revela nada. Só a ignorância de quem o escreveu.

— Veja bem. Aqui onde você diz ter uma barra, não é barra, é a letra "ele", que está repetida. Na verdade, escreveram "llevado", com dois "eles": "Um de voces será llevado".

O delegado mostrava quanto vale o olho treinado de um detetive, atento à sutileza dos detalhes. O resto da sala, porém, não se comovia facilmente. Luís torceu o nariz:

— "Levado" com uma barra antes ou "llevado" com um "ele" a mais, qual a diferença? Se quem escreveu é macumbeiro, deve ser meio analfabeto. Fico admirado é que tenha errado só uma palavra e escrito o resto direito.

— Há muitos macumbeiros com curso superior, meu amigo. — Retaliou o doutor. — Não digo que seja o caso. Parece mais que quem cometeu esse erro estava pensando em outra língua.

— Como assim? — Nenê sentia dificuldade em seguir o delegado, como se ele fosse Champollion decifrando a escrita hieroglífica.

— Isto é castelhano. Fez-me pensar naquele publicitário sequestrado há alguns anos.

— Wellington Oliveira. — Disse o Ernesto, que fizera a cobertura do caso. — O *Crime Diário* não falou de outra coisa quando o sequestraram no meio do tráfego, diante de todo mundo. Depois deixaram-no de quarentena num quarto fechado, em pleno centro de São Paulo, sem que a vizinhança desse por isso. Mas o que tem a ver com as calças?

— O mandante era um chileno. O crime foi planejado no Chile e executado aqui, com bandidos de nacionalidades diferentes. Pode ser o caso agora. Se pensássemos em espanhol a frase do postal seria "Uno de vosotros será llevado!", uma construção parecida com o português. O postal tem "voces" sem circunflexo, acento que não existe em espanhol, e mais os dois "eles" no início do verbo. Isso pode ter traído o nosso homem.

Luís estava admirado com a dedução do delegado, que descobrira em minutos o que nem ele nem a Carla tinham percebido em meses. Como julgava a expressão "inteligência policial" uma contradição em termos — o sujeito ou é policial ou é inteligente —, concluiu que o homem era uma exceção à regra.

— O bandido escreveu em português, mas manteve parcialmente a ortografia do castelhano. — Explicava o doutor Rastilho. — Portanto, deve estar no Brasil há alguns anos.

A pista parecia melhor do que o próprio Luís esperava. Entusiasmou-se:

— Então, se quisermos pegar o cara, é só procurar um macumbeiro com sotaque castelhano?

Os irmãos, e até o descrente Garcia, vibraram com a ideia. Fez-se uma pausa no estado de desolação em que viviam desde o anúncio do sequestro e pareceu-lhes que o resgate de Artur podia ser questão de tempo. O doutor Rastilho fizera esse milagre. Mas nem o próprio delegado podia supor o quanto estava perto da verdade sobre o bandido do Exu vermelho. A consoante dupla era um dedo apontado para o xamã argentino, mandante do sequestro e autor da ameaça no cartão. Don Pedrito, o feiticeiro do Mercosul, acabara de ser delatado por uma mísera consoante, um traiçoeiro "ele" Iscariotes, espécie de letra de crédito com que ia ter de pagar pelos seus crimes.

63

O Touro e o Sapão saíram cedo, para ligar ao xamã e comprar mantimentos. O Divino ficou de guarda.

O cafuso seguia em direção à cozinha, esfregando os olhos, para tomar um café, quando sentiu uma chuvarada cair na sua cabeça. Levou a mão ao cabelo molhado e olhou para cima, tentando entender o que se passava. No teto havia uma enorme goteira que não parava de pingar. Cheirou a mão úmida. Era urina.

— Caraaalho!

Subiu a escada puto da vida, abriu o alçapão e enfiou a cara no sótão, que mais parecia uma latrina: o menino estava caído no chão, ao lado das próprias fezes e de uma enorme poça de mijo. Artur não tivera coragem de pedir para ir ao banheiro. Rolara para o assoalho e aliviara-se pela folga do calção. Amarrado como estava, não conseguira voltar para a cama depois de ter alagado o chão. Todo sujo, ainda ia ter de enfrentar a fúria do Divino, que o fuzilava com os olhos. O menino gelou com aquele olhar de doidão descontrolado, mesmo sem maconha.

— Moleque filho da puta! Olha o que você fez em mim, seu cagão de merda!

O bandido escalou o resto dos degraus e começou a chutar o garoto, que desatou aos gritos. Divino empurrou-o para cima das fezes com o pé:

— Agora limpa essa bosta com a língua, vai! Limpa aí a merda que você fez...

Tentou agarrar Artur pelo cabelo, para o obrigar a lamber o chão, mas recuou, com nojo da cobertura de merda e mijo que envolvia o pequeno corpo dos pés à cabeça. Desferiu então um potente bico na boca do menino Jesus, partindo-lhe os dentes da frente. Os gritos pararam, dando lugar a um gemido fraco, um choro embutido que se misturava aos "não-me-bate! não-me-bate!" quase sussurados, implorados pela criança. Se Artur pedisse às paredes, teria melhor resultado. Nem o cheiro dos excrementos nem a raiva do animal iam passar tão cedo. Divino continuava aos pontapés, como se brigasse com um adulto, e ainda deu um último pisão no pescoço de Artur, que se calou de vez, talvez desacordado, talvez ferido demais até para gemer. Além de fezes e urina, agora estava empapado de sangue.

O marginal vociferava, como o verbo sugere, com voz de fera, sem saber se acabava com a raça do fedelho ou o fazia sofrer mais: "filho da puta, vai mijar na mãe, seu cagão do caralho!". Mas terminou descendo a escada e deixou o garoto para lá, porque Artur já não gemia nem nada, estendido no chão. Divino foi se lavar no banheiro, depois limpou os sapatos com papel higiênico e retomou o caminho da cozinha para pegar o café, tendo o cuidado de se desviar da goteira escatológica. Levou a xícara fumegante para a sala, sentou-se no sofá e ligou a televisão para ver os programas matinais, como se nada tivesse acontecido. Com a normalidade anormal a que crescera habituado.

No andar de cima, Artur sentia as dores do mundo, não as do filósofo do pessimismo, mas as dos pontapés que levara no estômago, nos rins e na boca. A nuca, depois do pisão, estava dormente. Sentia a pulsação do sangue nas têmporas, como se as veias fossem rebentar cento e cinquenta vezes por minuto. Cada batida do seu coração de passarinho trazia junto uma pontada insuportável. Seria isto que chamavam de martírio? Teria sido assim que Jesus sofrera? Tentou invocar o nome de Cristo como a sua mãe fazia, mas não conseguiu. Os lábios inchados e dentes partidos impediam-no de falar. O que mais doía era a sensação de injustiça, por levar tantos coices daquela besta sem ter culpa de nada. Ou será que tinha? Devia ter, senão por que aquele animal lhe bateria com tanta maldade? Mas não sabia o que tinha feito para merecer esse castigo. Lembrou-se das notícias na TV sobre sequestros onde as vítimas eram torturadas e mortas pelos sequestradores. Teve medo de morrer como a sua mãe morrera. Era ainda tão novo! Sentiu uma dor nos músculos do rosto, perto das orelhas, mas não era da surra, era de morder os dentes. Crise de bruxismo. Lembrou-se dos seus pesadelos com feras, que pareciam ter fugido da jaula dos sonhos, à solta na realidade.

Mas elas já o tinham mordido, era tarde. Tinha medo de morrer já, de tão mal que se sentia. O sótão rodava e, além da vertigem, ele tinha náuseas. Queria pôr as mãos amarradas sobre o estômago, acalmar a dor, mas não era possível. A sensação de mal-estar piorava a cada minuto e, com o fedor que o assoalho exalava, Artur não conseguiu segurar o vômito. Estava em jejum, nem água lhe tinham dado. De estômago vazio, não tinha nada para expulsar. Só vomitou sangue, com uma hemorragia interna. Pelo jeito, o bandido lá em baixo não ia ter que dar um único tiro para acabar com ele. Para que desperdiçar munição? Em vez de puxar o gatilho de um 38, saía mais em conta atingir crianças à queima-roupa com um 44, bico largo.

Se Artur pudesse ouvir o Garcia, talvez compreendesse o que se passava. Na casa dos Fiore, o paralítico dizia a Nenê que o Brasil era um país maldito, onde se permitia que a situação social chegasse ao ponto de se infligirem violências inaceitáveis às crianças e aos inocentes. As palavras saíam-lhe com raiva e desprezo:

— País maldito, Nenê, seduzido pelo canto de sereia da globalização e da prosperidade falsa, sem ética nenhuma. Além de maldito, cego e surdo, não vê o sofrimento dos humilhados nem ouve o grito dos oprimidos. Você não concorda? Este país venera os falsos messias do dinheiro e despreza os que não têm nada. Não distribui a riqueza. Não promove as medidas sociais necessárias para reduzir e evitar a violência. E depois se escandaliza quando vê ladrões de automóveis arrastarem uma criança pelas ruas até que ela esteja desfeita em pedaços...

64

O doutor Rastilho, de modo anedótico, disse que tinha duas notícias para dar à família:

— Uma é boa e a outra é ruim. Qual vocês querem ouvir primeiro?

Luís olhou para o Nenê, que olhou para o Ernesto. Mas foi o Garcia quem pediu:

— A boa.

— Os caras que sequestraram o Artur são amadores.

— Mas, se o doutor diz isso, então a polícia já descobriu quem é. – Deduziu Nenê.

— Não foi o que eu disse. Quero dizer que as investigações vão no bom caminho, graças ao cartão de Exu que o Luís nos forneceu — o delegado olhou para o rapaz, como se o cumprimentasse. — A pista era quente e conduziu os meus homens até uma loja de macumba aqui do bairro, onde o postal foi comprado, como a perícia já confirmou.

— E como é que se confirma uma coisa dessas? — Quis saber Luís.

— Tivemos sorte, só isso. Já não imprimem mais o cartão, e a loja parece ser a única que ainda tinha alguns no seu estoque. É claro que isso facilitou a busca de suspeitos, tanto que já temos um na mira. Mas prefiro guardar sigilo sobre a identidade dele. O homem está sendo vigiado e acabo de vir do juiz com a autorização para fazer um grampo telefônico. Penso que daqui para frente vai ser tudo muito rápido.

— Espere aí, doutor — Garcia voltou à carga —, então qual é a notícia ruim?

— Os caras que sequestraram o Artur são amadores.

Ninguém entendeu. Isso ele já tinha dito. O doutor Rastilho explicou:

— O problema é que os amadores são mais perigosos que os profissionais. Por falta de experiência, estão sempre tensos, pisam na bola e podem colocar em risco a vida dos sequestrados. Os casos de espancamento, violação e até morte durante um sequestro são noventa por cento obra de amadores.

— Como a polícia concluiu que são amadores?

— Tudo leva a crer que é gente do bairro, como já disse. Um profissional não ia arriscar tanto, agindo perto de casa. Além disso, os indícios que conseguimos levantar são numerosos, porque os caras dão bandeira, coisa que profissional não faz. Convém lembrar que mudou muito o perfil do sequestrador no Brasil. Antes, os sequestradores eram tidos como elite do crime; para começar a fazer sequestro o cara levava anos, aquilo a que chamamos de evolução criminal: primeiro, moleque, começava roubando pequenos objetos de lojas e supermercados, depois rádios de carros, um dia conseguia uma arma de um vigia, aí partia pra assaltar um motorista de táxi, depois uma farmácia, uma lotérica, passava para assalto a banco e só depois chegava a sequestrador. Agora não. Qualquer bunda-mole acha que pode sequestrar. Depois se apavora, quer se livrar da vítima e faz besteira.

— O que a gente pode fazer para evitar o pior? — Perguntou o Luís.

— Por enquanto, nada. Mas já que vocês estão no ramo dos milagres, podem rezar.

Era a recomendação feita dias antes pelo Nenê e recusada pelo Garcia. Só que desta vez o paralítico ficou de boca fechada, sem coragem de confrontar o doutor Rastilho. Deus à parte, não sabia de mais ninguém a quem recorrer. Sua única esperança estava nas mãos da polícia brasileira, uma instituição falida em que o paralítico não conseguia confiar. De um lado, sentia firmeza no delegado da DAS. Mas do outro tinha uma enciclopédia na cabeça só de casos escabrosos envolvendo a polícia civil e a PM, dos meninos de rua mortos na Igreja da Candelária do Rio à matança de cidadãos inocentes na favela carioca do Vigário Geral, do massacre dos sem-terra em Eldorado dos Carajás à morte de cento e onze presos no Carandiru.

O delegado, depois de dar as notícias do dia, foi embora. Ernesto e Nenê foram para o bar, afogar o nervosismo em álcool. Luís foi comprar provisões para a casa. E o Garcia ficou sozinho na sala, em desespero, porque se esquecera de pedir que alguém deixasse um livro ao alcance de sua mão.

O paralítico já tinha lido de tudo. Até porque, limitado pela sua deficiência, não tinha outra coisa para fazer. Os livros garantiam-lhe o mínimo de saúde mental necessário à sua sobrevivência na imobilidade, e, sem eles, não poderia suportar o tédio que vem da inércia física. Ser paralítico significa que a vida não sai do lugar. Quantas vezes, porque alguém ia embora sem lhe deixar um livro na mão, ele tinha de ficar horas entretendo-se com a parede, sempre a mesma parede, também ela imóvel, com tijolos cimentados como os seus ossos? Nesses momentos, sofria, não em silêncio, mas amaldiçoando Deus e invocando o santo nome de Schopenhauer. Como sugeria o alemão, viver dói e não existe um analgésico para isso. Menos ainda para o Garcia, que nunca tivera os paliativos disponíveis aos outros homens, como a paixão pelos esportes ou o amor de uma mulher. As mulheres eram como as paredes. Garcia só podia olhar para elas, sem as tocar, longe do seu alcance. Quando muito, podia ter uma nas mãos se ela estivesse dentro de um romance, uma novela, um conto erótico. Por isso, todos os dias sem livros eram uma parede intransponível diante da qual a sua consciência desperta vivia a plenitude da dor. Ah, se pudesse ir até a gaveta do criado-mudo pegar comprimidos para dormir, dormiria para sempre! Se pudesse ir à despensa pegar o formicida, à linha do trem saltar sob a locomotiva, à ponte mergulhar nas águas turvas do Tietê! Felizes os que podem ir e vir, porque deles será o reino dos céus. Ou não? Será que o Artur, que andava de bicicleta, teria acesso ao reino dos céus?

Mesmo os livros, na prática, não pareciam servir para nada. Não o ajudavam a se matar nem salvavam a vida do Artur. Quando Garcia estava rodeado deles, davam-lhe a ilusão de movimento, girando à volta de sua cabeça, como se ela fosse o centro de um sistema planetário no interior da sala, com uma biblioteca Borgeana em órbita. Conhecia aqueles corpos celestes pelos nomes: *Crime e Castigo, Tia Julia e o Escrevinhador, Sexta-Feira ou os Limbos do Pacífico, Cem Anos de Solidão, Grande Sertão: Veredas,* todos os nomes. Alguns cruzavam o vazio da sua vida como cometas, que o transportavam com eles. Mas os livros, por melhores que fossem, não o tiravam fisicamente da sala, eram meros simulacros da vida lá fora, que ele não podia alcançar. Eram incapazes de lhe de transmitir o beijo da realidade, de fazê-lo viver a vida na primeira pessoa. As novelas policiais clássicas, especialmente, com enredos lógicos e mortes glamourizadas, eram para esquecer. Faltava-lhes o horror do sangue vivo que jorrava do Brasil real, onde grande parte dos crimes não têm motivo aparente, muitas vezes cometida só pelo gosto de matar. Nelson Rodrigues talvez chegasse perto. Rubem Fonseca também. Mas uma página da seção policial, em qualquer jornal diário do País, isto sim era falar sério. Garcia estava a anos-luz desse mundo concreto, separado do pequeno Artur, que tinha aprendido a amar, sem poder fazer nada pelo menino. Isso é vida? Ah, se algum assaltante de bom coração invadisse aquela sala sem livros e lhe desse um tiro na cabeça, com chumbo de verdade, isso sim seria vida!

65

Divino já tinha esvaziado três xícaras de café preto. Na TV, um programa rural sobre a soja transgênica chegara ao meio, dando lugar ao intervalo comercial, com anúncios que se repetiam como papagaios. Mesmo o mais imbecil dos espectadores, numa hora dessas, ou sai de perto da televisão ou abaixa o volume. O marginal decidiu-se pela segunda alternativa. Mas, se era um tipo violento e perturbado, estava longe de ser um imbecil. No silêncio da sala, deu-se conta de que o menino Jesus estava quieto demais, quando era de se esperar que gritasse, gemesse ou chorasse. Divino sabia que tinha se excedido, com consequências previsíveis. Aproveitou que a cafeína o deixara esperto e desistiu de acender o baseado que prendia entre os dedos. A manhã ia longe, tinha que se ligar, antes que os cúmplices voltassem. Desta vez, o Touro não ia ficar só na bronca, falando grosso. Ia engrossar mesmo, para valer.

Subiu a escada, viu Artur morto no chão do sótão. Já esperava por isso.

Não sentiu nenhuma emoção, nada que se assemelhasse a pena ou compaixão. Uma criança a mais ou a menos, que diferença fazia? Para ele, que já vira morrer tantas, dava na mesma. Divino era mais um Tonho, fruto da desumanidade que se expande nas periferias sem infância de São Paulo, onde fora insensibilizado, deseducado e graduado com o diploma de jaguar. Alguém já imaginou um grande felino chorando, com dó da presa? Um urubu onde o preto fosse sinal de luto, com o estômago revolto, incapaz de bicar os intestinos de um animal morto? Não, claro que não. Mesmo um tigre em cativeiro, como mostram certos documentários da National Geographic, só tem algum sentimento pelo tratador se foi criado por ele, amamentado, protegido e acarinhado. Divino tinha passado grande parte de sua vida atrás das grades. Mas o tratamento, no seu caso, deixara a desejar. Como noventa e nove por cento da população carcerária brasileira, tinha sido desrespeitado, torturado, abandonado à própria sorte, e só escapou de ser violado porque intimidava os companheiros de cela. Ninguém se preocupou em fazer um documentário sobre ele para passar num canal temático. Seria útil. Poderia mostrar que certos tigres, nos zoológicos do planeta, são mais bem tratados do que um prisioneiro nas cadeias brasileiras, onde faltam espaço e condições, enquanto sobejam os motins, as lutas por território, a puta da violência. Portanto, não vá alguém esperar que um jaguar urbano se condoa ao ver os despojos da sua vítima. Divino olhou para o corpo do Artur com indiferença, como quem vê um chouriço.

Desceu com o cadáver no ombro, carregando-o com dificuldade. Não por causa do peso, menor do que peso-pena. O motivo estava debaixo do seu nariz: o menino cheirava a amoníaco e fedia a esgoto, exalando vapores insuportáveis. Antes de abandonar a casa, e sem largar o pequeno corpo, o assassino esticou a mão para um pano de prato na pia da cozinha e enrolou-o à volta do nariz. Depois, passou pelo galpão do alambique, onde havia um compartimento com ferramentas, agarrou uma enxada com a mão livre e saiu pela porta da frente, caminhando pela estrada de terra por onde tinha vindo o furgão. Mal percorreu vinte metros, enveredou à direita pelo capim, a caminho das árvores que ladeavam a propriedade. Afundou-se no mato, às vezes ralo, outras cerrado, seguindo por uma trilha cheia de carrapichos que se agarravam à sua perna, enquanto o peso do menino aumentava de pena para leve, daí para meio-médio e por fim para peso-pesado. Parou para respirar, vermelho e suado, e soltou o cadáver sobre a terra dura, ouvindo o plaft. Antes de recuperar o fôlego, cavou um buraco do tamanho do Artur, empurrando-o lá para dentro. Foi quando viu o furgão aparecer à distância, em marcha lenta, e lembrou-se de que tinha deixado a arma na casa.

— Caraaalho!

Soltou a pá e deu no pé, voltando para trás com o coração acelerado, correndo feito um louco, como se bandido fosse atleta e, uma trilha no meio do mato, pista de tartan. Se queria continuar vivo para receber a medalha, tinha de bater o recorde, cortando a fita de chegada antes dos cúmplices. Mas estava indo bem, no pique, esquecido do cansaço, queimando adrenalina. Eram longos anos dedicados mais ao físico do que à mente, desenvolvendo os músculos das coxas, recauchutando o pneu da barriga da perna. Para alguma coisa servira ele ter passado a vida correndo da polícia. Chegou a tempo, contornando o galpão, e entrou na casa sem ser visto, enquanto o velho furgão estacionava na entrada do alambique.

O Touro e o Sapão, depois de um novo telefonema dado ao bruxo, tinham passado pelo supermercado, e vinham com sacos de mantimentos, calculados para alimentar quatro pessoas por uma semana. Assim carregados, ficou difícil abrir a porta, aparentemente emperrada. Enquanto o líder da gangue equilibrava as compras e tentava forçar a maçaneta, o Sapão bateu na porta com o nó dos dedos, chamando a morte:

— Ô Divino, abre essa merda!

Foram as suas últimas palavras, antes de levar um tiro na boca, que arrancou a sua língua. O marginal conseguiu que se abrissem duas portas em vez de uma: primeiro, a da casinha, a seu pedido; e depois a do céu, que estava em promoção. Ambas pelas mãos do Divino, que saiu atirando sem vacilar, aproveitando-se do fator surpresa. O Touro ainda tentou reagir, mas teve a mesma sorte do outro, se é que se pode chamar de sorte um balaço à queima-roupa que lhe perfurou o pulmão direito, atingindo uma vértebra, e abriu um rombo nos sacos do Preço Baixo. O grandalhão desabou, duro e preto, e espalhou-se ao comprido no chão, junto com as compras.

Com as orelhas em pé, o atirador aproximou -se do ferido, farejando o território, e enfiou as garras no bolso do Touro até encontrar a chave do furgão. Depois, com mão de gato, agarrou também o dinheiro, sorrindo para o chefe caído, que não estava em condições de reagir:

— Quando chegar no céu, dê lembranças minhas ao menino Jesus...

Deixou o Touro estrebuchando e foi ver o estrago na cara do Sapão, que ficara desfigurado pelo tiro, mais feio do que nunca. Mostrou a arma ao cadáver e disse em voz alta, como se o cúmplice abatido pudesse ouvir:

— E aí, Boca de Esgoto? Gostou de dar uma tragada aqui no baseado? Ah, ah! He, he! Hi, hi! Oh, oh! Hu, hu...

Pegou uma mexerica caída no chão e saiu jogando as cascas pelo caminho, em direção ao mato, de volta para o lugar onde deixara o corpo do Artur. Já não precisava correr, mas, por via das dúvidas, manteve o passo acelerado. A precaução se justificava: alguém podia ter ouvido os tiros, e o sítio deixara de ser um esconderijo seguro. Melhor terminar o serviço, pegar o furgão e se mandar dali o quanto antes.

Achou a pá caída na terra, bateu o olho no buraco que tinha cavado para o Artur e abriu a boca, sem saber o que pensar:

— Caraaalho!

O menino Jesus evaporara.

66

Nenê tinha tido uma noite de cão, culpa do porre que tomara antes de se deitar, passara mal, sem conseguir pregar o olho. O pouco que dormira não tinha dado para o gasto, com um sono assombrado por pesadelos, que o fizeram acordar repetidas vezes, em pânico, banhado em suor e baba, rescendendo a álcool e tabaco. A insônia, agravada por uma tosse persistente, levou o velho a pensar em tudo e mais alguma coisa, num estado de grande ansiedade, com o Artur no epicentro do seu terremoto interior. Amava o sobrinho, não o queria perder. Mas agora que tudo apontava para o pior, com um desfecho trágico a caminho, viu que não podia fazer nada ou, por outra, que não sabia o que fazer. Escolado na própria pessoa, encarou o pesadelo da realidade com uma lucidez mórbida:

— Se eu pudesse fazer alguma coisa, ia acabar fazendo merda.

O passado apontava o dedo para o velho. Ele próprio, se fosse julgado, votaria pela condenação do réu, consciente das muitas que fizera. Tinha sido um jovem temperamental e irresponsável, mais chegado à boemia que ao trabalho, e brigara com todo mundo, exceção feita ao Luís, seu protegido. Dera muita porrada nos amigos, ferindo caras e sentimentos, e mais ainda nos inimigos, que arranjava com facilidade. No seu estúdio, os auxiliares não paravam no emprego, e até os clientes eram vítimas do seu mau-humor, o que lhe estragou o negócio. Não satisfeito, tinha ciúmes das mulheres com quem mantinha relações mais sérias, sendo ele, na verdade, o Don Juan pulador de cerca. Naturalmente, acabou solteirão, com escassos amigos. No espelho onde se via agora, a imagem de um cão raivoso e infiel olhava para ele. Se a insônia servia para alguma coisa, devia ser para isso: fazê-lo refletir, despertando-o para uma consciência tardia das falhas do seu caráter. Não que mudasse alguma coisa. O velho era um livre-pensador ateu que repudiava as ideias de pecado e Juízo Final, consciente de que errara por conta própria e disposto a pagar o preço, se alguém viesse cobrar. Mas quem viria fazer isso? Deus? Se existisse mesmo um ser onipotente, quem tinha de prestar contas por esse mundo de merda era Ele.

Nenê ergueu-se da cama e saiu do quarto na ponta dos pés. Foi pegar um café na cozinha e decidiu tomá-lo na sala, disposto a tirar satisfações com o Nosso Senhor da camiseta, já que não havia mais ninguém com quem conversar. Dois moradores tinham sido despejados, de uma forma ou de outra: Lisa morta e Artur sequestrado. Luís roncava no quarto, com sono pesado. E o Garcia tinha sido levado naquela mesma noite para a casa da irmã. Na obscuridade da sala, Nenê aproximou-se da televisão, acendeu as velas dos candelabros e olhou nos olhos do Cristo de sangue:

— Porco Dio!

A imagem benévola, inalterável, não pareceu ficar ofendida com o velho sacrílego; ao contrário, ofereceu-lhe a mesma face, que ficou ali exposta, ouvindo o resto do desabafo:

— Onde está o meu sobrinho, porcalhão? Se acontecer alguma coisa ao menino, a culpa é sua. Quem mandou se meter na vida da gente? É melhor fazer logo um milagre, senão nós dois vamos resolver essa parada no braço. Traga o meu menino de volta, porra! Vivo e com saúde. Ele não tem nada a ver com o que aconteceu nesta casa, é uma criança inocente. Se alguém pecou aqui, fui eu.

Nenê cultivava esse hábito de falar com coisas inanimadas, de botões de colarinho a camisetas. Mas, quando estava sóbrio, elas jamais respondiam. Era o caso. Ficou olhando para a camiseta silenciosa e concluiu que o filho de Deus, afinal, era apenas um borrão de sangue coagulado. O sangue de Lisa, infelizmente. O sangue bom de sua irmã, derramado por uma sociedade má, desigual, pouco cristã. Ah, sim, o Brasil é a maior nação católica do planeta, e daí? Sob uma cruz de estrelas, todos se ajoelham e ninguém quer rezar. Nada a ver com os primeiros seguidores de Cristo, que ouviam as palavras do mestre, transformavam-nas em atos e morriam pela sua Fé, encarando as feras nas arenas romanas. Hoje, o único leão que os cristãos brasileiros enfrentam é o do imposto de renda. Mesmo assim, sonegam o bicho.

A solidão bateu forte no velho, que desistiu de falar com o Cristo surdo e mudo. Nem Deus nem pátria nem família, não lhe restava nada. Só um coração vazio. Não tinha mais a irmã para o consolar. Não aparecia o sobrinho para o perdoar. Distanciara-se do irmão mais novo, enganando-o como a um estranho. Nenê compreendeu cheio de nojo que, se quisesse preservar alguma dignidade, só lhe restava uma saída, um ato extremo.

Encheu-se de coragem, tirou a camisa da frente e ligou a televisão.

Ele seria incapaz de se matar, derramando sangue, mas a TV é uma forma de suicídio socialmente aceita. O velho só queria fugir da dor, fingir-se de morto e deixar que a vida na telinha tomasse o lugar da sua. Assim não ficava sozinho. Via gente, ouvia vozes, tinha um arremedo de companhia. Mesmo que fossem só fantasmas circulando pelo éter sem nada para lhe dizer ou se dissessem coisas sem qualquer interesse, pareciam reais. E assim é se nos parece, diria Pirandello. Enquanto o irmão e o paralítico dormiam, Nenê ficou como um morto-vivo entre os zumbis, vendo uma reportagem do programa rural, e só saiu do transe televisivo quando começou o intervalo, porque aí já era demais até para ele. Baixou o volume e descansou a cabeça no encosto do sofá, à espera que o programa recomeçasse, com mais notícias sobre a soja transgênica, antes proibida, agora verdadeira praga no Brasil. Estava quase cochilando quando ouviu ruídos estranhos vindos do quarto do Artur, onde supostamente não havia ninguém.

O coração do velho disparou e ele ficou atento, tentando discernir o barulho. Era como se alguém cambaleasse pelo quarto e derrubasse coisas, esbatendo-se nos móveis e nas paredes. Por um segundo, Nenê pensou que fosse o menino. Mas não, era impossível: Artur estava sequestrado, ninguém sabia dele, nenhum resgate tinha sido pedido. Sendo assim, era quem? Era o quê? O velho abandonou a inércia, disposto a obter uma resposta imediata: avançou com os punhos cerrados e abriu a porta do quarto do menino com um tranco, dando uma geral no ambiente com dois olhos esbugalhados.

Era uma pomba branca, que sangrava. Estava pousada na cama, depois de ter derrubado um retrato do Artur sobre o criado-mudo. Sobre ela incidiam três riscas de luz incandescentes que o sol projetava pela janela. Tinha o bico lascado, as asas em carne viva, uma pata ferida. Mesmo assim, com o susto, voou até o buraco da telha por onde tinha entrado e conseguiu escapar do quarto. Nenê correu até a janela, abrindo-a de rompante, e procurou pela ave no azul do céu. Ainda conseguiu vê-la em voo, na direção do sol nascente. A pomba branca passou carmicamente pelos sete planos astrais, galgando os degraus do paraíso, e desapareceu na luz da manhã.

67

— Interceptamos um telefonema que você vai gostar de ouvir.

O investigador encarregado do caso trazia o gravador nas mãos. O doutor Rastilho fez um sinal para que ele ligasse o aparelho. Logo que a fita começou a girar ouviu-se um assobio comprido, a que respondeu outro igual. Depois do código de segurança, vinham as vozes do Touro e do argentino: "Sou eu, patrão. Tô ligando conforme o combinado. O que é que manda?"; " Toro, hay mucha cana en el barrio. Los hombres, entiendes? Hable con la familia y saque la guita lo más rápido posible. Ahora corto." Papo curto e grosso, evitando uma exposição maior. O feiticeiro estava desconfiado dos carros policiais que cruzavam o bairro em grande número. Já tinha visto o sol nascer quadrado mas gostava dele redondo.

— A chamada para o argentino foi feita de um telefone público em Bragança Paulista. — Informou o investigador.

— Bragança? A que horas?

— Esta manhã, por volta das dez e meia.

O delegado olhou para o seu relógio, faltava pouco para o meio-dia. Estava mais do que satisfeito:

— Prendam o bruxo. — Ordenou. — Mas na discreção, jogo rápido, antes que os cúmplices voltem a se comunicar com ele. Vamos usar o cara para localizar os outros.

Um peixe pequeno estava prestes a morrer pela boca, pensou Rastilho, ao ver que o xamã argentino tinha confirmado em menos de quinze segundos as suspeitas que tinham dele. Amador, sem dúvida. Sequestrador com carteira profissional assinada dispensa telefone fixo e celular, justamente para evitar dores de cabeça. Quando o faz, fala em código, sabendo que o grampo se tornou indispensável ao trabalho de investigação criminal, com equipamentos cada vez mais sofisticados e difíceis de detectar. Por isso, a polícia consegue pegar até bandidos de alto escalão, advogados de traficantes, banqueiros, empresários, juízes, ministros, peixes maiores do que um boto cor-de-rosa. A Divisão Anti-Sequestro, bem equipada, estava dançando conforme a música: "hoje é dia de pescaria, lá vou eu de caniço e samburá!".

Às duas da tarde, uma policial feminina, à paisana, bateu na porta do feiticeiro, como se fosse uma cliente necessitada dos seus préstimos. Foi admitida por um velhote que não tirava a mão das costas, aparentemente com dores. Ele conduziu-a até a sala de espera, onde não havia mais ninguém. Mal se sentou, ela ouviu a voz de Don Pedrito, vinda da outra sala, onde o bruxo atendia o seu único paciente do dia:

— Si te han tomado de ojo por la mañana,
que te lo quite la abuela Santa Ana.
Si te han tomado de ojo a mediodía,
que te lo quite la Virgen Maria.
Si te han tomado de ojo por la tarde,
que te lo quite la Virgen del Carmen.
Si te han tomado de ojo por la noche,
que te lo quite San Roque.

A policial examinou o ambiente e, a pretexto de pegar uma revista na mesinha de centro, posicionou-se de modo a ver pela porta entreaberta o que se passava do outro lado. Don Pedrito segurava o dedo médio do cliente sobre uma vasilha de água, tirava azeite quente de uma jarra e ia pingando o óleo sobre o dedo do homem, nove gotas de cada vez, que depois caíam na água da vasilha. Repetiu a operação duas vezes, até completar vinte e sete gotas. Cobriu a vasilha com celofane, fez uma cruz de sal grosso em cima e recomendou ao cliente:

— Derrame el agua sobre un muro para que nadie lo pise. El tratamiento hay que hacerlo nove dias, tres veces por dia. A la fin estará curado del mal de ojo...

O mau-olhado do paciente tinha cura. O do xamã não. Quem estava de olho nele era uma policial treinada que já cuidara da saúde de muito bandido barra pesada. Don Pedrito despediu-se do homem e foi ao encontro dela com um sorriso, perguntando-lhe o que a trazia ali. A mulher queixou-se de cólicas que os médicos não conseguiam curar e quis saber se ele podia trazer algum alívio para o seu sofrimento. O bruxo garantiu que sim, "con certêssa!", e fez mais perguntas sobre o mal de pança. Depois, pegou lápis e papel e começou a escrever uma receita ancestral, dizendo em voz alta: "Ruda, Romero, Ulls de Albasser, Hierba Alfás, Corrichola, Hierba de lengua de pardal"...

Enquanto ele mantinha a cabeça baixa, a mulher esperava o melhor momento para agir. Só havia os dois homens na casa. O velhote estava caindo aos pedaços, não contava. Quando Don Pedrito foi entregar a receita, ela disse com uma cara de dor que tinha acabado de sentir uma pontada. Onde? Aqui deste lado, ó! O bruxo esticou a mão para examinar a barriga da paciente, ela dominou-o com uma chave de braço. Foi tão rápida e precisa que as suas dores passaram para o braço dele. Don Pedrito deu um guincho, como os porcos quando são agarrados para a matança. Uma hora depois, já estava nas dependências da DAS, algemado, diante do doutor Rastilho, que corria contra o tempo.

68

O interrogatório começou logo após a chegada do preso. O delegado tinha pressa:

— Onde é o cativeiro do menino?

"En la reconcha de tu hermana!" O argentino pensou sem falar.

— Quantos homens estão lá com ele?

"Maricón!"

— É melhor abrir o bico, "loro". A sua situação é delicada. Se não colaborar só vai piorar as coisas para você.

"Hijo de puta y cabrón!"

— Se não falar, vamos usá-lo como escudo humano lá em Bragança Paulista.

O argentino gelou por dentro. Como é que o policial sabia de Bragança Paulista? Será que os cúmplices o tinham traído? Só lhe ocorreu isto. Não podia imaginar que tinha sido traído pelas suas próprias palavras, interceptadas por um fio vermelho e outro azul. E agora? Se tinha havido traição, por que lhe perguntavam onde era o cativeiro?

— O "Toro" já entregou a rapadura, Gardel. Se você negar fogo, vamos entrar lá na marra com você na frente, para levar os tiros por nós. Depois vai dar no jornal: cúmplices matam argentino que mandou sequestrar o menino Jesus.

Don Pedrito ficou lívido. Já tinham apanhado o Touro também? Então estava tudo estragado.

— Já sabemos de tudo, xamã. Você pode escolher: ou leva

a gente até lá por bem ou levamos você na frente da tropa sem colete à prova de balas. Não sei se você entende de medicina, mas o chumbo é altamente tóxico.

— Yo trabajo! Soy curande-ro, no sequestrador... — Don Pedrito gaguejava.

— Ouça, "obrero", vou dizer pela última vez: se você colaborar no resgate, pode ter pena reduzida e mordomias, mas se o garoto sofrer um arranhão, essa sua roupa vai ficar toda furada, com você dentro dela. O que você escolhe?

Não era escolha nenhuma, o feiticeiro não tinha para onde correr. Ele já não conseguia pensar em palavrões na sua língua natal, só pensava na cadeia, o pior lugar do mundo para um homem chamar de lar. Mas tinha tido a sua cota na juventude e agora estava velho demais para isso. Colaborar? "Uy, me cagaron!" Que alternativa ele tinha?

Naquela mesma noite, o carro de Don Pedrito diminuiu a marcha, entrou na estradinha de terra que ia dar no alambique, apagou os faróis e deslizou em roda livre nos últimos cem metros. O xamã dirigia algemado ao volante, com dois policiais escondidos no veículo. Um grupo maior, com mais de 20 homens camuflados, seguia a pé pela orla do mato, esgueirando-se como numa operação de guerra. A Divisão Anti-Sequestro fechava o cerco sobre o cativeiro de Artur. Ernesto, com um colete à prova de balas, tinha sido autorizado a acompanhar o resgate à distância, com um soldado para o proteger. Mesmo assim, o repórter tinha as pernas bambas, com medo de virar notícia no jornal onde trabalhava. O doutor Rastilho, à frente dos homens, tomara todos os cuidados para que o final fosse feliz. Mas risco zero não existe. Quando o carro parou, a dez metros da porta, os soldados sabiam que era o tudo ou nada. A hora da verdade tinha soado.

O bruxo deu um assobio igual ao da gravação do telefone, sinal combinado entre os bandidos para indicar que tudo estava bem. Mas o vento agitava as folhas, fazendo ruído. Ninguém apareceu, nenhuma luz se acendeu, nada aconteceu. Era provável que ninguém tivesse ouvido. O carro estava em frente ao alambique, a casa ficava nos fundos. Don Pedrito, algemado ao volante, não podia se aproximar mais. Diante do impasse, a tensão entre os policiais aumentou, e com ela as possibilidades de alguém fazer besteira. Um *walkie-talkie*, soou dentro do carro mas não se ouviam as ordens do delegado. O aparelho chiava tanto que o policial escondido no banco dos passageiros teve de desligá-lo. O feiticeiro percebeu que não era só a operação policial que estava em risco. A sua vida também. Tomou a iniciativa certa: enfiou a cara para fora da janela e repetiu o assobio com toda a força que tinha.

Uma luz acendeu-se no alambique. De repente, até o vento silenciou, e foi possível ouvir os passos incertos de alguém que percorria o galpão. A porta foi aberta parcialmente, uma cabeçorra surgiu lá de dentro. Era o Touro, com ar abatido e branco como cera. O bandido viu Don Pedrito no carro e deu uma geral de cento e oitenta graus na paisagem. Finalmente, decidiu sair, com um revólver nas mãos. Veio lentamente, vacilante, andando com dificuldade, sem saber que era observado à distância pelo delegado e seus homens, os quais esperavam pela ação dos policiais escondidos no veículo. O doutor Rastilho, supersticioso, beijou um santinho e fez o sinal da cruz. Ele sabia que tudo tinha de se desenrolar como no cinema mudo, sem ninguém tocando piano. Era vital pegar o bandido à unha, com o mínimo de ruído, para não alertar os cúmplices dentro da casa. Não ia ser fácil, mas o que é fácil no combate ao banditismo brasileiro? Subir o morro é fácil? Vencer o narcotráfico é fácil? Colocar senador corrupto na cadeia é fácil? Não, nada disso. Também o caminho até o menino Jesus era espinhoso, mas, até ali, o sequestrador estava andando bem, devagar e sempre. Faltavam só dois metros para o Touro chegar até o carro.

Quando o bandido pôs o pé ao lado da porta do motorista, o policial no banco de trás ergueu-se de chofre com a automática engatilhada, dando-lhe voz de prisão:

— Está preso! Se fizer um movimento, morre!

O Touro ficou estático como numa fotografia, enquanto o outro policial saía pelo lado oposto, rodeando o veículo para o dominar. Mas o bandido refez-se do susto e descarregou um balaço no carro, fugindo para o mato, enquanto atirava à esquerda e à direita. Os tiras deixaram-se cair no chão e responderam ao tiroteio. O argentino acagaçado não se mexia. O doutor Rastilho avançou com a tropa de choque, impossibilitado de atirar, porque os colegas do carro estavam na linha de fogo. O delegado viu o marginal cambalear e depois cair na escuridão. Mas era o garoto que o preocupava. Fez meia-volta e conduziu o grosso dos homens pelo alambique adentro, dando ordens pelo *walk-talkie* para um pequeno grupo que seguia por fora, em direção à casa. Os próximos minutos seriam cruciais na operação, que tinha começado mal. O doutor Rastilho não sabia que reação esperar dos dois sequestradores restantes, certamente entrincheirados na casinha, com o menino Jesus como refém. A missão da DAS só se cumprira em parte, achar o cativeiro. Agora vinha a parte mais difícil: resgatar o sequestrado e entregá-lo de volta para a família, são e salvo. Uma missão impossível até para o Tom Cruise.

69

Ernesto entrou na redação do *Crime Diário* sem cumprimentar ninguém nem fazer as brincadeiras de mau gosto a que estava habituado. Vinha meditabundo, coisa rara, tratando-se de quem se tratava. Era evidente que algo não estava bem, e os colegas deixaram-no em paz, observando-o com o canto dos olhos enquanto ele dava passos de zumbi até a mesa de trabalho. O repórter tirou o paletó, ajeitou-o na cadeira e sentou-se com o colete à prova de balas, que ainda envergava. Depois, ligou o computador e pousou as mãos no teclado.

Andou alguns minutos com o olhar no teto, sem saber por onde começar. Era a maior bomba que já tivera nas mãos, mas não se sentia com pique para escrever nada. Desde que tinha criado o "menino Jesus", a realidade brasileira apropriara-se do seu personagem, sem pagar direitos, fazendo de Artur o que bem entendia. Como os últimos acontecimentos eram mais trágicos do que o próprio Ernesto podia imaginar, cabia ao repórter registrar os fatos sem subterfúgios, com a objetividade jornalística que lhe faltara antes. Era hora de fechar um ciclo, a que ele dera início há meses, no dia em que vira a camiseta ensanguentada, com a face de Cristo, nas mãos de Nenê.

Tirou dos bolsos vários papéis amassados, escritos a lápis, e tentou dar ordem ao material. Eram as folhas avulsas que tinha usado para entrevistar o único sobrevivente da *blitz* feita pela polícia no cativeiro de Artur. O hábito de numerar as páginas facilitou o trabalho. Conseguiu alinhar o depoimento que arrancara do Touro, enquanto o sequestrador, ferido, recebia os primeiros socorros na ambulância que o transportara para o hospital de Bragança. As revelações do marginal não podiam ser mais dramáticas, com um desenlace capaz de partir corações de pedra, até o do empedernido Ernesto. Talvez por isso, passada a hesitação inicial, ele tenha atacado o computador com pressa, escrevendo na correria, para evitar as lágrimas, como quem foge de uma chuva repentina:

"Vinte policiais da DAS, Divisão Anti-Sequestro, invadiram na noite passada o cativeiro de Artur Fiore, o "menino Jesus", sequestrado há dias e preso nas dependências de um alambique desativado em Bragança Paulista, onde estava sob a vigilância de três indivíduos com antecedentes criminais. Na ação, um dos bandidos foi preso, apresentando um ferimento à bala, e o outro foi encontrado morto, com um tiro na boca. O terceiro homem teria fugido horas antes, após alegado confronto com os cúmplices. Não havia sinal do pequeno Artur, exceto por alguns pedaços de fita adesiva no chão de um sótão, com que o ataram, e uma poça de sangue, urina e excrementos. Os indícios dão conta de que o menino teria sido brutalmente espancado enquanto esteve detido. No breve depoimento que prestou à nossa reportagem, o bandido ferido, Wanderley 'Touro' dos Santos, revelou ter sido atingido pelo cúmplice conhecido como Divino, que se encontra foragido, acusando-o de também ser autor do disparo que matou o terceiro sequestrador. O motivo da desavença teria sido a morte involuntária de Artur, provocada pelas torturas que Divino infringira ao garoto sob o efeito de drogas. Ainda segundo o bandido sobrevivente, o cúmplice desaparecido pode ter enterrado o cadáver da criança nas imediações do alambique, o que levou a polícia a intensificar as buscas, até o momento infrutíferas, rastreando o perímetro do cativeiro..."

Em meio à narrativa, Ernesto fraquejou, dando-se conta da sua responsabilidade naquela história sórdida. Por culpa sua, uma criança podia ter perdido a vida de forma dolorosa e cruel. O repórter olhou para as próprias mãos, suspensas sobre o teclado, como se tivessem sido elas a vitimar Artur. Tirou o colete à prova de balas e atirou-o longe. As lágrimas até então embotadas brotaram com violência, e a sua capacidade de encadear uma palavra na outra foi levada pela corrente. Quanto mais se esforçava para conter a emoção, mais era arrastado pela cachoeira de água salgada. O jornalista do *Crime Diário*, que molhava a pena em sangue humano e rabiscava na pele de cadáveres a sua caligrafia canhestra, não conseguia escrever nem mais uma linha, afogado em prantos. E isso na frente dos colegas, que não sabiam o que fazer, surpresos pela enxurrada de dor que escorria dele. A maioria, incomodada, limitou-se a observar a cena sem intervir ou tentar ajudá-lo. Depois, com o homem aos gritos, incapaz de se controlar, alguém decidiu ir em busca do editor, o único que tinha ascendência sobre o repórter. O chefe já vinha a caminho, atraído pelo berreiro:

— Calma, Ernesto! O que se passa? O que aconteceu, homem?

O repórter tentou responder, mas só conseguia soluçar.

— Quer um copo de água com açúcar?

O editor fez sinal para que alguém providenciasse um Valium ou coisa que o valha, enquanto dava palmadas nas costas do subordinado, tentando encorajá-lo. Por vício de profissão, olhou por cima dos ombros de Ernesto e viu parte do texto na tela do computador. Os particípios "sequestrado", "espancado" e "enterrado" saltaram aos seus olhos. Puta velha, intuiu que no corpo do menino Jesus devia haver um furo de reportagem feito a bala. Foi quando o repórter disse a sua primeira frase inteligível:

— Sequestraram o menino Jesus. Está morto...

O chefe tremeu com a notícia. Foi um grande zunzum no jornal. A informação, que Ernesto guardara a custo, com sacrifício pessoal, transformou-se em alerta vermelho. A água com açúcar foi esquecida, assim como a dor do repórter, um mal menor. O editor enxugou-lhe as lágrimas com um lenço de papel e limitou-se a perguntar se ele estava em condições de escrever a matéria. Ernesto recompôs-se. Não ia deixar a tarefa para mais ninguém. Por mais remorsos que tivesse, cabia a ele fazer a última reportagem sobre o menino Jesus, terminando o que tinha começado. Era preciso enterrar aquele assunto.

Saiu no mesmo dia, noutra edição tão esgotada como a história:

MORREU O PEQUENO ARTUR.
E O MENINO JESUS COM ELE.

70

Garcia estava novamente instalado na casa da irmã, dando uma folga para os Fiore, que, em meio às atribulações familiares não tinham a menor condição de lhe dar banho, comida, cuidar dele em tempo integral. O paralítico não conhecia o desfecho do sequestro, apesar da notícia do dia estar a menos de cem metros dele, na banca da esquina.

Agora, tinha uma cadeira nova, de rodas, e a ajuda de uma jovem empregada, a Maria das Dores, contratada para cuidar dele. Ainda não estava claro se ela ajudava ou só atrapalhava. O Garcia já tentara conversar com a menina como fazia com o Artur, mas era perda de tempo: analfabeta, nem pegar um livro na estante a infeliz conseguia. Ele não tinha mais saco para dizer, de cada vez, "um amarelo, fino, de capa dura" ou "um velho, grande, de capa azul desbotada". A empregada estava muito próxima de ser uma deficiente mental, motivo pelo qual a irmã dele, católica de carteirinha, tinha levado a adolescente para casa: assim arranjava alguém para cuidar do irmão e ainda fazia um ato de caridade cristã.

Dirce era uma boa irmã, preocupada com o bem-estar do Garcia. Só que ela saía para trabalhar, e ele é que tinha de aguentar a menina.

No momento, a das Dores estava na cozinha lavando louça, enquanto o paralítico, na sala, não tinha nenhum livro com que se distrair. Dadas as circunstâncias, este era o menor dos seus males. Mesmo que tivesse a *Enciclopédia Britânica*, não conseguiria se concentrar na leitura, absorto em pensamentos mórbidos sobre o sequestro de Artur. Além da rigidez dos ossos, o Garcia agora tinha ideias fixas, dominado por remorsos e autocomiseração, seguro de que os sequestradores do menino eram crentes com desejo de vingança, após as situações vexatórias a que tinham sido expostos na casa de Lisa, transformada em teatro brechtiano.

Decidiu pedir à adolescente uma coisa que qualquer idiota conseguiria fazer:

— Ô Maria!

Ela veio de lá enxugando as mãos no avental:

— Pode falar, seu Garcia.

— Ligue a televisão para mim, no canal dois.

A menina atendeu-o prontamente. Mas só pela metade: conseguiu ligar o aparelho num canal diferente, sem se dar conta disso. Depois, feliz por ter acertado com o botão de ligar, virou as costas e voltou para a cozinha, como se a tarefa estivesse terminada. O Garcia ia dar o grito mas estava tão desanimado que desistiu, conformando-se com a situação. Queria ver um programa de música clássica na TV Cultura para relaxar e tinha pela frente o telejornal da Bandeirantes, com imagens da guerra do Iraque. Podia ser pior: se pedisse para ela mudar de canal, corria o risco de topar com o bispo Maçante na Record.

O noticiário da Band anunciava a morte de três soldados americanos num atentado, contra setenta e dois iraquianos passados a fogo no mesmo dia. A seguir, informava que o barril do petróleo tinha atingido mais um preço recorde. Garcia notou que a televisão se esquecia de associar um fato ao outro, perdendo a oportunidade de esclarecer os telespectadores sobre a imoralidade de certas economias, que promovem guerras sanguinárias com fins lucrativos. Seguiu-se o intervalo comercial e, quando chegou a vez do panorama nacional, o âncora fez o anúncio dramático da morte de Artur, que apanhou o paralítico de surpresa. Foi como se uma âncora caísse na cabeça dele. Garcia acusou o golpe, e os seus olhos encheram-se de água, vendo embaçadas as imagens do sótão onde o menino estivera preso. O jornalista mencionou a tortura imposta à vítima, e o tio postiço, mesmo sem ter conhecimento dos detalhes, gemeu como se sentisse a dor do sobrinho: a pele dos seus lábios arrancada pela fita adesiva, os dentes partidos com um chute na boca, os órgãos internos moídos a pontapés. Imaginou cada um dos últimos momentos do garoto, sentindo na própria carne um grande sofrimento físico e moral. Mas o menino Jesus tinha morrido, e ele não. Garcia continuava preso naquela merda de vida. *Quosque tandem, Catilina?*

— Ô Maria!

Ela veio de lá com uma expressão bovina, ruminando um pedaço de pão:

— Que é, seu Garcia?

— Desligue a televisão e vá pegar o meu remédio.

Desta vez, ela trocou de canal, sem acertar com o botão de desligar. Ficou pressionando um a um os comandos do controle remoto até que o paralítico perdeu a paciência:

— Puxe o fio da tomada!

Coisa que resultou perfeitamente, apagando a telinha como por encanto. Atendida a primeira parte do pedido, ele passou à segunda:

— Agora vá buscar o remédio.

— Que remédio, seu Garcia?

— Os comprimidos para a minha dor de estômago. A Dirce não deixou o vidro com você?

— A dona Dirce não deixou nada, não senhor.

— Então vá pegar no quarto. Está no criado-mudo que tem ao lado da cama. Abra a gaveta e tire de lá um frasco pequeno de vidro, com um rótulo azul, cheio de comprimidos brancos.

— O senhor está chorando?

— Claro, minha filha. Dói muito. Vá logo buscar o que lhe pedi.

O Garcia teve de esperar longos minutos, respondendo às perguntas que ela fazia de longe, enquanto a menina se esforçava para encontrar o frasco por tentativa e erro, seguindo as complicadas instruções que ele lhe dava. Mas a espera, como tudo na vida, acabou por terminar. A Maria trouxe-lhe o vidro certo, de sonífero.

— Traga um copo de água e me ajude a tomar os comprimidos.

— Quantos o senhor vai tomar?

— Todos.

— Não é muito, seu Garcia?

— Não. Estou com muita dor de estômago.

A inocente não perguntou mais nada, apenas fez o que ele pediu, sem ter consciência de que estava sendo usada como um instrumento cortante, destinado a talhar a vida de um sofredor. Dava-lhe um gole de água, punha-lhe um comprimido de sonífero na boca. Dava-lhe outro gole, juntava mais um comprimido. Para o Garcia, foi um processo indolor mas penoso, porque os comprimidos eram grandes, difíceis de engolir, mesmo com litros de água para ajudar. Foi ficando enjoado e já não sabia se ia morrer por ingestão de barbitúricos ou por afogamento. Mas também isso teve fim e ele pediu à Maria que voltasse ao seu trabalho na cozinha, dizendo que queria ficar sossegado.

De início, não sentiu nada, só o desconforto de ter a barriga transformada em caixa-d'água. Depois, um ligeiro torpor começou a tomar conta dele, tornando as suas pálpebras pesadas. Fechou-as como quem vai fazer uma sesta, calculando que a morte ia chegar de mansinho, sem pressa. Viu que era mentira o que se diz, que a vida passa rapidamente diante dos olhos de quem vai morrer. Garcia não teve nenhum *flash-back*, não viu uma sequência de imagens antigas passar correndo por ele a dezesseis quadros por segundo. Se fosse para o céu, decidiu que iria ao Guichê de Reclamações pedir o dinheiro de volta.

De repente, uma súbita tontura deu-lhe a impressão de que ia cair. Parecia que os seus ossos se descolavam uns dos outros e dançavam dentro do corpo, finalmente flexíveis. Era uma sensação nova, de leveza e movimento. Como se ele fosse passar do estado sólido para o gasoso. O paralítico tinha tomado trinta e dois comprimidos de um forte tranquilizante e começava a ficar pastel.

Ainda teve tempo para pensar no Artur, o seu amado esboço de sobrinho. Lamentava tudo o que se passara. Sentia pena que o menino tivesse sido usado pela mídia e pela própria família, vítima da cobiça humana, e que fossem os seus assassinos – homens, não jaguares – os mais ferozes dos animais. Por fim, Garcia chorou uma última lágrima ao lembrar que também tinha culpa no cartório, com o teatro que inventara para os crentes, transformados em potenciais inimigos do menino. Que grande pretensão a dele, ser Brecht, Marx e Schopenhauer, três alemães ao mesmo tempo...

A expiação ia chegar a qualquer momento, sem que ele se desse conta, com uma parada respiratória depois que já estivesse sem sentidos. Tinha visto suficiente literatura médica para saber disso. Julgava-se o Judas do menino Jesus e ia morrer de forma coerente, fazendo dos comprimidos brancos a sua corda e da Maria das Dores a figueira. Mas não pretendia ir para o inferno. Pelo contrário: só queria sair dele.

71

No campo do seminário, Luís virou-se para o sol e ergueu parcialmente os braços, sem forças, como um Cristo que tivesse perdido a esperança de salvar os homens. Já se tinham passado dois anos desde a morte provável de Artur. O jovem tio parecia tudo menos jovem, com o rosto crispado pela amargura e mais cabelos brancos do que qualquer outro homem da sua idade. De volta ao trabalho na Itália, estava outra vez a milhares de quilômetros da Carla, do Nenê, longe de tudo e de todos, sozinho consigo mesmo.

Tinha retornado aos hábitos matinais da corrida e do misticismo romanos. Mas já não orava, apenas pedia perdão ao sol, que parecia ser o mesmo Deus, ainda que ele, Luís, se tivesse transformado numa outra pessoa. Tinha-se mostrado indigno da Luz e da Vida. O seu corpo ressentia-se, mas a alma penava mais. Tanta coisa acontecera, e ele mal conseguia relacionar um fato ao outro, perdido em pensamentos, como quem tenta montar um quebra-cabeças de mil peças.

O isolamento em que vivia era uma escolha sua, comparável à do personagem da "Toca", o conto de Kafka onde um roedor neurótico vive sob constante terror debaixo da terra, com medo de sair e ser atacado por inimigos invisíveis. Luís convivia com os colegas de trabalho, mas não se relacionava verdadeiramente com ninguém. No final do expediente, nunca aceitava convites para jantar, pondo-se rapidamente a caminho de casa.

Tinha um estoque de conservas, massa e "pesto genovese", que comia no seu quarto do Residence Mallia, sem grande apetite. Via TV até tarde, deitava-se muitas vezes de roupa e tudo, e acabava por vencer uma insônia persistente após horas de luta, por pura exaustão. Tinha-se tornado um animal de hábitos, como o roedor da ficção.

De manhã cedo, antes de ir para o trabalho, corria muito, mas não conseguia fugir dos seus fantasmas:

— Sol, que estais no céu, recebei as almas de Lisa e Artur Fiore, que sempre obedeceram aos seus mandamentos, amaram o próximo e afastaram-se de todo o mal. Fazei com que sejam bem-vindos no Reino de Deus e possam sentar-se à Sua direita, ao lado de Nosso Senhor Jesus Cristo. Amém.

Pedia pelo sobrinho sem ter certeza se ele estaria vivo ou morto. A única pessoa que podia trazer alguma luz para esse assunto já não esclarecia mais nada: era o Divino, vitimado com onze tiros numa chacina, antes que a polícia pusesse as mãos nele. Sobravam só especulações, a maioria delas baseada numa cova aberta onde havia fios de cabelo, fluidos corporais e sangue com o DNA do Artur. Mas por que alguém cavaria um buraco para depois não enterrar ninguém, era um mistério. Além disso, os mesmos vestígios foram encontrados mais tarde num furgão abandonado, o veículo do sequestro, levando o doutor Rastilho, da DAS, a formular duas hipóteses: o sangue poderia estar no veículo desde o primeiro dia, quando Artur foi raptado; ou ser do dia em que os policiais tentaram resgatar o menino. Se fosse este o caso, havia mais dois desdobramentos: a criança podia ter sido transportada ainda viva ou já morta. Que pensar disso? A conclusão do delegado era pessimista: se o menino estivesse vivo, o sequestrador teria pedido um resgate, coisa que não fez; portanto, Artur devia estar morto. Grandes deduções sherlockianas. Mas faltava o corpo.

Imerso em considerações, o envelhecido jovem tio tinha mais dúvidas existenciais do que nunca. Faltava-lhe uma visão de conjunto. Desde que deixara o campo do seminário, no dia da morte da irmã, até esta volta triste para a marca do pênalti, com a perda do sobrinho pelo meio, qual o significado da avalanche de acontecimentos que o soterrara?

O espólio era vasto e terrível.

Tinha sido um choque para o Luís descobrir que convivera, na casa da irmã, com um assassino de aluguel, o magro-queixada, figura sinistra que sempre o incomodara. O "secretário" da venda de milagres, que vivia a soldo do marqueteiro, tinha sido preso pela DAS na sequência das investigações sobre o sequestro do Artur, quando descobriram que ele era um meliante com cadastro e suspeitaram que estivesse ligado ao bando de Don Pedrito. O doutor Rastilho apareceu com uma intimação, levou o magro a interrogatório e acabou arrancando dele não isto, mas a confissão de outros crimes, onde se destacavam a explosão da bomba em Congonhas e o assassinato de um indivíduo chamado Marcos, que se fingira de aleijado no enterro de Lisa. Preso, o secretário denunciou Jorge como mandante dos crimes, mas o marqueteiro negou a ligação e foi ilibado por falta de provas. Essa novela policial ainda teve outra sequela, quando Tonho, o matador de Lisa, foi considerado semi-imputável pela Justiça, alguém que não tem noção do mal que faz. Colocado numa instituição psiquiátrica, ganhou o direito de sair nos fins de semana, por ser considerado de baixa periculosidade. Claro, nesta avaliação havia a mãozinha do Jorge, que tinha subornado os médicos com dólares americanos. O marqueteiro conseguiu assim criar uma nova indústria de milagres aos sábados e domingos, com o Tonho no papel de bom menino, quando milhares de crentes vinham pedir as bênçãos do assassino arrependido para quem a Nossa Senhora da Consolata fazia aparições regulares, descendo do céu em espiral. As curas milagrosas do bandido ganharam espaço no *Crime Diário*, repercutiram na televisão e foram manipuladas para dar maior projeção ao deputado Álcio Vinagre, que depois de fazer a lição de casa em Miami tinha retornado ao Brasil. Ele acabou reeleito.

Menos mal, para a alegria do Luís, que Nenê tivesse parado de beber, ainda a tempo, quando a sua saúde estava por um fio. Aleluia também que o velho tivesse finalmente arranjado um emprego, com a ajuda do Ernesto, que o indicara para uma vaga de motorista no *Crime Diário*. Era um passo pequeno para o homem, um salto gigante para a sua recuperação. A única coisa que preocupava o rapaz era o motivo alegado para as mudanças: Nenê jurava ter presenciado, como numa visão bíblica, a ressurreição de Artur, cujo espírito tinha surgido à sua frente e depois voado para a Luz. A princípio, a história deixou Luís em pânico, achando que o álcool tinha danificado de vez o cérebro do irmão. Mas quando o velho descreveu a cena da pomba branca no quarto do menino, compreendeu que aquilo era uma metáfora. Respirou aliviado, abraçou-o e não disse mais nada.

Quanto ao "apóstolo" Garcia, o jovem não conhecia ninguém mais digno de pena. Aquele coitado tinha tido uma infância paralítica, uma adolescência sem refresco e sofrera na juventude, a época em que todos são felizes ou deveriam ser. Chegara à idade adulta dependente de alguém que lhe fosse pegar um livro ou o levasse até o vaso sanitário. Tanto sofrimento para depois ter um fim patético, precedido pela perda do pequeno amigo que ele amava. Luís olhava para o sol e perguntava-se como Deus podia ser tão sacana com algumas pessoas. Má sorte a do Garcia, que nem se suicidar conseguira. O paralítico tinha feito uma empregada analfabeta dar-lhe um vidro inteiro de tranquilizantes, mas a sua irmã, ao voltar para casa, desconfiou daquele sono de pedra, chamando uma ambulância. No Hospital das Clínicas, fizeram-lhe uma lavagem estomacal e ele esteve três dias para morrer, mas acabou por se salvar. No país onde um grande número de imbecis quer instituir a pena de morte, o paralítico parecia ser um condenado à vida. Sem apelação.

Luís terminou as suas divagações matinais com a imagem de Carla na cabeça. Doía só de pensar nela. Tinha descoberto que a amava logo depois de a namorada descobrir que não o amava mais. A culpa desse desencontro era só dele, do aborto que a induzira a fazer, tornando a relação dos dois mais frágil que uma taquara. Se no início a jovem tinha ouvido os seus argumentos com mágoa, depois de tirar a criança somou à dor o arrependimento pelos seus pecados. Julgava-se a pior espécie de assassina, uma mãe capaz de matar o próprio filho. Ficou arredia e distante, limitando qualquer conversa à métrica dos monossílabos. Deixou de dividir a mesa com Luís, alegando não ter fome. Não sentia vontade de sair de casa e, dentro dela, escondia-se num enorme vazio. Já não demonstrava o carinho de antes, desaparecido em algum canto remoto da sua alma. De repente, Luís deu-se conta de que ia perdê-la e sugeriu, em desespero de causa, que afinal podiam ter filhos, se era isso o que a incomodava. Carla olhou-o fixamente antes de proferir a clássica resposta: "Agora quem não quer sou eu". Depois deu-lhe o aviso-prévio, pedindo que ele abandonasse o apartamento.

Faltava alguém? Sim, Luís lembrou-se de mais uma pessoa para incluir no seu relatório ao sol, alguém tão mínimo que nem se fazia notar: o filho perdido. Perguntava-se se seria mesmo um filho, no masculino, ou uma filha, no feminino, já que o feto não tinha tido tempo de se exibir numa ecografia. Como estava fora de cogitação ir remexer no lixo da clínica, Luís ia morrer na dúvida. Veio-lhe à memória um livro iniciático que Carla lhe emprestara nos bons tempos, intitulado *Serafita,* de Balzac. No romance, a personagem – ou o personagem, palavra sem gênero fixo – era uma espécie de anjo assexuado, fruto da união perfeita entre a razão masculina e o amor feminino. Alguns a conheciam como a bela jovem Serafita; outros, como o jovem e belo Serafito. Todos à volta dele ou dela ascendiam espiritualmente, e o próprio Serafita-Serafito, depois de galgar pela meditação os planos espirituais mais excelsos, acabava sendo levado pela força do amor divino, desencarnando no frescor da juventude. Luís recordou o final do romance com lágrimas nos olhos. Ele podia ter sido o pai de uma criança gerada por Carla, a mulher de sua vida. Mas não fora capaz de amar a namorada como ela merecia. Agora, via que o desamor também gera anjos, não dos que voam, mas dos que desencarnam no lixo de uma clínica. Enquanto passava a mão nos olhos vermelhos, julgou ter ouvido o sol perguntar:

— Será filha? Será filho?

72

Os sinos do Vaticano anunciavam as nove da manhã quando Luís voltou para o seu quarto no apart-hotel, preparando-se para ir trabalhar.

Na cidade de Bom Jesus dos Perdões, interior de São Paulo, o relógio de Andreia marcava as quatro da madrugada, cinco a menos do que na cidade eterna. À parte a diferença de fuso horário e o fato de que no Brasil chovia torrencialmente, a moça, que voltava de uma balada na vizinha Bragança Paulista, estava prestes a descobrir um elo de ligação entre o novo e o velho continentes.

Antes de descer do táxi, para fugir do aguaceiro, ela procurou na bolsa a chave da porta. Mas um morador de rua adormecido, coberto de jornais, bloqueava a entrada da casa: Andreia por pouco não pisou no indigente, que se abrigara na varanda minúscula sem deixar espaço para ninguém passar. Era um moleque franzino e tinha um sono tão pesado que não acordou com os protestos da jovem nem com os empurrões que ela lhe deu com o peito do pé. Andreia voltou a abrir a bolsa, tirando desta vez a chave da garagem, e correu para lá, completamente ensopada. Entrou em casa espirrando e pelo caminho deixou um rastro molhado como o rio Atibaia, que corria nas redondezas. No banheiro, tirou a roupa, tomou um banho quente, enxugou-se com uma toalha felpuda e ficou dez minutos secando os cabelos. Só depois foi para o quarto, o corpo pedindo cama. A mãe dormia noutro cômodo e, assim como o intruso na porta da frente, continuou no sétimo sono.

Lá pelas nove da manhã, a mãe de Andreia entrou de rompante no quarto da filha e abriu a janela com estrondo. A moça acordou assustada. Tinha a cara amassada, olheiras e o nariz entupido. Fusilou a velha com o olhar e reagiu de mau-humor:

— Deixa eu dormir, mãe! Fecha essa porcaria!

— Ai, minha filha, você precisa me ajudar! Tem um menino dormindo na porta...

— Para mim você diz isso? Fiquei toda molhada por culpa dele!

— Como é que eu vou sair para comprar leite e pão?

— Sei lá! Manda ele embora, sai pela garagem, mas deixa eu dormir!

A mãe voltou a fechar a janela e deixou o quarto, sem coragem para insistir.

Por volta do meio-dia, Andreia apareceu na sala de pijama. A mãe fazia tricô no sofá. Pelo olhar da velha, viu que o problema da porta ainda não estava resolvido. Foi lá espiar pela janelinha, o menino continuava a dormir, todo molhado, porque o jornal absorvera a água da chuva.

— Você não falou com ele, mãe?

— Falar o quê? Parece uma pedra, nunca vi! Até tentei, mas não deu em nada. Para mim, esse menino deve estar sem comer há dias, se não for semanas. Já viu como está fraquinho? Não deve ter forças nem para se levantar.

— Como é que a gente vai fazer? Ficar saindo e entrando pela garagem é que não dá.

— Empurrar a porta também não. Pode machucar o coitado.

— Que coitado, coisa nenhuma! Coitadas somos nós. Acho melhor ligar para a polícia.

— Não vai resolver, minha filha. A polícia só aparece se é coisa grave. Acho que os bombeiros é que cuidam disso, recolher os mendigos que dormem na rua. Vê lá nas Páginas Amarelas...

Andreia foi ver, emburrada. Tinha dançado a noite inteira, dormido pouco e ficava de mau-humor enquanto não tomasse o café da manhã. Depois de verificar o número, fez a ligação:

— É do Corpo de Bombeiros?

— Sim, senhora.

— Tem um morador de rua dormindo na nossa porta. A gente não consegue sair, e ele não acorda.

— Ah, isso não é com a gente. Tem de ligar para a prefeitura.

— Vocês não recolhem os mendigos?

— Não. Bombeiro é para incêndio, inundação, essas coisas.

— O senhor tem o telefone da prefeitura?

— Aqui não. Mas é só ver nas Páginas Amarelas.

Irritante, aquilo. A jovem desligou e voltou a pegar a lista telefônica. A mãe olhava para ela sem parar de tricotar. Andreia levantou o fone do gancho e discou outra vez:

— É da prefeitura?

— Sim, senhora.

— Tem um menino dormindo na nossa porta, e a gente não consegue sair. O Corpo de Bombeiros disse que vocês resolvem esse tipo de problema.

— Só um momento que eu vou passar para a assistente social.

A mãe esmerava-se num ponto difícil, Andreia fez um gesto pedindo que ela fosse buscar os cigarros. A velha depositou as agulhas sobre a mesinha de centro, desapareceu no corredor e voltou com o maço. A moça acendeu um, deu uma baforada e ouviu outra voz feminina:

— Pois não?

— Olhe, eu já expliquei para a sua colega. É sobre um menino de rua que está dormindo na nossa porta. A gente tem de sair, pode chegar visita, e alguém precisa tirar ele de lá.

— Ah, isso é com a assistente social.

— Mas a sua colega disse que ia passar para a assistente social!

— Sim, o ramal está certo. Só que ela foi almoçar. Tente ligar daqui uma hora.

— Mais uma hora presa em casa? Eu tenho que sair!

— Desculpe, mas é a assistente social que trata disso. Não posso fazer nada.

Andreia desligou, bufando. A mãe, aparentemente calma, começou a rir, o que deixou a filha mais nervosa:

— Qual é a graça, mãe, posso saber? Quem é que no Brasil cuida de criança abandonada? Alguém tem de tirar o menino da porta, e eu não vou sair na chuva para fazer isso. Sei lá, ele pode até ter uma faca...

— Que faca nada, Andreia! Ele tem é raquitismo, lombriga, fome. O coitado não faz mal a uma mosca.

— Outra vez essa história de coitado! A senhora é que devia ser assistente social.

— Não quero desanimar você, minha filha, mas essas assistentes tiram o mendigo da porta e depois largam no outro quarteirão. Elas não têm lugar na prefeitura para alojar tanto desabrigado.

— Então a mulher não vai resolver nada?

— O que resolve é a gente ir comer qualquer coisa, depois logo se vê.

Sem dar tempo para réplica, a velha foi até a cozinha, de onde voltou com o café e torradas na manteiga:

— Tome um cafezinho bem quente que você está precisando, minha filha.

Nenhuma das duas tinha apetite para pensar em almoço, alvoroçadas com o problema da porta. Andreia foi com a xícara espiar outra vez. Para sua surpresa, o menino estava acordado e olhou-a com olhos muito vivos, até ternurentos. A jovem falou com ele pela janelinha:

— Você tem de sair daí, garoto, senão nós não conseguimos abrir a porta.

Foi como se falasse com a própria porta. Ele continuou a olhar docemente, mas sem qualquer reação. A mãe aproximou-se da janelinha e meteu a cara para ver também:

— Quer uma torrada, menino?

Jogou a torrada, que caiu no chão molhado. O moleque tentou pegar mas ela acabou se desfazendo numa poça. Então recolheu a papa com a mão espalmada e encheu a boca com aquilo. Foi quando a velha reparou nas suas feições:

— Olhe só, filha, essa criança não se parece com o menino Jesus?

— Claro que não, mãe. O menino Jesus é um bebê. Esse aí deve ter uns dez anos.

— Não é o da manjedoura, Andreia. É o filho da Nossa Senhora da Consolata...

A moça olhou melhor:

— Esse é moreno, aquele era branco.

— Está curtido de sol, você não vê? Tem andado muito por aí.

— Se fosse o menino Jesus, ele já tinha dito para alguém.

— Quem garante? O garoto foi sequestrado, torturado, anda perdido. Pode estar com amnésia.

— A senhora vê muita televisão, mãe. Aquele morreu. Esse aí é só um moleque de rua.

— Pelo sim, pelo não, acho melhor chamar a polícia.

— Ah, é? E por que você não me deixou fazer isso quando eu quis?

— Porque naquela hora eu ainda não tinha visto a cara dele. Mas agora tenho certeza. Chame logo, que é o próprio.

Andreia não estava segura. Mas como a mãe insistia, pensou que ao menos era um bom pretexto para chamar a polícia e se livrar do problema. Pela terceira vez abriu as Páginas Amarelas.

Foi rápido. Em menos de uma hora, o garoto já tinha sido levado para a delegacia. Mais meia, estava cercado por repórteres. Andreia e a mãe, que o acompanharam a pedido dos policiais, foram muito solicitadas, dando várias entrevistas, enquanto o menino continuava quieto, indiferente ao assédio dos jornalistas. Ele apenas olhava arregalado para aquele monte de gente e nem piscava quando estouravam os *flashes* dos fotógrafos. Não parecia estar ali, mas em Marte, alheio a tudo. Se muitos dos presentes podiam jurar que se tratava do menino Jesus, outros, mais céticos, diriam o contrário. O único ponto de concórdia era que estava ali um pequeno sofredor. Mais um, entre tantos menores abandonados no Brasil. Magro, apático e maltratado pela vida.

Durante a tarde, a polícia não descansou sobre os possíveis louros da descoberta, cumprindo todos os procedimentos para a identificação do menor. Houve telefonemas, consultas aos centros de dados do Serviço de Segurança Pública do Estado e idas e vindas dos agentes de serviço, que passavam acelerando no vermelho com as sirenes em histeria. Dada a ligação do *Crime Diário* com a criança, alguém teve a ideia de ligar para o jornal, que passou a bola para o Ernesto. O repórter agiu como um repórter deve agir. Vestiu o paletó e desceu direto para a garagem, chamando o motorista do jornal:

— Vamos embora, Nenê! Querem que a gente vá identificar um menino. Acham que pode ser o Artur...

O velho quase teve um troço. No minuto seguinte, os dois já seguiam acelerados para Bom Jesus dos Perdões, não sem antes passar pela casa do Garcia, que ficava no caminho, metendo o paralítico no veículo. Quando a kombi finalmente estacionou no pátio da delegacia, tiveram um enorme trabalho para atravessar a massa de curiosos até a sala onde estava o menino.

O velho, o jornalista e a cadeira de rodas com o Garcia estancaram a dois metros daquele serzinho esquelético e sofrido, sem coragem para avançar. Mais do que hesitação, o gesto foi devido a uma grande decepção, porque o garoto parecia ser tudo, menos o Artur. Ficaram ali parados, sem reação, enquanto as pessoas ao redor aguardavam o desfecho da história, ou mais do que isso, ansiavam por um milagre, expectantes, algumas em silêncio, outras rezando, todas penduradas nessa frágil corda sobre os abismos humanos que é a esperança, sinônimo de fé.

O menino olhou para os recém-chegados. Fixou-se primeiro em Nenê, que agora vivia curvado sobre si mesmo, e a seguir em Ernesto, que se mantinha inalterado. Depois, erguendo-se com dificuldade do banco onde o tinham posto, caminhou até a cadeira de rodas e parou diante dela, intrigado, examinando o seu ocupante rígido e disforme, que chorava. Finalmente, com um brilho novo no olhar, como se saísse de um transe, tocou de leve na mão do paralítico e fez-lhe um pedido, próprio da idade:

— Tio, deixa eu dar uma volta no seu carrinho?

Houve quem gritasse "Aleluia!", induzido em erro. Aquele "tio" tinha sido uma força de expressão. A polícia acabara de obter a verdadeira identidade do garoto, que se chamava Tomás de Souza, era atrasado mental e andava desaparecido há dias. Pelo jeito, tinha caminhado os escassos quilômetros que separavam Bom Jesus dos Perdões da vizinha Piracaia, onde ele morava num casebre com a mãe e seis irmãos. Não era a primeira vez que sumia um membro da família. As crianças, em escadinha, cada uma de um pai diferente, costumavam perambular por todo canto, enquanto a mãe se prostituia e se embriagava. Sendo assim, o repórter, o velho e o paralítico fizeram meia-volta, desiludidos. As pessoas dispersaram-se. Os jornalistas desinteressaram-se pela história. Não era o Artur.

Como o menino Jesus e o apóstolo Garcia costumavam dizer para os crentes, milagres não acontecem.

Este livro foi impresso pela Prol Editora Gráfica
para a Editora Prumo Ltda.